Este vacío que hierve

Jorge Comensal

Este vacío que hierve

El papel utilizado para la impresión de este libro ha sido fabricado a partir de madera procedente de bosques y plantaciones gestionadas con los más altos estándares ambientales, garantizando una explotación de los recursos sostenible con el medio ambiente y beneficiosa para las personas.

Este vacío que hierve

Primera edición: septiembre, 2022

Parte de esta obra fue escrita con apoyo de la Coordinación General de Estímulos a la Creación Artística de la Secretaría de Cultura.

penguinlibros.com

ISBN: 978-607-381-939-8

Impreso en México – *Printed in Mexico*

Hay pocas muertes enteras.
Los cementerios están llenos de fraudes.
Las calles están llenas de fantasmas.

Roberto Juarroz

There is a panther stalks me down:
one day I'll have my death of him;
his greed has set the woods aflame,
he prowls more lordly than the sun.

Sylvia Plath

1. Tokyo

Desde que anduvo perdida entre las tumbas del panteón quemado en busca de sus padres, Karina siente que el polvo de una tragedia cósmica le atrofia el pensamiento. Teme estar perdiendo la memoria, como si la vejez de Rebeca, su abuela, fuera una enfermedad contagiosa. Hace dos meses que se le pierden las llaves, olvida pagar las cuentas —cortaron la luz de su departamento un sábado de julio cuando acababa de encender la lavadora—, sale sin paraguas a la calle. El día de su cumpleaños dejó la cafetera en el fuego hasta que el mango comenzó a gotear plástico negro sobre la estufa. Antier hizo que el universo colapsara frente al seminario de gravitación cuántica —tardó un buen rato en darse cuenta de que se había equivocado al escribir la longitud de Planck—. Hoy no logra recordar si le avisó a su abuela Rebeca que volverá bastante tarde porque Mila, su mejor amiga de la infancia, la invitó a una fiesta mexicana para celebrar el Grito de Independencia.

—No mames —dice Mila—. Qué rico está este sushi.

Karina tiene veinticinco años y Rebeca acaba de cumplir noventa. Una siente que su vida se tarda mucho en comenzar, la otra se desespera porque no llega la muerte.

—¿Verdad? En ningún lado lo hacen como aquí —Karina había vencido la tentación de pedir chutoro, la carne más sabrosa del atún, porque leyó que los pocos atunes que sobrevivían en el Pacífico estaban repletos de microplásticos y metales pesados—. No había venido desde hacía años —su exnovio Mario la invitó a cenar aquí en su tercera cita.

—Nunca había venido a la Zona Rosa —dice Mila—. Literal pensé que había puros antros de mala muerte.

—Este restaurante lleva siglos aquí —el restaurante Tokyo es un fósil viviente de la época en que este barrio era el corazón bohemio de la ciudad; hablar de siglos suele ser una exageración retórica que, si estuvieran en Japón, podría resultar pertinente: Karina ha leído que los hoteles, tiendas y restaurantes más antiguos del mundo se encuentran en ese país insular que la obsesiona desde la adolescencia.

—Está buenísimo. Como a Rosi no le gusta el sushi ya nunca voy —Rosi es la novia de Mila, a quien Karina todavía no conoce.

Mientras su amiga remoja un trozo de sushi en la salsa de soya —la gravedad es tan débil que la capilaridad basta para que la salsa ascienda entre los recovecos del arroz pegajoso—, Karina ve la hora. Son las nueve y cuarto de esta noche de jueves 15 de septiembre de 2030 —aunque la cuenta cristiana de los años resulta útil para fechar conquistas, independencias, epidemias, biografías y graduaciones, su pequeña escala disimula la verdadera edad de la Tierra, las más de cuatro mil quinientas millones de veces que ha girado alrededor del sol.

—Oye, déjame hablarle a mi abuela para ver cómo está. No me acuerdo si le avisé que iba a salir contigo.

Mila le llamó hace diez días para felicitarla por su cumpleaños. Acordaron festejarlo hoy porque ambas estaban muy ocupadas. Karina aceptó ir a la fiesta después de cenar porque necesita distraerse del doctorado y de la pesadilla colectiva desatada por el incendio del Bosque de Chapultepec.

—Doña Rebe —exclama Mila con ternura—, hace años que no la veo. ¿Crees que se acuerde de mí?

La ola de calor que arrasó el país en la primavera revolcó a la capital una noche de mayo. No había llovido en meses. Era la peor sequía registrada.

—Obvio sí —Karina sostiene el aparato contra la oreja—. Siempre le has caído súper bien.

El Bosque de Chapultepec se convirtió en el pastel de cumpleaños de una civilización que festejaba su bochornoso ingreso en la tercera edad. Los bomberos y soldados tardaron cuatro días en apagar todas las velas. El humo se quedó flotando sobre el valle varias semanas.

—Porque no sabe que tú eras mi crush —dice Mila—, si no, imagínate —a Karina le halaga que su amiga se haya enamorado de ella cuando estudiaban la secundaria.

El fuego comenzó en el Panteón Civil de Dolores, donde están enterrados los papás de Karina desde hace dieciocho años. Una hoguera truculenta —la pira sacrificial de un sacerdote cuya identidad todavía no se confirma— fue el origen del siniestro que arrasó con seiscientas cincuenta hectáreas de vegetación reseca y enferma, novecientos mil sepulcros descuidados, la fachada de siete museos y la fauna recluida en el zoológico.

—Eso no lo supo —dice Karina mientras escucha el timbre de espera del teléfono—, pero sí le dije que te dejara de preguntar si ya tenías novio porque no te gustaban los hombres.

Por la mañana del lunes 26 de mayo, Karina vio con horror los videos tomados desde los rascacielos del Paseo de la Reforma. Como espuma de una cerveza agitada por la sed alcohólica de la ciudad reseca, el incendio rebasó las bardas del cementerio público y se derramó con prisa sobre el bosque. Primero se creyó que el fuego no podría cruzar los dieciséis carriles asfaltados del Periférico, pero el incendio engendró su propia tormenta eléctrica y los rayos llevaron el fuego al otro lado de la vía rápida.

—¿En serio? ¿Y qué te dijo? —pregunta Mila con sorpresa—. Nunca me habías contado.

Karina no está acostumbrada a ponerse aretes, por lo que el ruido de los choques de la arracada de plata contra la pantalla del celular la desconcierta.

Su abuela no contesta. Al colgar confirma haberle llamado a "Vera R" —para evitar extorsiones, si llegaran a robarle su celular, bautizó el contacto de su casa con el nombre de la astrónoma que descubrió la incongruencia entre la masa visible de las galaxias y su velocidad de rotación. A Vera Rubin le atribuyen el descubrimiento de la materia oscura, pero Karina está convencida de que esa sustancia es un mito y que el extraño comportamiento galáctico que descubrió la astrónoma a la que le está llamando se puede explicar mejor con una nueva teoría de la gravitación universal, como la que ella misma está construyendo.

—¿Qué? Perdón.

Vuelve a marcar, esperando que su abuela ya se haya acercado lo suficiente al teléfono para alcanzar a contestarlo. Hace tiempo le compró un aparato inalámbrico, pero siempre se quedaba sin pila y la artritis le impedía a la anciana marcar los botones para contestar y hacer llamadas. Tras el fiasco, Karina reconectó el teléfono de disco con el que su abuela llevaba cuarenta años, una reliquia de baquelita amarilla cuyo auricular es tan pesado que podría usarse como mancuerna para fortalecer los bíceps, lo cual ayuda a evitar que se quede mal colgado.

—¿Qué dijo tu abue cuando le contaste que no me gustan los vatos?

Uno, dos, tres, cuatro timbres y se activa el buzón de voz que Karina nunca ha abierto.

—No me acuerdo —dice Karina, distraída, pensando en que su abuela a veces llama al 030 para pedir la hora y se enfrenta con la penosa realidad de que la compañía telefónica ya no ofrece ese servicio.

Cuando se enteró de que se había quemado el panteón donde estaban enterrados su hijo y su nuera, Rebeca se empeñó en llamarle a su sobrino Francisco para pedirle que fuera a ver si la tumba estaba bien. Karina le tuvo que repetir varias veces que la policía había desalojado las colonias aledañas al bosque y que nadie podía acercarse sin autorización a la zona.

—Bien linda —dice Mila—, me acuerdo que le encantaba llevarnos a comer helado —ellas pedían helado de limón o de frambuesa, su abuela de rompope. Era la única forma aceptable de ingerir alcohol cuando estaba a cargo de dos niñas de diez años de edad.

—Sí. Todavía le encanta —Karina marca por tercera vez a Vera R.

—¿No te contesta?

—No —dice Karina con una vocal prolongada por la inquietud.

—Seguro está hablando con alguien. Me acuerdo que era súper platicadora.

Desde hace muchos años las únicas personas que llaman al departamento son los vendedores telefónicos y la propia Karina, para recordarle a su abuela que le dejó un tamal dentro del microondas o que se tiene que tomar las pastillas que le dejó en un platito junto a un vaso de agua en la repisa. Nadie más le llama a Rebeca: sus hermanas y comadres ya murieron. Francisco, el único pariente que tienen en la ciudad, sólo las busca en diciembre para invitarlas a cenar en Nochebuena. Aparte de su sobrino, la única persona con la que Rebeca socializa es su vecina Maru, que aprovechó el puente festivo del 16 de septiembre para visitar a su familia de Celaya.

—Pero no suena ocupado, sólo no me contesta —ya tuvo tiempo suficiente para levantarse de la cama o salir del baño; todavía es temprano y su abuela nunca se acuesta antes de las once—. Está raro —hace años que su abuela ya no se embriaga; no tiene fuerza para salir a la calle ni dinero para encargar que le compren su adorado whisky—. Ya me preocupé.

A Rebeca le gusta llamarle a su vecina para invitarla a comer tlacoyos o a tomar chocolate. Karina la deja leer el número impreso en letras enormes y marcar los diez dígitos como un ejercicio psicomotriz. Su abuela se equivoca con frecuencia. A veces le contestan personas desconocidas, a veces una voz tan amable como sintética le informa que "El número que usted marcó no existe". Aunque sabe que se trata de una grabación automática, la anciana se disculpa con ella y vuelve a empezar el calvario anacrónico de girar el disco diez veces. Karina teme que un día su abuela llegue a ser tan olvidadiza que se pase media hora girando el disco y termine llamando a otro continente, planeta, galaxia o dimensión —¿qué clase de números, se llegó a preguntar con su exnovio, harían falta para llamar a los dioses? ¿La raíz cuadrada de menos uno, todos los decimales de Pi, los números transfinitos de Cantor?

—No te preocupes —le dice Mila—. Seguro se quedó dormida o algo.

O algo: con la ceguera y los achaques, el tedio y los duelos acumulados, su abuela le llama a la muerte cada vez más seguido. Karina sospecha que ya le contestó.

2. Ola de calor

Una luz de atardecer a medianoche inundaba la caseta de vigilancia cuando las trompetas del himno nacional despertaron a Silverio. Le había tocado cubrir el turno vespertino del 25 de mayo de 2030 en la entrada principal del Panteón Civil de Dolores, a la que solían asignarse dos veladores nocturnos, para que uno permaneciera en la caseta mientras el otro hacía rondas periódicas. Como su compañero se había reportado enfermo debido a una intoxicación provocada por un coctel de mariscos, Silverio permaneció apostado en la caseta y se quedó dormido viendo la décima segunda entrega de la saga *Rápido y furioso* mientras las llamas engolfaban el cementerio. Arrullado por los gritos, disparos y explosiones de la película, no se percató de lo que pasaba afuera.

—*Mas si osare un extraño enemigo* —lo primero que hizo fue buscar el control remoto de la televisión para apagarla y seguir durmiendo— *profanar con su planta tu suelo…*

Silverio sabía que a doscientos metros de donde él se encontraba yacían bajo la misma loza los restos del músico catalán y del poeta incestuoso que compusieron el himno mexicano: Jaime Nunó y Francisco González Bocanegra. A pesar de que en la Rotonda de las Personas Ilustres, inaugurada en 1876 para rendir tributo perpetuo a los cadáveres más egregios de la patria, había difuntos con relaciones más estrechas que ellos —Julián y Nabor Carrillo eran padre e hijo, Alfonso y Antonio Caso eran hermanos, Melchor Ocampo era suegro de José María Mata—, los únicos que compartían sepulcro eran Nunó y González Bocanegra, cuya novia —que según la Wikipedia también era su prima— lo encerró con llave para obligarlo a escribir los versos que resonaban en la caseta de vigilancia mientras él se despabilaba del sueño macerado por el toque de mariguana que había fumado antes de cenar.

También sabía que Nunó había venido a México invitado por el dictador Antonio López de Santa Anna, cuya pierna mutilada había sido enterrada con honores en el Panteón del Tepeyac. Puesto que sabía estos y muchos otros datos sobre los residentes de la Rotonda, sus colegas lo llamaban Chiquinerd, apodo que lo incomodaba debido a la alusión a su baja estatura. Su erudición no se limitaba a la biografía de la centena de personalidades que yacían en la Rotonda; podía mencionar que los restos de José Guadalupe Posada, el caricaturista famoso por sus dibujos de la esquelética Catrina, habían sido depositados en la fosa común, y que la fotógrafa Tina Modotti —la única persona enterrada en el Panteón Civil a la que Silverio había visto desnuda, gracias a las fotografías que le tomó un estadounidense— había sido amiga de la famosísima pintora Frida Kahlo.

Antes de apagar la televisión, Silverio notó que un teatro de sombras rojizas bailaba sobre el mapa del panteón, una telaraña de calles cuyo centro era la Rotonda y en cuyo extremo irregular se encontraban las fosas donde inhumaban a los muertos anónimos de la capital. El cementerio "más grande de Latinoamérica", según presumía un cartel junto a la entrada, estaba conformado por doscientas cincuenta hectáreas de mausoleos, criptas y lápidas que colindaban al sur con la avenida Constituyentes; al oriente, con la segunda sección del Bosque de Chapultepec, y al noroeste con la profunda barranca que separaba la necrópolis de las Lomas de Chapultepec, el barrio más pudiente de la urbe.

—*Piensa, ¡oh patria querida!, que* —el cielo brillaba de un color rojo marciano.

¿De dónde venían esas luces fluctuantes? Silverio giró hacia la ventana y en vez de las tinieblas habituales afuera de las oficinas del cementerio se encontró con una pared de lumbre y humo.

—Verga —murmuró mientras los soldados muertos que el cielo le había dado a la patria en cada uno de sus hijos se convertían en llamas y marchaban al compás del himno:

—*¡Para ti las guirnaldas de oliva,*
un recuerdo para ellos de gloria,
un laurel para ti de victoria,
un sepulcro para ellos de honor!

Silverio cerró los ojos deslumbrados y al sobrevolar las calles del panteón —montones de hierba seca, ataúdes deshechos, veladoras derretidas, árboles cubiertos de heno, botes de basura repletos de botellas de plástico y flores muertas, colillas de cigarros, encendedores, jeringas abandonadas por la multitud de adictos que a diario buscaban privacidad entre las tumbas— se dio cuenta de que la cama estaba tendida para una orgía de fuego.

3. La visita

Karina sube las escaleras corriendo, llega jadeando a la puerta de su departamento, ubicado en el primer piso del edificio 26 de la unidad habitacional El Altillo, introduce la llave en la cerradura y en vez de girarla se demora en el gesto ocioso de frenar el péndulo inestable del llavero —se trata de una reproducción metálica del timón del primer barco de los piratas de sombrero de paja, protagonistas del manga *One Piece*; ese llavero es el único accesorio que revela la identidad otaku de Karina—. El timón se queda quieto y Karina ya no sabe cómo postergar la entrada. Teme encontrar a su abuela en un estado irreversible de equilibrio térmico con el ambiente. El ácido láctico le quema los muslos. Hace siete años, cuando se mudaron a este departamento para que Karina estuviera cerca de la universidad, ni a su abuela ni a ella les pareció grave que hubiera que subir un tramo de escaleras para llegar. Rebeca tenía ochenta y tres años y estaba acostumbrada a subir y bajar escaleras en su casa de la colonia Clavería. No previeron que las escaleras no tardarían en volverse un tormento para las rodillas de la anciana y para la impaciencia de la joven.

Por fin gira la llave y empuja la puerta. La recibe una penumbra agorera. Rebeca es alérgica al silencio, por lo que siempre tiene encendida la televisión o la radio. Karina entra sin encender la luz y deja las llaves sobre la mesa del comedor —el mueble de caoba obstruye la entrada porque no fue hecho para un domicilio tan pequeño.

El primer lugar donde su mirada busca es la mecedora. Está vacía, lo cual incrementa el temor de encontrar a su abuela derrumbada en una posición abyecta. Las pupilas de Karina se dilatan y registran un bulto sobre la alfombra, entre la sala y la cocina. Como suele pasarle, su mente se adelanta a los sentidos. Ya piensa en la mudanza: no puede pisar todos los días el lugar donde murió su abuela. Rentará un departamento en otra unidad. Tal vez en la Villa Olímpica, al otro lado de la Ciudad Universitaria. Por fin descansará del suplicio de los columpios que siempre rechinan debajo de su ventana. Ya no tendrá que lidiar con las conspiraciones vecinales ni con el fisgoneo constante de la vecina Maru.

Con cada paso avanza varios meses, hasta que se muda al extranjero para hacer un posdoctorado.

—¿Quién eres? —la interrumpe una voz deforme y resbalosa que reconoce de inmediato. A su abuela no la derrumbó la muerte sino su vieja amiga, la bebida.

Karina no responde. La castiga con el silencio por haberla sometido a este suplicio. Se acerca a ella sin prender la luz. El teléfono refleja el brillo ambarino del farol que se filtra por la ventana. El auricular se encuentra bien colgado. ¿De dónde sacó el alcohol? ¿Quién pudo venir a visitarla la tarde del 15 de septiembre? Sus tíos jamás cruzarían la ciudad en viernes —o tal vez andaban por el rumbo y decidieron pasar a saludarla.

—¿Quién eres? —repite su abuela con la cabeza alzada al ver que la silueta oscura se acerca cada vez más, haciendo un ruido poco familiar con los incómodos tacones que Karina se puso para lucir más atractiva en la fiesta a la que ya no pudo ir.

¿Quién es? Sabe que su nombre completo es Karina Miranda López. Su número de estudiante es MLK07051660C. Le fascina la cultura japonesa. Está convencida de que la teoría de la relatividad general es inadecuada para entender la verdadera naturaleza de la gravedad.

—¿Cómo te atreves a pisar esta casa? —su abuela, adoctrinada por las telenovelas, es proclive a la exageración dramática—. Tú no tienes vergüenza —¿con quién creerá que habla en su delirio etílico? Karina podría sacarla del error, pero el resentimiento y la curiosidad cierran sus labios—. Si la vienes a buscar… la niña no sabe nada —probablemente "la niña" es ella misma, a quien su abuela sigue viendo como la nieta que tuvo que adoptar de siete años —. ¡Lárgate! —el grito la toma desprevenida; Karina da un paso atrás y está a punto de perder el equilibrio—. Después de lo que hiciste, ¿cómo te atreves? —el discurso de su abuela empieza a asustarla. ¿De qué está hablando?—. Todo se paga en este mundo, por eso no te vas... lo que le hiciste a mi hijo no tiene perdón —¿quién será esa mujer a la que odia y qué pudo haberle hecho a su papá hace tantos años, antes de que él muriera junto con su mamá en el accidente?—. ¿Me oíste? Todo lo que le hiciste, eres una gata —la insulta con una familiaridad desconcertante—. Pero la niña no tiene por qué... ella no sabe nada —Karina intuye que su abuela habla con el espectro de su nuera y que ella, una silueta negra de tacones, es el fantasma de su propia madre—. Lárgate de mi casa —la creencia de que está en su casa es un síntoma común de la embriaguez—, malnacida. Lárgate de aquí —ya no es una orden sino una súplica.

La anciana se queda sin energía y vuelve a apoyar la cabeza en el suelo. Ya no intenta confrontar a la intrusa ni levantarse. Farfulla la oración del ángel de la guarda que rezaba con Karina todas las noches cuando era niña. Mi dulce compañía, no me desampares, ni de noche ni de día.

"La niña no sabe nada", "lo que le hiciste a mi hijo", ¿de qué estaba hablando su abuela? No puede creer que Rebeca Sánchez Culebro, la mujer más indiscreta de la Tierra, le haya escondido un secreto de importancia por tanto tiempo. ¿Qué pudo hacer su madre para que su suegra la odiara tanto? Este rencor explica la obstinada negación de su memoria. Su abuela jamás menciona a su nuera difunta. Actúa como si no hubiera existido. Karina lo atribuye a su enconado clasismo, a su desprecio por el origen humilde y provinciano de la jovencita de Tijuana que en vez de migrar a Estados Unidos con el resto de su familia se mudó a la capital para estudiar ingeniería en el Politécnico y abandonó los estudios para casarse con Carlos Miranda Sánchez, un hombre casi veinte años mayor que ella.

"La niña no sabe nada", pero aspira a saberlo todo: el origen y el destino del universo, el peso atómico del oro y el deuterio, la cantidad de estrellas congregadas en el cúmulo de galaxias donde se encuentra el sol. ¿Qué le hizo su madre a su papá? ¿Por qué, si la odia tanto, la encubre su abuela? Karina no recuerda mucho sobre sus padres. Él era un señor borracho; ella, una joven alegre. ¿Y por qué le habla a su sombra con tanta seguridad, como si no hubiera muerto en el coche amarillo en el que chocaron sus papás hace dieciocho años?

Karina se acerca a la pared y enciende la luz. La transformación de la sala es tan violenta como la que sucedió a los trescientos mil años de edad del universo. Los fotones escaparon de la cárcel del plasma primigenio, clara del huevo cósmico que se sigue cociendo en el sartén.

—¡Ay! —grita Rebeca, herida por la luz. Se cubre los ojos con el antebrazo derecho.

Sobre la mesa hay una botella de whisky casi vacía. Glenfiddich, dieciocho años, una sola malta. Karina acompañó tantas veces a su abuela a la vinatería que reconoce la lujosa condición de esa botella. ¿Quién se la regaló?

—¿Te duele algo? —Karina se lo pregunta desde lejos, preocupada por las lesiones que la anciana haya podido sufrir en la caída. Pocas cosas teme tanto como que se rompa la cadera, quede incapacitada y cuidarla se vuelva un trabajo de tiempo completo.

—Mi hijita —dice con ternura la anciana—, ya llegaste. Qué bueno. ¿Cómo te fue en la escuela?

Son las once y media de la noche. Hay pedazos de una taza rota en el pasillo que separa la sala de la cocina. Su abuela bebe en taza desde que la artritis le impide rodear un vaso con firmeza. Karina levanta las conchas de cerámica y las lleva al bote de basura. Se fija en el contenido de la bolsa negra: nada fuera de lo normal. En el fregadero hay un vaso. Karina lo levanta y lo huele: también contuvo whisky. Alguien tomó con su abuela. Busca huellas de pintura labial, pero no las encuentra.

Rebeca se queja, tratando de levantarse. Si se hubiera fracturado un hueso ya sentiría el dolor.

—Se me bajó la presión. Yo creo que es algo que comí.

Entre las justificaciones para sus desfiguros alcohólicos, la más socorrida es que se le bajó la presión o el azúcar; que ya se va a acostar, aunque sean las cuatro de la tarde, porque el analgésico que se tomó para el dolor de las articulaciones le dio mucho sueño.

—¿Quién te vino a ver?

Una alarma le avisa a Karina que acaba de recibir un mensaje de WhatsApp.

—Nadie. ¿Quién se va a acordar de esta pobre vieja?

Mila le acaba de escribir para preguntarle cómo encontró a su abuela.

—*Se siente mal del estómago. Me voy a tener que quedar con ella :(*

—¿Y entonces de dónde salió esta botella?

Karina levanta el whisky y se lo muestra. Su abuela sigue en el suelo. Karina no puede ayudarla a levantarse en este estado. Tendrá que arrastrarla hasta su cuarto y tratar de subirla a la cama.

—No sé —la interrumpe el hipo que detona su esófago irritado por el alcohol.

—¿Cómo que no sabes? Casi se acabaron la botella. Dime.

—No vayas a tirar ese chorrito —dice la anciana, tratando inútilmente de salvar el whisky que la llevó a este estado—, qué tal que un día se ofrece.

—Si no me dices quién te la trajo la voy a tener que tirar —lo ha hecho muchas veces: vaciar el apestoso contenido de las botellas en la tarja de la cocina o el escusado.

—Yo creo que fue un regalo que estaba guardado por ahí. Pero no me acuerdo quién me lo dio. Ya no sirvo para nada y Dios que no se acuerda de mí.

Tal vez él también padece demencia senil o ha bebido demasiado. Tal vez la gravedad es un efecto de su borrachera cósmica. Mientras su abuela farfulla lamentaciones, Karina se prepara para arrastrar el bulto anciano de su cuerpo hasta su cuarto.

4. Tepo

Tan pronto como pudo sustraerse de la atracción hipnótica del fuego, Silverio se dispuso a llamar a los bomberos. Los contactos de emergencia estaban clavados en la pared, pero no podía leerlos porque la huella verde de las llamas se había quedado ardiendo en sus retinas. Parpadeaba mucho, tratando de limpiarse los ojos de la impronta visual del incendio, pero su resplandor seguía cegándolo. Decidió llamar por radio al compañero asignado a la caseta norponiente, donde se encontraba el crematorio para mascotas. Silverio temía que, como se acostumbraba en el cuerpo de vigilancia, el guardia asignado a esa remota puerta del panteón se hubiera ido a dormir a su casa después de firmar la lista de asistencia.

—Aquí, dos veintidós, emergencia en la puerta uno, cambio —la estática del radio ronroneaba; el compañero seguramente estaba bien dormido en su casa, con la alarma puesta para levantarse a las cinco de la mañana, ponerse el uniforme y volver al panteón para el cambio de turno—. Aquí —gritó en el radio—, repito, hay un incendio en la entrada principal, cambio —¿a quién le habría tocado esa caseta? El jefe de vigilancia tenía la política de no asignarle turnos nocturnos al personal del sexo femenino, así que el holgazán ausente tenía que ser el Tinder, el Yanimodo, Lord Petacas o don Jacinto.

Nada. Se le ocurrió llamar al 911 en vez de a los bomberos. Las autoridades mexicanas habían copiado el número de emergencias estadounidense; gracias a las películas todo el mundo se lo sabía. Marcó los tres números y le contestó una voz automática: “Para comunicarse con la policía, marque uno; para solicitar una ambulancia, marque dos; para pedir apoyo a Protección Civil, marque tres”. Silverio marcó la última opción y los resabios de la mariguana hicieron que el tiempo de espera se dilatara tanto que colgó antes de que le contestaran en Protección Civil. Lo aterraba el rabioso avance de las llamas, que ya estaban cercando el monumento fúnebre del presidente sonorense Plutarco Elías Calles, cuyos restos áridos habían sido trasladados al Monumento a la Revolución en el remoto año de 1969.

En ese momento se acordó de su amigo el Tepo, residente clandestino del panteón desde 1985, cuando el amor de su vida pereció en el terremoto de magnitud 8 en la escala de Richter del 19 de septiembre.

A esas horas de la noche el Tepo ya debía estar noqueado por el alcohol en su domicilio, la suntuosa cripta Limantour. Como el acaudalado patriarca de la familia Limantour se fue al exilio con Porfirio Díaz y sus herederos se olvidaron de México al emparentarse con la nobleza francesa, castellana y austrohúngara, la inmensa construcción gótica sólo llegó a ser ocupada por el diminuto féretro de su hijo muerto en la cuna. Además de ser ministro de finanzas durante la mayor parte de la dictadura porfiriana, el engominado Limantour se había encargado del mejoramiento del Bosque de Chapultepec en la última década del siglo XIX —había triplicado su extensión comprando los terrenos que circundaban el Panteón Dolores—, por lo que resultaba natural que quisiera alojar los restos de su familia en una glorieta en la parte más elevada del cementerio, desde donde podría gozar a perpetuidad de una vista privilegia del castillo y el bosque.

Alojado en su palacio porfiriano, el Tepo vivía sin aprietos gracias a las donaciones que le hacían los miembros de la economía informal del cementerio: vendedores de flores y botanas, refrescos y cigarros, así como los narcomenudistas de cuyas contribuciones dependían los vigilantes para completar su ingreso quincenal.

Cuando el Tepo llegó al panteón en los años ochenta se dedicó a vender fierro viejo sustraído de las tumbas abandonadas, heno y musgo para los nacimientos navideños y veladoras vacías para las cantinas donde expendían mezcal; la más extraña de sus mercancías eran los caracoles que recolectaba de madrugaba y que llevaba a los restaurantes españoles donde los cocinaban.

—Un día va a temblar otra vez —le advertía el Tepo a Silverio cuando vagaban juntos entre las tumbas—. Y esta ciudad se va a ir todita a la chingada.

De tanto augurar un sismo, el Tepo no vio venir el fuego que desde las copas de los árboles más altos del panteón le hacía cosquillas rojas al cielo despejado de la ciudad.

Silverio se puso las botas y se amarró las agujetas con premura. Al salir de la caseta se enfrentó con el rugido aterrador del fuego, acompañado por el crepitar de la leña y el salpicado grito de las piedras quebrándose por el calor.

Como la calle que conducía a la cripta Limantour ya estaba cercada por las llamas, tuvo que dar un enorme rodeo. A los ochenta metros de carrera se le aflojó una bota y tuvo que apoyarse sobre la tumba de María del Carmen Lobatón Segovia —muerta de doce años en 1915— para volver a ajustarla.

Un par de cuadras más adelante lo frenó el terror cuando se encontró con un arco de fuego sobre la calle, formado por un cedro cubierto de heno y una jacaranda pelona —la sequía había retrasado la floración y apenas le empezaban a nacer hojas verdes.

Para rodear ese obstáculo tuvo que saltar sobre numerosas lápidas antes de volver a correr, perseguido por las llamas, por la calle que conducía a la cripta de su amigo.

La puerta de metal estaba emparejada, sin el candado que el Tepo le ponía cuando se iba de vago a la ciudad. Silverio la empujó y se asomó al hueco de oscuridad de donde manaba el olor agrio de la suciedad añeja. El fuego aún no alcanzaba ese cuadrante, pero el ruido de los árboles en llamas le impedía distinguir si el Tepo respiraba dentro de la cripta. No tenía forma de iluminar la fosa. ¿Cómo no se le ocurrió agarrar su celular antes de salir de la caseta?

—¡Tepo!

El olor del humo le despertó recuerdos de la operación realizada para retirar un panal de abejas que se había instalado en el hueco de un pirú cerca del Santuario de las Víctimas del Aborto, construido por una secta ultracatólica en el lote privado de la familia del presidente Pascual Ortiz Rubio. Los apicultores habían usado ahumadores para aturdir a las abejas y extraer el panal del hueco. Silverio miró el proceso desde lejos, porque no dejaron acercarse a nadie que no tuviera overol blanco, sombrero con velo y guantes de carnaza. Cuando encontraron a la reina bastó con encerrarla en una jaula diminuta y colocarla dentro de la caja para que el resto del panal se precipitara hacia ella. Una vez congregada la mayor parte del enjambre, colocaron la tapa y la sellaron con cinta adhesiva. Se llevaron el panal a Xochimilco y el monumento dedicado a los no nacidos quedó apestando a humo, como si se hubiera incendiado.

—¡Tepo! —Silverio golpeó la puerta metálica de la cripta tan fuerte como pudo—. Despiértate. Se está quemando todo.

Silverio no daba crédito a su mala suerte. De haber estado viva, su mascota Pancha lo habría despertado a tiempo para llamar a los bomberos antes de que la conflagración pirológica —como le habían llamado a los incendios en un curso de protección civil que les habían dado en la alcaldía— se saliera de control. Si no hubiera bebido la sangre envenenada que los brujos santeros dejaron como ofrenda para un muerto al que deseaban invocar, Pancha habría estado junto a él en la caseta y habría ladrado hasta llamar su atención. Era una perra lista y atenta, ideal para realizar labores de vigilancia, parda, canosa, flaca y chaparra como él. Tenía los sentidos tan aguzados que no importaba en qué parte del panteón anduviera, siempre bajaba corriendo a recibirlo cuando Silverio llegaba a trabajar.

Un día se la encontró con el hocico manchado de sangre. "¿Qué te comiste?", le preguntó a la perra que movía la cola frenéticamente. Siguió el rastro colorado hasta la ofrenda que habían dejado en la tumba de Wilfredo Rosas Pérez, muerto apenas en 2026. Había plumas de gallina de Guinea, hojas de tabaco y una serie de símbolos pintados sobre la lápida con lo que seguramente era carbón de hueso humano —a Silverio le había tocado extorsionar a un par de vendedores del Mercado Sonora que habían ido al panteón a recolectar materia ósea—. Al rato Pancha se empezó a convulsionar. La levantó en brazos y corrió a una clínica veterinaria que había visto en Tacubaya. Ella vomitó en el camino y cuando llegaron al consultorio la perra ya había expirado. Sus restos descansaban al pie de la tumba donde la había encontrado, junto a los huesos de la señora Ana Francisca Villamil Hernández, de quien heredó el nombre de Pancha.

—¡Tepo! —golpeó la puerta de la cripta y gritó asomado a la boca oscura del palacio subterráneo.

El entierro canino se llevó a cabo en lunes, pues era el día que el panteón estaba cerrado al público. Silverio abrió la fosa con la pala que le prestó Pablo "el Sepulturero" Munguía, campeón latino welter de boxeo y trabajador veterano del panteón. El Tepo lo acompañó en la ceremonia y, como ninguno de los dos se sabía plegarias fúnebres, el viejo entonó canciones de José José mientras el otro echaba tierra sobre la Pancha.

—*Qué triste fue decirnos adiós, cuando nos adorábamos más, hasta la golondrina emigró, presagiando el final.*

El Tepo vertió refresco de naranja mezclado con alcohol etílico sobre el túmulo y brindó con un trago por la memoria de Pancha Chiquinerd —la ocurrencia de usar su apodo como apellido de su mascota conmovió a Silverio, que a pesar de tener una hija humana de trece años, no se había sentido nunca como un padre.

Por último Silverio colocó sobre la tierra un ramo de claveles usurpados a otra tumba.

—¡Tepo!

Las llamas estaban cada vez más cerca. No podía seguir perdiendo el tiempo. Se metió a la cripta, decidido a sacar a su maloliente amigo en calidad de bulto. Silverio no estaba listo para morir. Mantenía a su madre, que seguía deprimida por la muerte de su esposo, y a su hermano mayor, que estaba preso en el reclusorio de Almoloya de Juárez porque se había estampado contra un poste mientras huía en motocicleta de la escena de un multihomicidio en territorio enemigo. Además de esas responsabilidades, no quería que su muerte le diera la razón a su exmujer respecto a la inconveniencia de trabajar en un cementerio. Ésa había sido una de las semillas de su separación. Primero Yadira le había exigido que dejara de trabajar en la recolección de basura, como lo había hecho el padre de Silverio toda la vida, porque no le parecía higiénico para su hija recién nacida. Le hizo caso y gracias a la recomendación de su padrino, que trabajaba como barrendero en las oficinas de la alcaldía, consiguió una plaza de vigilancia en el Panteón Dolores. A Yadira le pareció que el nuevo empleo de su pareja era más vergonzoso e insalubre que el anterior. Aunque la volubilidad de los horarios era desgastante, el trabajo consistía principalmente en ver la televisión y pasear por un bosque repleto de arte funerario e historia nacional, por la cual Silverio manifestaba un gran interés. Además de la Rotonda de las Personas Ilustres —sobre la que pasó muchas horas leyendo en la Wikipedia—, ahí estaba el lote del Colegio Militar, de los diputados constituyentes de 1917, de los aviadores que pelearon en la Segunda Guerra Mundial, de los inmigrantes italianos y alemanes. Aparte del salario y las prestaciones de ley, gozaba de los sobornos y las dotaciones gratuitas de las sustancias recreativas que se comerciaban al interior del cementerio. Era un ensueño al que no estaba dispuesto a renunciar. Antes de que su hija Daenerys cumpliera tres años de edad, Silverio y Yadira ya habían roto su concubinato.

—¿Tepo?

Al tantear las colchas tibias en el nicho donde dormía su amigo, Silverio recordó que últimamente se quejaba de que no podía dormir en su cama por culpa de la ola de calor. "Pinche horno —se lamentaba—. Parece que le subieron a la flama del infierno, me cae de madre." Esa noche seguramente se había quedado dormido al aire libre, en la fosa de las víctimas del terremoto donde yacía su esposa, desde donde resultaba muy fácil escapar del panteón por la barranca. Silverio, mientras tanto, había ido a meterse con desinterés suicida en la panza abrasadora del dragón.

5. Gravedad

¿De qué le sirve a Karina comprender tan bien la gravedad si no la puede domar cuando más lo necesita? El esfuerzo de arrastrar a su abuela por el pasillo la ha dejado exhausta y antes de hacer el intento de subirla a la cama toma un descanso mientras la anciana balbucea reclamos incoherentes con la cabeza apoyada contra el costado del colchón.

—Es la primera vez en toda mi vida, porque yo no te crié así para que me zangolotees, ¿quién, quién te crees que eres, niña?

Karina está segura de que el espaciotiempo no se curva por efecto de las masas sino que se difunde y arremolina como una gran marea de vacuidad.

—Oye —le dice a su abuela casualmente, tratando de relajarla para que le confiese quién vino a verla—, cuéntame cómo te la pasaste, de qué platicaron.

El vacío no es dócil. Se opone a los cuerpos que lo penetran. Por eso las galaxias se compactan y huyen, por eso la masa gravitatoria de su abuela se niega a dejar el suelo.

—Le dije que mejor así lo dejáramos, como si no hubiera pasado nada y ya. Muchas gracias, buenas noches.

—¿A quién le dijiste eso?

—¿A quién va a ser? Zonza.

A pesar del aplomo que ha ganado con los años, los cándidos insultos de su abuela la enfurecen y lastiman de forma desproporcionada.

—No sé, dime —tal vez el coraje le ayudará a invocar la fuerza necesaria para levantarla.

—Te lo voy a contar para que me entiendas. Yo amé solamente una vez en la vida. Yo no sabía nada de nada, pero cuando llegó Ramiro y preguntó que quién era el dueño de la finca, yo supe que él ya era dueño de mi corazón —su abuelo Ramiro visitó Tabasco para hacer estudios geológicos en busca de yacimientos petroleros—. Entonces yo me quedé pasmada. Señorita, ¿se encuentra usted bien? —Karina no tiene la paciencia para escuchar por enésima vez el relato de cómo se enamoraron sus abuelos, así que termina su pausa y se prepara para el levantamiento olímpico.

—¡Suéltame! —le grita Rebeca cuando le pasa los brazos por debajo de las axilas.

El fotón es el archienemigo del gravitón. Por eso se evitan con tanto ahínco. Mientras que el primero huye por el espacio a toda velocidad, sin que lo toque el tiempo, el otro se queda quieto, imperceptible, y para cambiar sólo se multiplica.

—Te voy a subir a la cama. ¿Okey?

Karina aguanta la respiración y aprieta los glúteos, empuja con las piernas, jala con la espalda, el universo entero se resiste a este divorcio entre su abuela y el planeta. Karina puja, tensa, siente cómo se le llena el rostro de sangre. Apenas logra separar a su abuela unos centímetros del suelo y la vuelve a bajar.

—¡Ay! —se queja Rebeca, adolorida por el sentón.

—No grites —le ordena, enfurecida por la vergüenza de que los vecinos oigan el zafarrancho y crean que alguien le está haciendo daño a la inofensiva abuelita del departamento 103.

—¿Así me pagas todo lo que he hecho por ti? Es que lo traes en la sangre.

—Te estoy tratando de acostar porque te pusiste peda.

—¿Yo? Para nada. Y no me vuelvas a decir así porque yo sí te doy tu cachetada.

Los borrachos se parecen mucho a los niños pequeños en cuanto a su cinismo, falta de coordinación motora, desinhibición e irritabilidad. ¿Por qué, si Rebeca se ha embriagado tantas veces, nunca había sido tan indiscreta como esta noche? Karina debe agradecérselo a quien sea que la haya visitado con ese licor tan distinguido. De algún modo que todavía no entiende, las palabras que su abuela le dirigió a la sombra están vinculadas con la muerte de sus padres y la activación de su recuerdo, con el incendio del panteón.

—Te voy a volver a levantar y si no me ayudas te vas a quedar toda la noche en el piso. ¿Eso quieres?

—Quiero que me pongan con mi esposo y no volverme a levantar.

La anciana respira con dificultad debido al efecto depresivo del alcohol en el sistema nervioso; como siempre que se embriaga, esta noche roncará escandalosamente y su nieta tendrá que ponerse tapones en los oídos para conciliar el sueño.

—¿Estás lista? Voy a empujarte contra la cama.

Karina podría bajar a la caseta de vigilancia y, además de preguntar si vieron a alguna persona sospechosa entrar a la unidad con una botella en la mano, solicitar que la ayuden a cargar a su abuela. La vergüenza de volver a pedirles un favor y de que vean a la anciana en ese estado patético la disuade de hacerlo.

La anciana vuelve a gritar cuando siente la embestida de su nieta, que se enfrenta con el horror del vacío a las cosas —exactamente al revés de como lo entendió Aristóteles, que le atribuía a las cosas un profundo horror al vacío.

—¡No me desvistas! Ahorita ya no me quiero bañar, por favor.

Para expandirse, el universo tuvo que vencer esa primera resistencia y desgarrar la nada a costa de su propia eternidad. El paso del tiempo es la huella que deja el sacrificio.

—Te estoy tratando de acostar. Ya casi son las doce de la noche.

Karina ha visto que en Japón cada vez se usan más robots de compañía para cuidar de los ancianos; entre sus habilidades está la de levantarlos de la cama y llevarlos al baño o a la silla de ruedas. Por desgracia esos robots antropomórficos son tan costosos que en México resulta más barato contratar seres humanos para realizar ese trabajo.

—Déjame, yo puedo sola.

Si no fuera tan tarde, le llamaría ahora mismo a su tío Paco para preguntarle si él vino a visitarla.

—A ver, párate.

Afirmar que el universo comenzó con un *big bang* es grosero e impreciso. Para que algo estalle tiene que destruir violenta y repentinamente un orden preexistente sobre el que la ciencia no puede hacer ninguna aseveración. Nada puede saberse antes de la época de Planck, una brevedad tan diminuta que hace falta un punto y 43 ceros para expresarla como fracción de segundo. En cualquier caso, el comienzo del universo —cuyas anomalías se atribuyen a un periodo inflacionario que ninguna ley física predice por su cuenta— debió de haberse parecido más a los torpes esfuerzos de su abuela en el suelo que al explosivo clavado de la materia en el espacio.

—Ya me mareé.

Su abuela logró ponerse de rodillas y tiene la frente apoyada contra la base de la cama. Karina debe aprovechar esta posición antes de que Rebeca vuelva a tenderse en el suelo. Lo primero que hace es levantar el torso de su abuela y colocar su cabeza y sus brazos sobre la cama. La anciana refunfuña, pero Karina ya no se detiene. La abraza por la espalda y hace un tremendo esfuerzo para empujarla hasta que logra subirla a la cama, donde yace boca abajo, con las piernas colgando. La última maniobra implica levantar sus piernas y usarlas como manivela para girar el cuerpo de su abuela y acomodar la cabeza cerca de la almohada.

Resopla, exhausta y satisfecha, empapada de sudor. La desviste y le pone un pañal. Vuelve a preguntarle quién vino a verla y Rebeca se limita a repetir que Dios ya no se acuerda de ella. Karina está demasiado cansada para seguir insistiendo. Forma un barandal alrededor de la cama con las sillas del comedor, para que se asemeje a una cuna y su abuela no se caiga al piso en la madrugada.

—Ya duérmete —le dice antes de apagar la luz.

Mientras se lava la boca frente al espejo mira la nariz redonda de su abuela en el centro de su propio rostro. No deja de impresionarla la capacidad del registro genético para superar brechas generacionales y reproducir con tanta fidelidad la forma de órganos cartilaginosos como ése.

A estas horas de la noche Mila ya debe de estar borracha en la fiesta de su oficina. Mila quería presentarle a Patricio, un matemático que trabaja con ella como analista de riesgo. Estaba segura de que se llevarían bien y de que, si lograban superar sus respectivas timideces, podrían intercambiar números telefónicos e incluso irse juntos de la fiesta. En vez de agotarse restregando su cuerpo contra el de su abuela en la cama, Karina pudo haber hecho lo mismo contra el cuerpo de Patricio hasta alcanzar un resultado muy diferente. Como el sexo casual no le interesa, la especulación le resulta más divertida que frustrante. Sin embargo, le habría gustado conocerlo y marcharse de la fiesta con el deseo de volver a platicar con él.

Al salir del baño, el rechinido de la puerta alborota a su abuela.

—¿Quién es? —pregunta desde la cama con temor.

—Soy Karina.

—Ah —dice Rebeca con alivio—, eres tú.

6. Daenerys

Cuando estallaron los tanques de gas del crematorio, Silverio caminaba de vuelta hacia la entrada por la calle paralela a la barda del panteón. A pesar de que en esa zona poco arbolada estaba a salvo del fuego, el humo lo obligaba a avanzar agazapado para alcanzar a ver por dónde iba. De pronto se iluminó el asfalto, escuchó un trueno volcánico y mientras veía crecer el hongo de fuego atrás de la Rotonda, una ráfaga de aire caliente le irritó los ojos y lo dejó ciego. Temeroso de tropezar y caer, se puso en cuclillas y luego de tocar la tibieza del suelo, empezó a avanzar a cuatro patas como si fuera un perro. Su única guía era la pendiente de la calle, que bajaba hasta llegar a la explanada principal. El calor extremo y la falta de oxígeno le produjeron un cansancio insuperable. Los brazos ya no pudieron sostenerlo y se dejó caer al suelo. No sabía cuánto le faltaba para llegar a las oficinas. Se dio por muerto y aprovechó la desesperación para arrepentirse de la vida insulsa que había llevado.

Entonces escuchó ladridos. Reconoció el llamado de la Pancha. Sin saber si ella había vuelto para salvarle la vida o para guiarlo al inframundo, decidió seguirla. Comenzó a arrastrarse y a gatear. Intentó gritar, pero sólo pudo toser. Siguió avanzando y no tardó en chocar contra una superficie curva de plástico. Era el barril que tenían afuera del baño para usarlo cuando se vaciaban los tinacos por culpa de la escasez de agua en la ciudad. Ya estaba a salvo junto a las oficinas del panteón.

Silverio pasó el resto de la noche esperando que llegaran los bomberos. Los únicos que se presentaron en la entrada del panteón mientras ardían las tumbas fueron vecinos curiosos de las colonias América, 16 de Septiembre y Daniel Garza.

—¿Papá? —cuando sonó el teléfono, Silverio estaba sentado en la banqueta tomando una Coca-Cola para hidratarse y apagar la migraña insoportable que tenía—. Habla Daenerys, tu hija.

Le dolió el hecho de que Daenerys sintiera la necesidad de aclararle cuál era su parentesco con él. Llevaba varios años sin verla. Se había peleado con Yadira, su expareja, debido a sus problemas para cumplir con la pensión alimenticia. La desgracia financiera de Silverio se debía a una serie de infortunios muy costosos. Su padre había muerto, habían metido a la cárcel a su hermano mayor y su madre había dejado de trabajar por culpa de la depresión que le produjo quedarse viuda y tener a un hijo sicario en el penal de Almoloya. Aparte de pagar la renta de la diminuta casa donde vivía con su mamá, Silverio tenía que sufragar las cuotas extraoficiales que cobraban en la cárcel para que los reclusos no amanecieran muertos en su celda. Yadira pudo haberlo demandado ante un juzgado familiar, pero prefirió mantenerlo lejos.

—Hija, hija —repitió la palabra, fascinado por su sentido esperanzador—, qué chido que me hablas. No reconocí el número —Silverio no sabía que su hija ya tenía teléfono, ni que se lo había regalado el novio de Yadira en su cumpleaños.

—Mi mamá me dijo que trabajas en Chapultepec —Yadira prefirió ocultarle a su hija que su padre trabajaba en un cementerio—. Acabo de ver que se está quemando el zoológico. ¿Sabes si sacaron a los animales?

—Casi me muero, hija.

—¿Neta? ¿Dónde estabas?

—En el panteón —a él no le daba vergüenza ser vigilante del primer panteón civil de la Ciudad de México—. Aquí empezó el relajo. No sabes lo que sentí.

—¿Está por ahí el zoológico?

—No —le respondió decepcionado de que a su hija le importaran más los animales que su propio padre—, está retirado de aquí.

—Ya busqué muchísimo —Daenerys sonaba muy ansiosa— y en ningún lado dicen si los animales están bien.

—Todos los bomberos se fueron para esa parte, o sea que seguro sí. ¿A poco has venido al zoológico?

Silverio había pasado toda la noche tratando de que los bomberos acudieran al panteón, pero todas las unidades de la ciudad habían sido enviadas a trabajar en la primera sección del Bosque de Chapultepec con la poca agua que tenían almacenada en sus estaciones, de tal suerte que las autoridades habían dejado que el fuego ardiera ahí hasta consumirse.

—Sí. Hace dos semanas nos llevaron.

—¿Quién?

Silverio sintió, mezclada entre los piquetes de la migraña, una punzada de celos.

—A toda la escuela. Nos llevaron al castillo y al zoológico. Vimos a una jirafa que acababa de nacer. Está súper bebé, ha de estar muy asustada —Silverio le dio un trago a su Coca-Cola. Un toque de mariguana le habría ayudado a paliar el dolor que le taladraba la cabeza. Cada vez que cerraba los ojos volvía a ver las llamas y la lluvia de pavesas al rojo vivo que caían a su alrededor mientras avanzaba hacia la salida, antes de la explosión cegadora—. Me preocupan mucho las jirafas, los flamencos, los cóndores de California, porque ésos están en la lista roja de animales en extinción.

—Oye, hija —a Silverio lo tenían sin cuidado los animales en extinción—, hace rato que sentí que ya me había llegado la hora me acordé mucho de ti. Quiero que nos veamos más. Voy a hablar con tu mamá para que ya no se oponga. No se vale que no puedas gozar a tu papá —Daenerys no respondía—. ¿Me oíste?

—Sí, está bien. ¿Me avisas cuando averigües algo de los animales?

—Simón, yo te aviso. ¿Ya te vas a ir a la escuela?

—Ya cancelaron todo. Dicen que no hay que salir a la calle para no respirar.

—¿A poco? ¿Por?

—Por el humo. Está bien fuerte. ¿No has visto?

Después de colgar con su hija, Silverio siguió bebiendo su refresco en la banqueta y empezó a buscar noticias en internet.

No era consciente del caos apocalíptico que el incendio había provocado en la megaurbe: los aeropuertos habían cancelado todos los vuelos, las principales avenidas estaban cerradas, habían desalojado a miles de personas de las colonias aledañas al bosque y las habían llevado en autobuses militares y de la policía a albergues improvisados en el Palacio de los Deportes y el Foro Sol. Las salidas carreteras estaban colapsadas por el tráfico de los automovilistas que trataban de huir del aire irrespirable del valle.

Un rato después vio venir desde el poniente una caravana de vehículos escoltados por patrullas con las torretas encendidas. Por fin alguien se había acordado de que el panteón también ardía.

7. Historia clínica

Ella nunca se imaginó que atestiguaría, sentada en la sala de espera de una lujosa clínica de cirugía estética la mañana del 19 de febrero de 2031, el aterrizaje de un gigantesco avión pintado de oso panda al interior del cual la empresa China Cargo transporta dos cachorras clonadas de Xin Xin, la panda que murió en el Zoológico de Chapultepec durante el incendio. La anciana era la última osa del planeta que no pertenecía al Estado chino, ya que descendía de una pareja de pandas donada a México antes de que la política del imperio asiático se volviera más celosa con respecto a sus embajadores de la especie *Ailuropoda melanoleuca*.

Gracias a que llegó con tanta anticipación a la clínica —aún falta una hora para su consulta con el doctor Pedro Rodríguez Winter—, Karina puede ver la ceremonia de bienvenida de las pandas en una pantalla enorme. A su alrededor hay un grupo variopinto de pacientes, adolescentes en transición de género, un hombre con el rostro desfigurado por una golpiza, un trío de señoras septuagenarias que acuden a aplicarse bótox en equipo y una mujer que al llegar anunció en voz demasiado alta que viene a hacerse una lipoescultura.

Karina tiene la tabla sujetapapeles en las piernas, pues la bienvenida de las pandas clonadas la distrae de llenar el cuestionario con el que armarán su historia clínica.

Nombre completo: Leonor Llorente Calles.

Al escribirlo se cuestiona sobre la moralidad de su impostura. Al menos Leonor Llorente Calles sufre el robo de identidad *post mortem*, así que no la perjudica de ningún modo. En el fondo no le parece que esté mal mentir, simular y romper las reglas si se hace con el propósito de descubrir la verdad. En la física se toman las licencias más extremas para investigar la realidad:

se asume que existen seis, siete, nueve, once dimensiones, se asumen con seriedad propiedades con valores negativos, números irreales, constantes arbitrarias. La naturaleza ama esconderse —a su tutor le gusta citar esas palabras de Heráclito— y para encontrarla se vale cualquier trampa.

Fecha de nacimiento: coquetea con la idea de anotar el cumpleaños de su madre —2 de junio—, pero la prudencia sugiere no multiplicar las falsedades innecesariamente, para que eso no la haga caer en contradicción y la ponga en evidencia, así que escribe el día y mes genuinos —5 de septiembre—, pero se quita dos años de existencia y nace en 2007.

Edad: como todo mundo repite hasta el hartazgo que ella se ve más joven de lo que es, que parece una niña, que no pueden creer que ya sea alumna de doctorado y maestra de asignatura en la Facultad de Ciencias, no resultará sospechoso que Leonor tenga veintitrés años y no veinticinco como Karina.

Ocupación: ingeniería en sonido —a Karina le habría encantado dedicarse a diseñar el sonido de películas de animé.

—A continuación —dice la voz que narra la ceremonia en el hangar donde desembarcaron las cajas transportadoras de las pandas clonadas—, los niños y las niñas de la escuela primaria Elba Esther Gordillo van a interpretar una canción muy bonita que se compuso en el año 1981 para la panda Tohui, la primera panda mexicana que nació fuera de China. En su momento este conmovedor tema fue interpretado por la cantante Yuri, que en esta ocasión actuará como directora del coro infantil.

Medicación actual: Leonor no padece depresión como ella, así que Karina omite la píldora de quince miligramos de escitalopram que toma todas las noches desde hace un mes y medio.

Antes de empezar a tomar antidepresivos buscó a Mila para preguntarle su experiencia con ellos. "Uy —le dijo en un mensaje de voz—, súper bien, yo la neta ni los quería dejar cuando me dieron de alta. Es que la neta este mundo es insoportable sin chochos. Yo lo pienso como que son el equivalente químico de las religiones. A la mera hora yo creo que sale más barato que ir a misa y vivir con todas esas prohibiciones."

Antecedentes médicos: la psicóloga de su escuela primaria nunca le diagnosticó a Leonor un trastorno del espectro autista cuando acababa de perder a sus papás; tampoco tuvo que ir al ginecólogo con su abuela y dejar de comer pollo debido a la pubertad precoz, así que traza una línea horizontal sobre el espacio disponible para indicar que no tiene ningún antecedente médico.

Alergias: como ya se aburrió de la aridez de su historia clínica, decide que Leonor será alérgica al veneno de las abejas, cuyo atroz colapso hace que viva sin riesgo de ser picada por una de ellas.

—*¡Pequeñas pandas, no se imaginan*
lo que hay de cosas en este lugar!
¡Tenemos juegos, árboles, flores
y animalitos que viven en paz!

Como fracasaron todos los esfuerzos internacionales para reproducir a Xin Xin y a su tía Shuan Shuan, investigadores del gobierno chino le pidieron autorización al zoológico de la Ciudad de México para tomar muestras celulares de Xin Xin con el fin de clonarla y preservar la diversidad genética de la estirpe mexicana de pandas. Cuando se incendió el zoológico y se confirmó la muerte de la anciana, el gobierno chino se apresuró a hacer público que ya había clonado a la panda mexicana y que se proponía donar a México a sus dos primeros ejemplares. La secrecía con la que se había clonado a Xin Xin no fue motivo de fricciones, debido a la profunda crisis mediática internacional que la gran mortandad de animales silvestres en el zoológico provocó. Las autoridades capitalinas se apresuraron a aceptar la oferta y a preparar la infraestructura necesaria para recibir a los animales antes de que la remodelación del Zoológico de Chapultepec estuviera lista.

Mientras escribe sus antecedentes familiares en la historia clínica, Karina se pregunta qué clase de parentesco existe entre Xin Xin y sus clones. ¿Son sus hijas, sus gemelas, ella misma? ¿Puede decirse que también son hijas de Tohui, a pesar de que ella no las parió y de que nacieron veintisiete años después de su muerte?

La recepcionista de la clínica llama a Regina. Una adolescente transgénero de alrededor de quince años se levanta y atraviesa el pasillo hacia los consultorios en compañía de su madre. El resto de los pacientes se mira entre sí, preguntándose con envidia a quién le tocará pasar después y calibrando qué clase de insatisfacción estética los reúne en ese lugar. ¿Por qué creerán que vino Leonor? Tal vez piensen que la acompleja el tamaño discreto de sus senos o la excesiva prominencia de su frente.

—*¡Pequeñas pandas en Chapultepec*
todos queremos verlas crecer,
y saludarles, también desearles
sean muy dichosas, las hermanitas,
pequeñas pandas en Chapultepec!

El público reunido en el hangar presidencial para recibir a las pandas le aplaude al inmenso coro desafinado de niños que acaba de cantar durante tres minutos frente a los cuerpos sedados de las pandas.

La muerte de Xin Xin en el incendio no fue una tragedia desde el punto de vista de la conservación zoológica. Su avanzada edad ya le impedía moverse por su exuberante jardín, y sus cuidadores tenían que acercarle los tallos de bambú al hocico. A pesar de este atenuante, su deceso atrajo una cobertura mediática mucho mayor que el de ejemplares fértiles de especies mucho más amenazadas como los cóndores californianos, el leopardo de las nieves, los lobos mexicanos o los conejos teporingos.

—A continuación escucharemos las palabras de su excelencia el embajador de la República Popular de China en México, el doctor Shi Jie.

Karina se levanta para entregarle su historial médico a la recepcionista. Al girarse para volver a su silla nota cómo el hombre del rostro desfigurado desvía la mirada de su cuerpo. Seguramente estaba revisando si había venido a consulta preoperatoria para hacerse implantes de nalgas o pantorrillas; si el sujeto tiene una imaginación más intrusiva, habrá pensado también en la posibilidad de un rediseño vulvovaginal, uno de los servicios ofrecidos en la clínica por los doctores Higashi y Navarrete. En cualquier caso, el sujeto no se imagina la razón por la que Leonor Llorente Calles, que está a punto de cumplir cien años muerta, vino a consulta con el doctor Rodríguez Winter esta mañana.

8. Poder inferior

Karina mira las estrellas fosforescentes pegadas al techo de su cuarto. No puede dormir. Le duele la espalda por el esfuerzo olímpico de levantar a su abuela y acostarla. Recuerda sus palabras sin cesar, como si fueran el estribillo de una canción muy pegajosa. *La niña no sabe nada, lo que le hiciste a mi hijo no tiene perdón, todo se paga…* Intenta distraerse, pensar en otra cosa, dejar de lacerarse por la ingenuidad que demostró cuando Mila le planteó hace rato la posibilidad de que su abuela estuviera tomando.

—No —le respondió muy persuadida—. Para nada. Hace mucho que ya no pide. Mínimo tres años que no. Y como yo manejo el dinero y ella ya no puede salir sola, está difícil.

—Ay, qué bueno, amiga. Me acuerdo cómo te preocupabas. Ya no supe cómo te fue en el grupo que te dijo mi mamá —Mila se refiere a Al-Anon, la hermandad de ayuda mutua entre familiares de bebedores que surgió a partir de Alcohólicos Anónimos.

—Más o menos. Eran bien chidas —una de las integrantes del grupo era amiga de la madre de Mila, que padecía el matrimonio con un alcohólico activo—, pero la parte espiritual me costaba trabajo. Yo era mucho más chica que ellas. No sé. Como mi abuela ya no toma desde hace tanto, ya no he buscado ir.

Al-Anon funcionaba con base en los doce pasos del programa de recuperación de doble A y Karina se había tropezado desde el segundo paso, que apelaba a creer que un Poder Superior podía devolverle el sano juicio, perdido en el transcurso de su relación codependiente con una persona enferma de alcoholismo. El Poder Superior era el apodo neutral que le habían dado a Dios en la organización para no ahuyentar a los escépticos. Karina no tardó mucho tiempo en darse cuenta de que el programa no podía ayudarla a lidiar con la adicción de su abuela sin la fe en un Dios cariñoso y diligente, preocupado por el bienestar de sus criaturas. Puesto que le resultaba imposible creer en la existencia de un Poder Superior, Karina dejó de asistir a las reuniones virtuales del grupo tan pronto como entró a la universidad.

—Qué bueno que ya no te hizo falta —dijo Mila, restándole importancia al asunto—, yo creo que a tu abue le hizo mucho bien mudarse de esa casa que le traía tantos recuerdos, era súper oscura, enorme, fría, como muy deteriorada. A mí la neta me deprimía un poquito.

A Karina le había pesado crecer en ese desvencijado chalet inglés de la avenida Azcapotzalco, construido a principios de la década de 1930 por algún gerente de la refinería El Águila que no previó que el Estado mexicano expropiaría la industria petrolera pocos años después.

—A mí también me deprimía —se sinceró—, por eso me gustaba tanto irme a dormir a tu casa, aunque mi abuela aprovechara para ponerse las borracheras más fuertes.

En la adolescencia, gracias a su temprano romance con la divulgación científica, Karina había llegado a creer en el poder inferior de las partículas elementales, las fluctuaciones cuánticas, los puentes de hidrógeno, las moléculas orgánicas, el ácido desoxirribonucleico, las hormonas y las células madre. En su cosmovisión no había lugar en la realidad para seres inmateriales de ningún orden.

—Güey —asintió Mila—, me acuerdo que luego parecía boxeadora por los madrazos que se pegaba. Qué difícil, Kari. Lo bueno es que ya pasó.

—Sí —dijo Karina con un alivio que en retrospectiva era muy necio—. Pero bueno, hablando de eso, le voy a llamar otra vez a ver si ya me contesta.

Como Rebeca no lo había hecho, Karina concluyó que estaba muerta o en un estado de salud muy delicado.

—¿No le puedes hablar a una vecina para que vaya a tu depa a ver cómo está? Igual y es una bronca con el teléfono y ella está bien.

Pudo haberlo hecho si no hubiera abandonado el grupo de WhatsApp "Condóminos Edificio 26 Unidos". Lo hizo porque ya estaba desesperada de que compartieran tantos videos y noticias sobre fantasmas. Desde mayo, la mayoría de los habitantes de El Altillo participaba activamente en el delirio colectivo de que el incendio del panteón había reanimado a millones de espíritus que ahora se dedicaban a asustar a la población capitalina. Sus vecinos más ociosos grababan videos con sus celulares de los columpios del área de juegos por la noche, esperando que el viento los empujara para capturar la evidencia irrefutable de que un niño fantasma se estaba columpiando en ese momento.

—La única con la que me llevo salió de México por el puente —contesta Karina.

Según la teoría popular, el fuego recalentó los huesos y las voces. Volvieron del olvido los difuntos cuyos nombres dejaron de callarse. El aire turbio por el humo vibró de nuevo con las sílabas de sus apodos, hipocorísticos y parentescos. Se despertaron las abuelitas y los Toños, el Tripas y la Chole. Se levantaron ancianos, niños, obreros y licenciadas. Se aparecen en sueños, se mueven en las sombras, buscando sus lugares conocidos, tropiezan con los muebles nuevos, se estrellan contra las puertas que pusieran donde estaban sus camas y jardines. Tocan el timbre, buscando a otros difuntos: "¿Quién?", preguntan los vecinos y les responden los chiflones de aire.

—¿O por qué no hablas a los porteros de la unidad? Me acuerdo que siempre hay alguien, ¿no? Los que suben y bajan la pluma del estacionamiento.

La idea era estupenda y Karina se enojó consigo misma por no haberla pensado antes.

El guardia que le contestó el teléfono aceptó ir a ver. Le dijo que volviera a llamar en quince minutos. Para distraerla mientras esperaban el resultado de la visita del guardia, Mila le pidió que le contara cómo iba con su doctorado. Karina le respondió que su objetivo era proponer una teoría alternativa de la gravedad, que fuera compatible con la mecánica cuántica y que permitiera entender la desconcertante expansión acelerada del universo. Sus investigaciones avanzaban demasiado lento, pero con resultados prometedores.

—¿Sabes qué estaría genial?, que tu teoría sirviera para que ya funcione lo de la fusión nuclear —Mila se refería a la siempre postergada esperanza de que se pudiera producir energía limpia inagotable con reactores de fusión nuclear—. Nos urge que salves al mundo, güey, las cosas están de la chingada.

—Sí estaría genial —coincidió Karina—, pero no creo.

Ella se había cuestionado en numerosas ocasiones si era correcto, en un mundo devastado por el cambio climático, el agotamiento de los recursos y el colapso de la biosfera, dedicarse a investigar un tema tan exquisito y desconectado de la crisis ambiental como la gravitación cuántica. Su único consuelo era la posibilidad de que sus descubrimientos tuvieran aplicaciones imprevistas, como había sucedido con la teoría de la relatividad de Einstein, sin la cual no existiría la comunicación satelital ni los sistemas de geolocalización.

—Quién sabe —dijo Mila.

—Lo único que se me ocurre es que podría servir para diseñar otro tipo de naves espaciales que sirvan para ir a otros planetas y tal vez llevarse desechos radiactivos o traer materiales para construir celdas solares. Pero no tengo idea, es pura ciencia ficción.

—No lo dudo para nada —le respondió su amiga—, ¿quién iba a imaginarse lo que está pasando en China con toda la onda transgénica?

Mario, el único exnovio de Karina —el estudiante de filosofía con quien tuvo sexo por primera vez—, lo tenía muy claro cuando se conocieron hace un lustro. Su interés por la ciencia ficción y los experimentos mentales lo había predispuesto para imaginarse el nuevo mundo que la biotecnología estaba creando.

—¿Tú ya probaste la carne de probeta? —a Karina le entusiasmaba la posibilidad de comer pechuga de pollo o filete de atún creado a partir de la multiplicación celular en un laboratorio, sin que hubiera jaulas, redes ni rastros de por medio.

—No la he probado. En Interlomas hay varios restaurantes que la venden, pero como es importada está carísima.

—Pues sí. Ojalá avancen con eso. Ya voy a hablar otra vez a la caseta, a ver qué pasó.

Le contestó otro guardia. Pidió hablar con su compañero. Ya había ido a tocar el timbre del departamento. No había nadie. Nadie abrió. No se escuchaba ruido.

Karina se convenció de su presentimiento. Empezó a pensar que el futuro había llegado, pero en lugar de eso había vuelto atrás, a los tiempos en que su abuela luchaba contra el alcohol hasta caer noqueada.

Rebeca vive —los ronquidos en la habitación contigua lo confirman cada diez segundos— y no puede dejar de hacerlo antes de que Karina averigüe quién vino a visitarla esta tarde y qué es lo que le oculta desde hace años.

—¿Pedimos la cuenta? Tengo que ir a ver qué paso.

Mila le ofreció llevarla en su coche al departamento. Karina declinó la oferta por la sensata razón de que llegaría más rápido en metro a su casa, sobre todo con el cierre de la avenida Insurgentes, por la que desfilarían los militares la mañana siguiente.

Mientras caminaba hacia la estación del metro se arrepentía de haberse puesto esos tacones tan incómodos. Ahora, con los pies adoloridos y desnudos sobre las sábanas —el calor nocturno la disuade de taparse—, Karina se acuerda de la estúpida ansiedad con la que se preguntaba en el vagón si las funerarias trabajarían el 16 de septiembre y si acudirían rápido a recoger el cuerpo de la occisa y prepararlo para su discreto velorio —además de Maru y de la familia del tío Paco, no se le ocurría nadie más a quién invitar—; la atormentaba el prospecto de pasar un día entero con el cadáver en su departamento. Como bien le dijo su abuela a la sombra que corrió de su casa hace rato, "la niña no sabe nada". Para dejar de ser esa niña, Karina tendrá que averiguarlo todo.

9. Carne

Silverio yacía inmóvil al interior del féretro. La veladora necia de su mente no se apagaba. La oscuridad engordaba los minutos y en cada uno cabían veinte días hábiles. Tenía la edad de Cristo. Su madre le advirtió que fuera cauto. El incendio también había sido una advertencia. ¿Por qué crees que te tocó trabajar ese día? Por la misma razón que le había tocado el turno de la noche el jueves, el martes y el domingo anterior, el jueves, el martes y así, regresivamente, hasta que pidió vacaciones para velar el cuerpo de su padre y al regresar hubo cambio de horarios. Por eso, nada más. ¿Y por qué crees que te tocó nada más a ti? No me tocó nomás a mí, pero soy el único pendejo que fue. Por algo. Algo se te metió. Querían usarte. ¿Usarme para qué? La respuesta llegó sin hacer ruido. La muerte agazapada entre las tumbas lo atacó. Nadie escapa de mí.

Para matar el tiempo repasó su vida. El sábado que volvió a encontrarse con su hija lo primero que ella quiso hacer fue ir a Chapultepec. Todo estaba quemado y quedaba lejísimos de la colonia Jardines de Morelos —no había un solo jardín en ese barrio bravo de Ecatepec—, donde vivía Daenerys con su mamá, sus tíos y sus abuelos. A ella no le importó: quería acercarse al lugar de los hechos que la obsesionaban.

Al verla después de tanto años se asustó. Silverio no esperaba que una morra de trece fuera más alta que él —se preguntó si de verdad sería su hija o Yadira se la había endilgado—. La primera broma que hizo fue decirle que si seguía creciendo iba a necesitar un ataúd extra largo. Pésimo. Muy mal. Si quieres vamos a Chapultepec. ¿Crees que nos podamos asomar al zoológico? Como toda la vegetación se había quemado, desde la calle se podían ver los recintos donde una vez vivieron las hienas, los leones, los camellos, las jirafas. Parecía una granja arrasada por la sequía. Daenerys la miraba como si fuera suya. Quiero saber qué le pasó a los animales. Pues se murieron todos, ¿no viste? ¿Pero qué les hicieron? Quién sabe.

Vieron que había un guardia junto a la entrada de servicio del zoológico. Sígueme la corriente.

—Buenas tardes, jefe.

—Buenas tardes.

Silverio le mostró su credencial de la alcaldía Miguel Hidalgo.

—Yo trabajo aquí en el Panteón Dolores y ahorita que venía pasando dije: le voy a preguntar al compañero. Ando pensando en pedir mi cambio, para ya no exponerme tanto a los fantasmas. Está bien lúgubre allá arriba. ¿Aquí cómo los tratan? ¿Está pesado?

—Yo apenas llevo aquí dos años y todo bien. Bueno, ahorita no sé qué vaya a pasar, pero estaba leve. Lo malo es que obviamente se trabaja sábados y domingos.

—Allá arriba también. Yo estaba de turno cuando explotó.

—¿Neta?

—Sí. Ya casi se queda sin papá esta niña.

—Aquí nada más estaba un velador. Nosotros por depender directamente de la Secretaría del Medio Ambiente nada más trabajamos de ocho a cinco. A las cuatro ya empezábamos a barrer.

—¿A poco los ponían a barrer? —a Silverio le indignó que asignaran tareas de limpieza al personal de vigilancia.

—Sí, pero a la gente. Así decimos, cuando ya es hora de arrear a los visitantes para que se dirijan a la salida. No faltaba el artista que venía a pintar los tigres y se quedaba ahí, horas. Una vez se nos quedó alguien en un baño porque tenía chorrillo —la risa interrumpe al vigilante— y no se podía parar.

—Pobre. ¿Ya oíste?

Daenerys sonrió. Fue la primera vez que la vio sonreír. Era su hija: tenía los mismos dientes ingobernables. Le habían salido para todos lados y la pobre se avergonzaba de mostrarlos.

—Otra vez había un señor que se le cayó su celular al foso de los tigres, así, a una parte bien profunda. No se quería ir hasta que se lo dieran porque era un iPhone no sé qué. No, le dije, regrese mañana, ahorita ya no se lo podemos sacar. De aquí a que les ponían su cena a los tigres y los guardaban ya se hacía bien tarde y nosotros nos teníamos que ir.

—Pues sí —dijo Silverio, dándole la razón—. Oiga, ¿y qué le hicieron a todos los animales? ¿A poco los enterraron aquí?

—No, imagínese. Sí enterraban antes. Al oso polar, al hipopótamo, al rinoceronte. Pero no, se los llevó el ejército. ¿Ya ve que ellos tomaron la batuta?

Silverio había visto cómo las fuerzas militares abrían zanjas en la tierra, sacaban raíces que seguían ardiendo, paleaban escombro, montaban retenes, patrullaban las calles de las colonias desalojadas y se paseaban por el bosque como si fuera su casa.

—¿A dónde se los habrán llevado?

—Dijeron que los iban a incinerar, que ellos tenían dónde, pero sabe qué creo, que los hicieron pozole. Imagínese darle de comer a tanto bato. Trajeron un chingo de soldados rasos al Campo Militar que está aquí arriba. El búfalo, el bisonte, es como carne de res. El venado, la cebra. Lástima que no había elefantes porque con eso les rendía para todo el año.

—No creo —dijo Silverio, nervioso por la expresión horrorizada de su hija—. Yo creo que por lo mismo que se tardaron mucho en entrar ya no estaban bien, ¿no? Más con el calor que hacía.

—¿Usted cree que en McDonald's está muy fresca la hamburguesa? No. Le echan sustancias para que no sepa mal y vámonos. Pero depende. Hubo animales que sí estaban muy quemados. Otros estaban bien. Aparte el mismo humo, ¿no ve que venden el jamón ahumado?

Daenerys estaba llorando. Al percatarse de ello, el vigilante le aseguró que no estaba hablando en serio, que nada más lo estaba diciendo por convivir. Silverio no se atrevía a abrazarla todavía. Aparte estaba tan alta que no le podía ofrecer el hombro para llorar.

—Pues ya nos vamos —dijo Silverio.

Su excursión estaba nominada al Óscar a la peor reunión padre-hija del año.

—¿Me deja pasar al baño? —le preguntó Daenerys al guardia con la voz quebrada.

—Híjole, no tengo autorización. Aparte como se derritió la tubería, nada más estamos con un Sanirent.

Gracias a que las oficinas del cementerio estaban justo al lado de la avenida Constituyentes, sus instalaciones se habían salvado del siniestro.

—¿Aguantas a que subamos al panteón?

Daenerys negó con la cabeza. Silverio no sabía si estaba actuando o si realmente necesitaba ir al baño.

—Bueno —se compadeció el vigilante—, pásale rápido. Aquí te vas todo derecho. Si te preguntan nomás diles que vienes de la Sedema —en ese momento Silverio no se imaginaba que antes de acabar bajo el sepulcro asistiría a varias protestas afuera de la Secretaría del Medio Ambiente—. Les dices que eres becaria.

Silverio se quedó esperando afuera, con el vigilante. Siguieron platicando sobre la actuación del ejército en el incendio. Entre otros escándalos los acusaban de haber saqueado los supermercados de Polanco y de haber destruido con sus tractores y retroexcavadoras las obras del jardín escultórico del Museo de Arte Moderno.

—Ya se tardó su hija —dijo el guardia, molesto, al cabo de diez minutos.

—Pues ya sabe —le dijo, sin saberlo él mismo—, cómo es el tema con las damas.

—Ah. Con razón estaba llorando.

—Sí.

Su hija por fin apareció en la calzada. Venía muy seria, con el rostro muy irritado.

—¿Sí lo encontraste?

Asintió y dio las gracias. Silverio le ofreció la mano al guardia y se despidió de él con camaradería.

Se alejaron de la entrada, caminando por el Paseo de la Reforma hacia el metro Chapultepec.

—¿Qué pasó, hija, para qué te fuiste a meter? —le preguntó Silverio, curioso y aterrado—. ¿Sí te andaba o nel?

No. Quería ver el horror tras bambalinas. Las imágenes se le habían quedado marcadas en los ojos. Los bebederos secos, el aviario mudo, las vitrinas rotas, las jaulas vacías, las fichas zoológicas tiznadas, quemadas, achicharradas. ¿Cómo la dejó meterse? Aunque fuera tan alta y pareciera en edad de ser becaria de la Sedema, Daenerys seguía siendo una niña.

—¿Para qué te fuiste a meter, hija? —esa palabra sonaba pirata en su boca—. Ya no llores. Te invito a comer algo —qué estúpida forma de echar sal en la herida: pozole de oso panda, avestruz rostizada, hamburguesa de venado cola blanca—, ¿qué se te antoja?

Silverio recordaba la mirada inapetente de Daenerys. No se imaginó que dentro de ella se cocinaban planes tan subversivos. Lo que más le preocupaba era que Yadira se enterase de que la había llevado al bosque destruido. Daenerys no le dijo. Esa noche le mandó un mensaje a su papá: *Le dije a mi jefa que me llevaste a las pirámides de Teotihuacán. Cámara, a ver si luego vamos. Va.* Le habría gustado tener su celular para ver las selfis que se tomaron en la cima de la Pirámide del Sol. De haber tenido señal en el inframundo, le habría mandado mensajes a su hija. *Pórtate bien. Hazle caso a tu mamá. Lo más chido que me pasó fue conocerte.*

10. Nieve

Karina siempre estuvo fascinada por lo invisible: lo demasiado pequeño, lo sutil, lo imperceptible. Su mejor amigo de la infancia fue el electromagnetismo. Un día, mientras su abuela escuchaba sus discos de Agustín Lara en compañía de una botella, ella sustrajo todos los adornos del refrigerador de su abuela y les arrancó los imanes para jugar con ellos. Le gustaba hacer que las cosas levitaran. Le amarraba un hilo a los tornillos y los clips y los levantaba de la mesa atrayéndolos con imanes. Con el tiempo descubrió que su fascinación por el magnetismo apuntaba a una propiedad sospechosa: ¿cómo era posible que un pequeño imán tuviera el poder para vencer la atracción entera de la Tierra y levantar tornillos del suelo? A partir de esa inconsistencia empezó a dudar de las teorías que equiparaban a la gravedad con las fuerzas nucleares y electromagnética.

Si la curiosidad la llevó a dudar de la omnipresente gravedad, ¿cómo pudo vivir tanto tiempo sin cuestionar el relato de su pasado? Nunca le había dado importancia a un sinfín de detalles que ahora le parecen alarmantes, como la inexistencia de fotografías de su madre. No hay fotos de la boda. Tampoco aparece en las fotos de su bautizo. Parece que su abuela hubiera purgado las imágenes para desaparecerla.

En el repaso del archivo fotográfico ya viajó demasiado atrás en el tiempo. Ha llegado a los años sesenta, al jardín de la casa de Clavería cubierto de nieve. Su abuela apenas comenzaba su proyecto de sembrar una selva tabasqueña en ese pedazo de Azcapotzalco. La palmera de la esquina soporta con estoicismo tropical esa cosa blanca que la quema, los rosales se preguntan a qué hora los trasplantaron al Polo Norte, las orquídeas afirman que las quieren matar por ser tan bellas, el floripondio cree que está soñando, la cara de caballo quiere lamer la escarcha porque parece sal y la monstera deliciosa abre ocho bocas por cada hoja para gritar desesperadamente que tiene mucho frío. ¿Qué está pasando? El único que entiende es el bambú. Él ya conocía la nieve. Tranquilas, es agua congelada. ¿Cómo va a ser agua —le reclama el nopal con arrogancia—, no ves que tiene espinas?

La controversia entre las plantas ocurrió el 11 de enero de 1967, última vez que nevó en la Ciudad de México. Karina se sabe la fecha de memoria porque está enamorada de esa materia blanca que su abuela fotografió cuando acababa de llegar al valle y que su nieta nunca ha visto en persona. "Yo me quería morir", dice su abuela cuando cuenta la anécdota de la nevada, "yo era una señora recién casada que llega del calorón de la Chontalpa y se encuentra con un frío malvado... El día que nevó le dije a mi marido: Ingrato, me mentiste, esto no es el Distrito Federal, me trajiste a Siberia."

Karina se comenzó a interesar por la nieve cuando leyó en un libro de Alcohólicos Anónimos un testimonio titulado "Nieve fresca", escrito por un hombre que tocó fondo y dejó la bebida después de una noche que paseó extasiado con la nieve. Salió borracho del bar y al ver las calles blancas decidió pasear en vez de tomar un taxi —no tenía prisa para llegar a casa, era libre desde que su esposa lo había dejado—, así que cruzó el parque, pisando con deleite la colcha blanca, y anduvo muchas cuadras en un estado de enorme paz y calidez. Cuando llegó a su casa era de madrugada y estaba tan cansado y era tan libre que se echó sobre la cama sin desvestirse y se quedó profundamente dormido. Al despertar se quitó los zapatos y los calcetines y vio que tenía los dedos morados y las uñas completamente negras. En el hospital le dijeron que no tenían remedio y se los tuvieron que amputar.

La belleza peligrosa de la nieve despertó la curiosidad de Karina por esa forma cristalina del agua que ella jamás había visto de cerca. Sus pesquisas digitales no tardaron en activar otra de sus pasiones, la cultura japonesa, al encontrarse con el *Sekka Zusetsu*, un catálogo decimonónico de noventa y siete tipos de "sekka" o "flores de nieve", como el señor feudal Doi Toshitsura le llamaba a su objeto de estudio. Toshitsura dedicó más de veinte años a ver copos de nieve bajo un microscopio holandés.

Siguiendo la tradición de Toshitsura, el físico Ukichiro Nakaya emprendió un siglo después la tarea de sintetizar copos de nieve en el laboratorio y sistematizar las causas meteorológicas de su diversidad formal. A partir de sus observaciones en la Universidad de Hokkaido, la isla más norteña del archipiélago nipón, el físico desarrolló el diagrama de Nakaya para clasificar la morfología de los copos de nieve en función de la temperatura y la sobresaturación de moléculas de agua en el aire. El libro de Nakaya *Snow Crystals: Natural and Artificial* se convirtió en la biblia de Karina, quien miraba sus imágenes con fascinación equivalente a la que sus compañeros más lascivos sentían por las fotografías de sus ídolos pornográficos.

Como Karina tenía bastante tiempo libre en la preparatoria —la escuela se le facilitaba mucho y su abuela todavía podía encargarse de la administración doméstica—, vio videos, leyó artículos y descubrió que en pleno siglo XXI los copos de nieve albergaban todavía muchos enigmas. Aunque se entendía muy bien por qué la forma y polaridad de las moléculas de agua eran proclives a formar cristales hexagonales, aún era imposible simular la armonía fractal que coordinaba el crecimiento y las bifurcaciones de sus puntas simétricas. Habría sido ingenuo pensar que el entrelazamiento cuántico podía operar a la escala macroscópica de la nieve. Entonces, ¿qué? Antes de entrar a la carrera de física y familiarizarse con las ecuaciones de campo de Einstein, Karina llegó a considerar dedicarse a la cristalografía del agua.

Gracias al animé, Karina ya sabía de Yuki Onna, la mujer de la nieve, el espíritu yôkai que en el folclor japonés representaba un alma que había perdido la vida en el invierno. Una diosa que no deja huellas sobre la nieve y cuyos ojos, como los de la Medusa griega, podían matar de frío a quien los mirase. Se aparece en la noche y la tormenta, a veces con un niño de brazos que en realidad es un bloque de hielo. En la región de Oguni la llaman

Yuki Jorô, la cortesana de las nieves. Buscó los manga donde aparece: *Bleach*, *Ranma ½*, *Yu Yu Hakusho*.

Lo más parecido a la nieve silvestre que Karina había tocado era la nieve de limón de la heladería Chiandoni, fundada por un luchador de origen italiano en 1940. A su abuela le gustaba visitarla desde que llegó a vivir a la Ciudad de México, y estaba enamorada del mural que había en la heladería, una vista carnavalesca de Venecia desde la isla de San Giorgio Maggiore. La nieve de limón de Chiandoni tenía un color blanco brillante y una textura escarchada que por su aspecto debía de ser muy parecida a la nieve de agua sin sabor que caía en las cumbres de los volcanes mexicanos antes del calentamiento global. Una de las razones principales —la más pueril y secreta— por la que Karina deseaba mudarse a Cambridge o Ginebra era por vivir entre la nieve. Usar botas y guantes, quitarse los guantes antes de entrar al laboratorio y hundir los dedos en la masa gélida.

Cuando se mudaron al departamento en la Unidad Habitacional El Altillo, Karina decidió decorar el muro más estrecho de su cuarto con paisajes japoneses nevados. Le dedicó muchas horas a la búsqueda; se cocinó los ojos frente a la pantalla mirando grabados. Su primera opción era Utagawa Hiroshige —el famoso artista del Ukiyo-e que descendía de samuráis ancestralmente dedicados a combatir incendios—. Sólo nevaba en un par de sus *Cien vistas de Edo*, y ninguna le inspiró el deseo de despertar todas las mañanas frente a ella. También recorrió la obra de Katsushika Hokusai, cuya estampa *Bajo una ola en altamar en Kanagawa* había tenido de fondo de pantalla varios meses en su computadora. Hokusai había pintado muchos más paisajes nevados y Karina imprimió sus *Dos grullas en un pino cubierto de nieve* para volar con ellas cuando se sentía muy oprimida por sus circunstancias. También imprimió *Zojoji en la nieve* de Hasui Kawase, cuyo talento para representar la nieve precipitándose no tenía comparación. El grabado, donde una fuerte ventisca nocturna desviaba la caída de la nieve mientras que un hombre con paraguas, pantalones y abrigo occidentales caminaba hacia el templo de Zojoji, pertenecía a su segunda serie de

Recuerdos de viaje, producida en 1922 y firmada con el sello que utilizaba hasta que el gran terremoto de Kanto de 1923 destruyó sus placas de madera y sus instrumentos.

Ahí está, frente a su cama, la imagen que imprimió a color en Office Depot y enmarcó en Copilco: *Zojoji en la nieve*.

¿Cuánto tiempo lleva mirando esta foto irrelevante? Mira la hora, se reprende, sigue buscando. Hay cierto desorden cronológico: las fotos de la infancia y la juventud de su padre están mezcladas. Fiestas de cumpleaños, entregas de diplomas escolares, las pirámides de Teotihuacán, su padre en un triciclo, su papá posando con su primer coche, sus abuelos Miranda debajo de un árbol gigantesco —debe ser el Tule oaxaqueño—, la fotografía en blanco y negro de un perro, su padre sentado en las piernas de un Santa Claus desgarbado, su padre adolescente de traje, abrazando a su abuela en una fotografía cortada. Rebeca probablemente se resistió a destruir la foto porque en ella sale con su hijo y miran a la cámara felices, sin imaginarse lo que los espera en el futuro. Él parece un joven feliz y pendenciero; ella, una madre orgullosa que sonríe con la placidez inconfundible de la alcoholemia suave. A la derecha había alguien más, un hombre —vestía camisa blanca— que abrazaba fraternalmente a su padre; sólo queda su brazo mutilado como un signo de interrogación caído sobre los hombros de su papá. ¿Quién era y por qué fue censurado? El recorte de la fotografía es tan burdo que no le queda duda que lo hizo su abuela. Cuando la interrogue, ella fingirá demencia.

—No me acuerdo, pero mira qué bien salimos Carlitos y yo. Parece mentira que ésa haya sido yo.

—¿De quién será ese brazo? —pregunta Karina.

El rostro de su abuela se endurece.

—Quién sabe —le miente, como la gravedad cuando una le pregunta la órbita de Mercurio con las ecuaciones de Newton—, algún chamaco que se coló.

11. Conspiración

Un hombre vestido de camisa negra y corbata naranja se acercó con la mano extendida hacia Silverio, que titubeó antes de estrechársela porque se había lastimado con los vidrios rotos de la caseta de vigilancia cuando entró a buscar su celular. El dolor del apretón de manos lo distrajo del nombre del licenciado, que trabajaba en el departamento jurídico del Sindicato Único de Trabajadores de la Ciudad de México.

—Parece que tú eres el único incauto que se presentó a trabajar anoche, ¿verdad?

—Sí —le respondió Silverio—, lo que pasa es que mi compañero se reportó enfermo.

—Qué conveniente, ¿no? —le dijo el licenciado en tono sarcástico; Silverio no supo qué responderle—. Bueno, quiero que me enseñes por dónde andabas cuando explotó el crematorio. ¿Cómo te sientes para caminar? Te veo medio atolondrado.

—No, estoy perfecto —le respondió con el orgullo herido—. Vamos.

Comenzaron a andar hacia el noroeste. El humo no terminaba de disiparse y les impedía ver más allá de unos cuantos metros.

—¿Cómo te llevas con tus jefes? —le preguntó el licenciado con un tono menos amistoso, inquisitorial.

—Bien —respondió por reflejo—, normal —en realidad no tenía relación con ellos; su jefe directo, el supervisor de vigilancia, se la pasaba en su privado viendo partidos de futbol y el director de panteones de la alcaldía no se presentaba en la oficina más que en ocasiones especiales como el Día de Muertos.

—Pues no van a sobrevivir a este desmadre. Vas a ver que ahorita que se calmen las cosas muchos políticos van a presentar su renuncia. Mi consejo es que no intentes jugarle a la fidelidad con ellos porque te pueden jalar cuando los tiren. Tú tienes que jugar en el equipo de tu sindicato, no en el de la alcaldía. ¿Me explico?

—Afirmativo.

—Te veo nervioso, preocupado. Cuéntame qué pasó.

—Nada. Es que me duele mucho la cabeza por el humo y el calor.

—Es que la explosión te agarró desprevenido, ¿verdad? —le dijo el abogado con una empatía exagerada.

—Sí, totalmente.

—O sea que hay de dos: o tú eres el que colocó los explosivos y no te dio tiempo de pelarte o no estabas al tanto de lo que iban a hacer y casi te chingan tus jefes.

—¿Cómo? —le preguntó Silverio al abogado, confundido por su acusación.

—No te hagas. ¿A poco crees que esto fue un accidente? Mira nomás.

Se encontraron con uno de los tanques de gas que habían salido volando de su plataforma a un costado de los hornos del crematorio. Yacía abierto sobre una tumba de mosaico verde, el cilindro de metal roto como una lata de cerveza pisada por un gigante.

—Pues yo creo, ¿no?

Silverio asumía que la causa había sido la misma de otros incendios que se habían suscitado en el panteón: un pedazo de vidrio —la ventana rota de una cripta o un frasco usado para guardar los ingredientes de un amarre de brujería—, había fungido como lupa y había concentrado los rayos de sol sobre la hierba seca.

—Pues no creas tan fácil. Por andar creyendo, a muchos de nuestros afiliados se los está llevando la verga, eh. Y hablando de eso, ¿aquí qué tan fuerte está el culto de la Niña?

El licenciado parecía enterado de que la devoción de la Santa Muerte, aunada al consumo de drogas y la realización de ofrendas criminales, era muy poderosa entre los trabajadores de panteones.

—Bastante, la verdad. De hecho… —Silverio se detuvo, indeciso sobre la corrección de delatar que los primeros que habían llegado en la madrugada eran los sepultureros a los que les había tocado encargarse del altar de la Santa Muerte ese mes, que estaba instalado al interior del gigantesco mausoleo del político y empresario oaxaqueño Matías Romero. Llegaron a limpiar su calavera y pedirle disculpas por lo que había pasado en su territorio.

—¿Qué? —le preguntó el abogado—. No te me censures, Silvio, cuéntame.

Si no se hubiera equivocado con su nombre, Silverio tal vez habría sido más indiscreto con él.

—Pues sí he visto que luego vienen los santeros a hacer cosas, pero siempre los vigilamos. Luego dejan sus veladoras prendidas. Siempre se les dice que es un peligro, pero no hacen caso.

—¿Según tú esto fue por una veladora? Lo dudo. Vamos al crematorio, a ver cómo quedó. ¿Para dónde es?

—Para allá —dijo Silverio, apuntando hacia el lote italiano, cuyas ruinas de mármol blanco se parecían a las de la ciudad de Pompeya, destruida por un volcán en tiempos grecolatinos.

El edificio del crematorio estaba en ruinas. La altísima chimenea del antiguo horno, inaugurado en 1909, seguía desmoronándose lentamente, ladrillo por ladrillo.

—Mira cómo quedó. ¿A poco tú eres de los que creen que tiraron las Torres Gemelas con aviones?

—¿Cuáles?

—En Nueva York. Dos rascacielos. Yo creo que ni habías nacido, pero los tiraron con explosivos y luego dijeron que habían sido los avionazos. Búscalo en internet, para que te ilustres.

—Ah, sí, ya se cuáles —Silverio apenas tenía cinco años cuando sucedió el ataque del 11 de septiembre de 2001—. Pero anoche no vi nada raro. Por lo menos allá en la entrada todo estaba normal.

—Si te sigues haciendo pendejo voy a pensar que también a ti te maicearon para que no vieras nada.

—No, ¿cómo cree? Si ya ve cómo estoy, casi me muero.

Silverio estaba conmocionado por su encuentro cercano con la muerte. Quería renunciar, salir corriendo, ir a abrazar a su madre y luego ir a buscar a su hija para pedirle perdón por haber sido tan irresponsable.

—Nada más por eso creo que no estás coludido, o como yo les digo, tú no estás coludido, cabrón, tú eres un culo dado. Pero mira. Si ya te ofrecieron un billete para que te quedes callado, me vale madres. Yo no te voy a echar de cabeza. El chiste es que esto no salpique al sindicato. ¿Tú crees que no van a salir con que hay que contratar ahora una empresa de seguridad privada porque ustedes no sirven para nada? Detrás de este desmadre —el abogado señala las ruinas del crematorio— están los que quieren privatizar la ciudad. ¿Te imaginas lo que vale aquí el metro cuadrado? Entre Reforma y Santa Fe. Junto a las Lomas, junto a Polanco. No mames. Estamos parados sobre los terrenos más valiosos del país. Yo creo que de Latinoamérica, me cae. ¿Tú crees que la mafia inmobiliaria se los va a dejar a los muertitos?

—No, pues no lo había pensado.

—Piensa mal y acertarás —al decir eso el abogado sacó una bolsa de plástico que tenía arrugada dentro del bolsillo—. ¿Cómo se llama tu compañero que faltó porque le dio chorrillo?

El licenciado se acercó al escombro y empezó a recolectar piedras dentro de la bolsa.

—Tomás Carranza.

—¿Crees que a él lo hayan sobornado para que no viniera a trabajar?

No quedaba ni un solo rastro del puesto de botanas y refrescos de los Tampicos, que pagaban su mordida mensual al jefe de vigilancia para que los dejaran vender afuera del crematorio. Era muy buen negocio porque los hornos tardaban por lo menos dos horas en incinerar cada cuerpo. Siempre había gente esperando.

—Quién sabe, pero ayer vi que puso un estado de que se estaba comiendo un coctel de ostiones. Ya ve que hasta los prohibieron por lo venenoso que está el mar.

—A ver, ayúdame a mover esta loza. Quiero sacar piedras de más abajo.

Silverio aprovechó la solicitud para preguntar sobre el propósito de esa recolección.

—Las vamos a mandar a analizar para ver si tienen restos de dinamita o algún explosivo más cabrón. Antes de que vengan a borrar las evidencias.

—Ah, ya.

Silverio habría podido aclararle que el incendio precedía a la explosión del crematorio, pero eso habría contradicho su coartada, según la cual él estaba haciendo su ronda de vigilancia sin contratiempos cuando escuchó un ruido tremendo.

—¿Y Núñez? —el licenciado se refería al jefe de vigilantes.

Silverio alzó los hombros. ¿Qué podía decir sobre ese personaje? Se apropiaba de la mitad de todas las mordidas que cobraban los vigilantes a los narcomenudistas y vendedores ambulantes. Pero eso no tenía nada que ver con el incendio y a Silverio no le habría reportado ningún beneficio denunciar la corrupción que imperaba al interior del panteón civil.

—Pues como Tomás no avisó con anticipación ya no buscaron a ningún suplente. Fuera de eso, el jefe no viene los fines de semana.

—Me habían dicho tus jefes que iban a venir a ver el crematorio con los peritos. ¿Dónde chingados andarán?

El licenciado sacó su celular y marcó un teléfono. Pasaron diez segundos. No le contestaron.

—Igual y ya se salieron por el humo —aparte de la migraña, Silverio padecía un ardor horrible cada vez que inhalaba.

—Son capaces, los principitos. No se les vayan a manchar sus mocasines. Imagínate, ¿cuánto llevan sin agua del otro lado de la ciudad? ¿Diez días? —a casa de Silverio nunca subía el agua, por lo que compraban pipas clandestinas y en temporada de lluvias recolectaban en barriles el agua que escurría del techo—. Todo el mundo se quiere mudar de este lado porque acá llega toda el agua del sistema Cutzamala. ¿Para dónde está la barranca? —Silverio señaló hacia el norte—. Ah, pues por ahí baja toda el agua. Imagínate vivir aquí. Esta zona vale oro puro.

¿Por qué le contaba todo eso el licenciado? ¿Sería una forma de ponerlo a prueba?

—No lo había pensado —dijo Silverio con sincera inocencia.

—Son unos putos genios. Allá abajo todavía no apagan el incendio. Imagínate todos los troncos de ahuehuete seco. Ya evacuaron toda la Cuauhtémoc, la Condesa, Polanco, la Zona Rosa, todo vaciaron. Imagínate. Los precios se van a derrumbar. Compran barato, derrumban, construyen y a forrarse de billetes.

—¿No sabe si en el zoológico lo pudieron apagar?

Silverio pensó que el licenciado, como representante sindical de todos los trabajadores de la Ciudad de México, incluidos los vigilantes y cuidadores del zoológico, podría saber qué estaba pasando en ese lugar que Silverio no había visitado nunca, porque sus padres aprovechaban sus días de asueto no para el turismo de entretenimiento sino para la peregrinación a sus pueblos de origen.

—Ni idea, pero no dudes que también lo cierren después de este desmadre y hagan un centro comercial con oficinas y departamentos y toda la madre. Así hicieron el Auditorio, eso es una concesión privada. Todo lo van a querer privatizar.

Silverio no se atrevió a insistir en su pregunta, aclarándole que su hija estaba mortificada por los animales cautivos en el zoológico.

—¿Pero a poco serían capaces de quitar la rotonda?

—Pon tú que no, ¿pero qué tal que con este incendio se vacían las Lomas y consiguen permisos para levantar edificios? Primero se caen los precios, compran todo, y ya luego cambian el uso de suelo para desarrollar. Como hicieron con los palomares que levantaron en todo el nuevo Polanco, nomás que aquí sí va a llegar el agua. Y con la pura presión que traiga desde allá arriba va a subir treinta pisos a los tinacos. Vas a ver cómo se va a caer el precio de las casas con este incendio en las Lomas y Bosques de las Lomas. Y la mafia inmobiliaria va a comprar todo.

—Órale —dijo con genuino asombro, convencido por el licenciado de que el incendio era parte de una conspiración.

—Ahora súmale que mucha gente del norte se está viniendo a vivir para acá. Los refugiados climáticos de Monterrey traen mucha lana y no todos caben en Interlomas.

Lo interrumpió el timbre del celular.

—Ahí está tu jefe —le dijo el licenciado antes de contestar—. ¿Bueno? Ingeniero, lo ando buscando aquí en el purgatorio, ¿dónde anda? —la respuesta resultó ser larga y, por lo que Silverio alcanzó a leer en el rostro del abogado, preocupante—. No me diga. Híjole. ¿Dónde está? No, aquí ando con un camarada de vigilancia. Vamos para allá.

El licenciado colgó con una expresión sombría.

—¿Ubicas un círculo de piedra que está por la fosa común?

La pregunta ensombreció el ánimo de Silverio. Por supuesto que lo ubicaba: era la fosa de las víctimas del temblor de 1985, donde se encontraba Yolanda, la esposa del Tepo.

—Sí, claro.

—Vámos para allá. Parece que esto se complicó.

12. La urna de Noé

Al salir del metro, Karina se encuentra con una multitud de visitantes formados para conocer a las pandas clonadas de Xin Xin. Los videos de sus simpáticas piruetas infantiles y el aura futurista de su concepción *in vitro* las han convertido en las superestrellas del nuevo zoológico de Chapultepec, que por fin fue inaugurado, con seis meses de retraso, el 15 de junio de 2032.

A punto de emprender la huida —no estaba dispuesta a esperar horas en la calle—, una trabajadora voluntaria aclara a gritos que las personas que no quieren entrar a la montaña de las pandas no tienen que hacer la fila para entrar al zoológico.

Karina viene por recomendación de la psicóloga. Tiene que asolearse, pasear al aire libre y curar las heridas de su infancia. Sus padres nunca la trajeron al zoológico. Ahora tiene que traerse a sí misma, a la niña pálida y luctuosa que lleva dos décadas amordazada en su interior.

En el centro de la explanada principal hay un museo de sitio alojado en un edificio *art nouveau* que todavía huele a la pintura fresca de la restauración. Al interior hay un recorrido gráfico sobre la historia de los zoológicos, desde el vivario del rey Moctezuma hasta el presente, pasando por las Casas de Fieras del siglo XVIII, las crueles jaulas de los zoológicos itinerantes y el moderno Jardín Zoológico de Roma, en el que se inspiró el biólogo Alfonso Herrera a la hora de organizar el zoológico capitalino. La exhibición claramente busca justificar la reconstrucción del zoológico, haciendo énfasis en los varios programas de preservación genética, reproducción en cautiverio y tratamiento médico de la fauna amenazada.

En el centro de la explanada se encuentra el mausoleo que alberga las cenizas de algunos animales finados en el incendio. El monumento fue comisionado a un artista que tituló la obra *El arca de Noé*. Se trata de una escultura de acero que representa un barco altísimo y redondo, con ventanas por las que se asoman las bestias más trilladas y carismáticas, elefantes, osos, jirafas, cocodrilos y melenudos leones antropomórficos, cuyas pueriles sonrisas no reflejan la agonía que sufrieron los difuntos homenajeados. Alrededor del barco bíblico hay un espejo de agua que representa el mar crecido en el diluvio genocida de Yahvé. En la orilla del estanque —ya relumbran en el fondo las monedas que la gente lanza para pedir deseos— hay una placa de metal grabado que enlista los nombres y especies de los habitantes del viejo zoológico.

Mientras Karina lee esta desoladora lista, una serie ininterrumpida de paseantes llega a tomarse selfis con la escultura de fondo. La indigna que la gente sonría con tanta frivolidad junto a ese monumento funerario. ¿Acaso no se acuerdan de lo que pasó en este lugar hace año y medio? Por supuesto que no, se responde a sí misma con acritud misántropa. La tiranía bidimensional del presente sólo les permite recordar lo que vieron hace cinco minutos en una pantalla. Se toman fotos compulsivamente para mantener andando esa simulación, para no darse cuenta de que en el fondo de sus autorretratos hay un mundo en ruinas frescas.

—Disculpa, ¿nos podrías tomar un foto? —la pregunta se la formula una mujer de acento yucateco.

—Claro —le responde Karina.

La familia se acomoda frente al arca y Karina encuadra la imagen de tal forma que el aparato registre la placa en la que aparece la lista de los animales muertos. El leopardo de las nieves, la panda gigante, los pandas rojos, el ocelote, los chimpancés, la tarántula de rodillas rojas, el águila real, las guacamayas, los lémures, las hienas, los ajolotes, las ranas de ojos azules, el oso pardo, las avestruces, la foca monje, los camaleones, las nutrias, los monos aulladores, las cabras montesas, los faisanes de Borneo, las tortugas de espolón, las grullas coronadas, los escorpiones, las mariposas morpho, los elefantes. Todos caben en la foto.

13. Ideas

Silverio apenas se había reunido tres veces con su hija cuando Yadira le envió un mensaje de voz para amenazarlo: si no empezaba a pagarle puntualmente la pensión alimenticia y dejaba de meterle ideas vegetarianas en la cabeza, le prohibiría a Daenerys que siguiera viéndolo.

Silverio se limitó a responderle con una cadena de signos de interrogación. Ya se había comprometido a empezar a darle la pensión tan pronto como se recuperara del tropiezo financiero que el incendio había representado para los trabajadores del panteón. Aunque había notado que su hija comía frugalmente, no lo había asociado con el vegetarianismo, práctica que le resultaba a Silverio tan esotérica como el budismo o el beisbol —deporte que se había popularizado mucho en los años recientes.

Yadira le aclaró que desde que su hija había empezado a verlo había notado cambios muy profundos en ella. Ya no quería comer carne ni lácteos, ya no quería usar ropa de poliéster ni subirse al coche del novio de Yadira. Era como si de pronto se hubiera convertido a una nueva religión que le exigía sacrificar las cosas más variopintas, desde el chicharrón placero hasta el desodorante en gel.

Silverio le sugirió que antes de levantarle falsas acusaciones platicara con su hija sobre la sexta extinción masiva, tema sobre el que Daenerys hablaba obsesivamente y que debía de estar detrás de sus nuevas costumbres.

—Si estás tan enterado de los pedos en los que anda metida —le respondió en un mensaje de voz de cuarenta y tres segundos—, habla con ella, a ver si a ti te hace caso. Mi jefa ya sabes que no se anda con mamadas y ya se la cantó: que si no come lo que ella prepara la pone de patitas en la calle, a ver si tan vegana. No mames. Aunque parezca de dieciocho, la morra apenas tiene trece. Si tanto te quieres involucrar, pues a ver. Antes era bien tranquila, estudiosa, no daba lata. Nomás te empieza a ver y ya parece zapatista. Y ni le digas que yo te dije, porque sale peor.

A Silverio no le preocupaba que su hija no se desarrollara físicamente, considerando que ya medía más de un metro con setenta centímetros, pero no quería que la desnutrición afectara su desempeño escolar, pues veía en ella una verdadera esperanza de superación espiritual. Nadie en su familia había terminado nunca la preparatoria. Daenerys podía ser la primera licenciada Gómez.

—Oye, ¿cómo está eso de que ya no quieres comer ni queso?

Daenerys alzó la mirada y ocultó las pupilas bajo los párpados, de tal suerte que sus ojos en blanco la hicieron parecer endemoniada por el fastidio.

—¿También tú me la vas a armar de pedo? —le preguntó a su padre.

—Nel, yo te respeto, pero sí me preocupa que no comas bien. ¿Qué tal que un día te me desmayas? —ella desechó esa posibilidad con un gesto altivo—. Yo una vez, cuando trabajaba con mi jefe en el camión de basura, me desmayé por no desayunar. Pero aguanta: yo iba en el techo, encima de una bolsa de botellas de plástico, y que me caigo. Nada más porque no me tocaba, porque me pudieron haber atropellado. Ahí hubiera quedado y tú ni existirías.

—¿Y qué te pasó?

—Lo bueno es que caí en el cofre de un coche. Me amortiguó. Pero casi me mato. Por no desayunar.

—Yo sí desayuno amaranto con tejate.

—No, pero huevo, leche, proteína. Los *homo sapiens* necesitamos la proteína. ¿Para qué crees que son los colmillos? No están de adorno.

—¿No has visto los de un gorila? Son enormes y ellos nada más comen hojas y frutas y así.

—Sí, pero ellos no tienen que rifarse trabajando, nada más comen lo que encuentran, bien a gusto en el Amazonas.

—No hay gorilas en el Amazonas.
—Bueno, donde sea.
—Viven en las selvas de Ruanda y el Congo.

Las pláticas con Daenerys ponían en evidencia su falta de cultura faunística. A él podían preguntarle lo que quisieran de Diego Rivera, José Clemente Orozco, David Alfaro Siqueiros —los tres muralistas estaban en la Rotonda—, pero que no le preguntaran de los pulpos o los orangutanes porque de ellos no sabía.

Silverio confirmaría después que efectivamente no había gorilas en Sudamérica, pero lo que sí había eran unos parientes de los rinocerontes que se llamaba tapires. Parecían cochinos estirados. A diferencia del gorila, que tenía el pene diminuto, el tapir tenía una manguera larguísima, como un brazo con su propia voluntad. Cuando montaba a la hembra sus embestidas eran pausadas y distraídas, como si el sexo le resultara tedioso.

—Lo que te estoy tratando de explicitar es que tienes que comer bien, alimentar el cerebro, Dany, si no, ¿te quieres quedar así medio… cómo se dice? —unas cuantas pláticas con su hija habían prevenido a Silverio contra el lenguaje ofensivo—, ya sabes. Aparte, la neta, y no le digas que yo dije esto, pero tu abuelita Jesu cocina bien sabroso. Sus albóndigas, no manches, es lo que más extrañé cuando me corrió tu madre.

—Y a mí no, ¿verdad?
—Obvio sí, yo digo de los platillos que preparaba.
—Pues nunca me buscaste, hasta que yo te hablé.

Ese reproche llevaba mucho tiempo fermentándose en el interior de su hija.

—No es cierto, Dany, ya te expliqué cómo estuvo. Se me vino todo encima.
—Bueno —zanjó ella.
—Lo único que te digo es que estamos preocupados de que estés tan radical con tu dieta.

Daenerys procedió a aleccionarlo sobre el sufrimiento de los pollos, las enormes matanzas de millones de animales cuando se detectaban virus en las granjas, la contaminación de los esteros en las granjas acuícolas, el hecho de que los delfines y las tortugas morían en las redes atuneras. En cierto momento de su discurso, Daenerys apeló a la autoridad de su maestra como fuente confiable sobre la tortura de las gallinas ponedoras. Silverio se dio cuenta de que ella podía ser la mala influencia que Yadira andaba buscando.

—Oye, ¿y tu maestra que dijiste? ¿A poco ella también es vegetariana?

—Sí. Ella lleva años sin comer carne y no está anoréxica como dice mi mamá.

—¿Qué edad tiene?

—No sé, como la tuya.

Le habría gustado preguntarle si estaba guapa, pero no podía tomarse esa confianza con su hija.

—Pues ahí está. Ya es adulta, pero tú no. Al chile, si a mí me hubieran dado mejor de comer no estaría tan chaparrito.

—¿Qué tiene que estés chaparro? Yo preferiría estar más chaparra.

—No, no sabes lo que dices. Yo a los doce ya andaba cargando pacas de cartón mojado. Treinta kilos, mínimo. De haber comido mejor, aparte de mamado tu papá estaría bien alto.

Silverio había aprendido en sus investigaciones fálicas que el pene de la ballena azul era más alto que él.

—¿De qué nos va a servir ser todos altos si nos acabamos el mundo?

Silverio chasqueó la lengua con desprecio.

—El mundo no se va a acabar, no manches.

Daenerys lo miró con una mezcla de lástima y desprecio, como si fuera un caso perdido. Ya no lo rebatió. Sacó su celular y se puso a ver videos de animales en TikTok.

Cuando ya se había calmado la temperatura, Silverio trató de hacerle la plática de nuevo y le propuso que lo acompañara el domingo siguiente a Almoloya, Estado de México, porque tenía que hablar con su hermano. De regreso podían hacer una escala en La Marquesa, un bosque de pinos en el que vendían quesadillas y se podía andar en cuatrimoto. Daenerys aceptó acompañarlo.

14. La guerra del emú

El huevo del emú se parece al universo. Al ver en la pantalla su cáscara de motas verdiazules bajo la luz amarilla de la incubadora, Karina lo asocia con el mapa ovalado que representa la radiación cósmica de microondas que tapiza el universo entero. Se trata de la luz más antigua que existe y ahora se está quebrando frente a las cámaras del hospital veterinario donde albergaron al único habitante del zoológico que sobrevivió al fuego.

—Buenos días —dice Mario con una voz grave más que de costumbre, acentuando su papel masculino—, tenemos una cita con la doctora Gutiérrez para conocer la residencia.

La pareja de emús que vivía en el zoológico, vecina de los cisnes, flamencos y guacamayas, murió debido al golpe de calor. Cuando levantaron el cadáver del macho, que había muerto en el nido, encontraron debajo un huevo enorme en perfectas condiciones. Lo miraron a contraluz, le tomaron la temperatura, le acercaron un estetoscopio y confirmaron que adentro había un ser vivo. El caso se volvió viral porque el sacrificio del padre, que no abandonó nunca su lugar en el nido, parecía conmovedor y edificante, sobre todo tratándose de un macho, el sexo irresponsable por excelencia. En las redes sociales se difundieron memes sobre las diferencias entre los machos de emú y de ser humano. Karina estaba ajena a esas diversiones, pero la grabación del nacimiento captura su atención por completo. Tiene ganas de compartirla con Mario, que no le ha vuelto a escribir desde el lunes del incendio.

—¿Qué edad tiene la abuelita que quieren internar? —le pregunta la doctora Gutiérrez a Mario.

Muchos creen que el emú es pariente del avestruz, pero el emú no proviene de África sino de Australia. Su mayor rareza no es el huevo verde ni el cuero azul de su alargado cuello, sino la incubación masculina de los huevos. El padre se consagra abnegadamente a ellos. Los cuidan con tanto empeño que pierden una tercera parte de su peso durante las ocho semanas que tardan en nacer sus hijos. Tal vez se enamoran de ellos como si fueran joyas, como si fueran Golum con el anillo de Sauron —la referencia proviene de Mario, que le envió el video por WhatsApp.

—Ochenta y siete años —responde ella—. Todavía está muy lúcida y camina, pero ya no puede cuidarse sola.

Bajo la luz de la incubadora eléctrica, el pico del pichón se asoma entre los fragmentos turquesa que todavía se adhieren a la membrana interior del huevo, cuyo tono rojizo parece estar manchado de sangre humana.

—Acaba de cumplirlos —agrega Mario, tal vez para subrayar tácitamente que el motivo por el que convenció a su novia de buscar un asilo fue que su abuela se cayó tratando de bajar las escaleras del edificio.

El polluelo se tropieza y cae sobre el fondo mullido de la incubadora. Gira sobre la tela sin poder levantarse. Sus plumas blancas y negras son tan delgadas que parecen pelos. Las patas de tres dedos son muy gruesas. Parecen de dinosaurio. No logra dar dos pasos sin derrumbarse.

—¿Y ella está de acuerdo con el internamiento? —la doctora debe estar acostumbrada a trabajar con familias que desean internar a los ancianos en contra de su voluntad.

Karina titubea. Están aquí por iniciativa de Mario. De esa forma podrían irse a estudiar el posgrado juntos en el extranjero. Están a un semestre de concluir sus respectivas carreras en física y filosofía. Karina aceptó visitar la Casa de Retiro Santa Inés con reticencia. "Te juro que no es de monjas —le dijo Mario—. Vas a ver." Es una casona antigua en la colonia Letrán Valle.

—*Mira* —le escribe Karina a Mario por WhatsApp y copia el enlace a la transmisión en vivo del nacimiento.

La torpeza de los recién nacidos se parece a la de los borrachos. También existen otras semejanzas: son volubles, torpes, ruidosos, proclives al llanto, el vómito y la caída. Tal vez por eso beben los alcohólicos: añoran la paz de los recién nacidos, la conexión total con el presente, la sensación en bruto, la conciencia sin velos ni mosquitos, sin traumas ni incertidumbres, pura sensación, reflejo, malestar, placer y desahogo.

—*A ver* —responde él cinco minutos después.

Se conocieron por culpa de Stephen Hawking. Karina había encontrado un video en YouTube que se titulaba "Why are we here?". Con su voz robótica, el físico inglés afirmaba que la filosofía estaba muerta y que las ciencias modernas habían sustituido a esa obsoleta disciplina en la búsqueda de conocimiento y respuesta a preguntas fundamentales como la que le daba título a su conferencia. El desahucio declarado por el gurú astrofísico había despertado la curiosidad rebelde de Karina, que entró a la página web de la Facultad de Filosofía y Letras y se inscribió a una clase optativa de Metafísica I. Creía que iba a tratarse de un curso introductorio a temas que, al menos de nombre, estaban emparentados con la física, pero en vez de eso se encontró con una clase totalmente esotérica sobre zombis, extraterrestres, científicas encerradas en cuartos donde no había cosas de color rojo, cerebros en cubetas y termostatos conscientes.

—Pues todavía no lo platicamos con ella —dice Mario—, pero es que nos vamos a ir a estudiar fuera de México y ya no puede vivir sola.

El primer chiste que hizo el profesor, y del que todos menos ella se carcajearon, afirmaba que todos los filósofos de la mente empiezan siendo materialistas porque les entusiasman las neurociencias, luego leen a David Chalmers —Karina se apresuró a anotar el nombre— y se hacen dualistas, leen a Strawson y se hacen panpsiquistas, leen a Berkeley y se hacen idealistas y luego dejan de leer y se van al Tíbet. De no haber sido la única mujer en la clase, Karina la habría abandonado, pero sintió la responsabilidad de quedarse como infiltrada en el salón. Fue un acierto, no sólo porque conoció a Mario en ese curso, sino también porque se convenció de que la conciencia humana era un verdadero abismo de ignorancia en la imagen científica del mundo y que la incapacidad de explicarla a partir del cerebro humano le abría la puerta a toda clase de especulaciones inmateriales, metafísicas y sobrenaturales.

—Bueno. Como le comenté a tu hermano por teléfono —no le aclararon a la señora que Mario no era su hermano sino su novio—, ahorita justo tenemos una cama disponible —o sea: alguien acababa de morir; su huella térmica todavía entibiaba las entrañas del colchón—. Es en habitación compartida con otras dos abuelitas que la verdad están muy bien las dos, con motricidad autónoma y todo.

Su abuela jamás aceptaría dormir con dos desconocidas en la misma habitación. Jamás. Se resistiría con uñas y dientes a ser sacada de su guarida privada.

Cuando los soldados australianos volvieron del frente de la Gran Guerra en 1918 querían seguir luchando. Extrañaban las armas, los campamentos, la exfoliante terapia de matar. Pero les dieron tierras al oeste de la isla para que se volvieran agricultores. Devinieron pacíficos granjeros. Su única victoria era la cosecha. Pero querían matar. Pasaron años y vino la gran depresión de 1932. Su mayor enemigo eran los emús que saqueaban sus territorios. Como ya tenían la pólvora en la sangre y añoraban la guerra con un amor terrible, se organizaron para luchar contra ellos.

—¿Y cómo funciona el tema de las comidas? —preguntó Mario—. Su abuelita es un poco especial con eso.

Los veteranos de la guerra mundial solicitaron armamento al gobierno federal. Sesenta mil de ellos habían muerto en el frente. Se merecían toda la gratitud de su gobierno. Explicaron que habían tratado de detener a las aves con alambre de púas y trincheras como las que habían cavado en el norte de África. Quisieron ahuyentarlas con perros y disparos al aire de escopetas. Nada funcionaba y por eso se veían en la necesidad de pedir ametralladoras para enfrentar con ráfagas de plomo a las invasoras. Había un rumor: que los emús estaban poseídos por el espíritu de aborígenes desplazados, esclavizados, asesinados. Era urgente erradicarlos. De ser posible, con ametralladoras Lewis.

Tantas como se pudiera. Les asignaron dos, cuya utilidad era escasa en una dispersa guerra de guerrillas. Comenzaron a disparar.

—Mira —le dijo la señora con cierto fastidio, como si le estuviera haciendo un enorme favor al responderle—, aquí preparamos todo de acuerdo con una dieta diseñada por una nutrióloga geriátrica. Obviamente no podemos tener menú a la carta, pero se hace lo posible por prepararles cosas que les gusten.

—La verdad es que su abuelita come de todo, ¿verdad? Tiene muy buen apetito.

Los emús ingieren piedras para "masticar" con ellas el alimento que guardan en la molleja. También les gusta comer carbón con fines digestivos. Las avestruces comparten esa conducta, que puede ser el origen del mito de que les gusta ocultar la cabeza en la arena. Según el portal sensacionalista del Zoológico de Guadalajara en internet, se han encontrado más de cuarenta kilogramos de piedras en el sistema digestivo de un solo emú. La cifra debe ser falsa: los emús tendrían que ser capaces de cargar su propio peso en prótesis molares. Aunque sus patas son gruesas y musculosas, resulta casi imposible creer que con ese lastre podrían llegar a correr a cincuenta kilómetros por hora en los pastizales australianos.

—Platíquenlo con ella y podemos asegurar el espacio con un mes de depósito. Lo que yo les recomendaría es que si ella no está muy convencida le comenten que es una visita de prueba, mientras ustedes salen de viaje o algo así, y a partir de ahí la vamos prolongando. A veces es más fácil.

La guerra fue sangrienta y los emús ganaron. Sufrieron muchas bajas, sin embargo. Este recién nacido por el que murió su padre, salvándolo de la cocción inútil mientras todo el zoológico se llenaba de humo, pánico, vapor caliente, es su lejano superviviente. Es el elegido para vengar a los caídos en la masacre. Este polluelo tierno habrá de guiar las tropas de las aves gigantes para desembarcar en las playas de Australia y recuperar sus tierras. Dispararán las piedras que guardan en sus mollejas contra los surfistas y salvavidas. En los estandartes de sus legiones figurarán los rostros de los emús extintos, espíritus de Tasmania y de otras islas donde ya se extinguieron —en la Isla del Rey les bastaron tres años a los colonos para extinguir a la especie más pequeña de emú a principios del siglo XIX—. Arrasarán la Ópera de Sídney, los bosques de eucalipto calcinados, los vastos desiertos de paneles fotovoltaicos y los campos de soya transgénica irrigada con agua de mar. Este huérfano será el caudillo.

—¿Qué te pareció? —le pregunta Mario al salir del asilo, mientras cruzan un parque de la colonia del Valle rumbo a la estación del metro.

—Bien. Un poco chico. Las tienen muy apretadas.

—Es lo normal en las residencias así. No creo que con la renta del departamento nos alcance para nada más elegante.

A Karina la enternece y asusta a la vez que Mario hable en plural, como si fueran un matrimonio.

—Se puede quedar en el departamento.

—¿Y quién la cuidaría? Te digo que con mi abuelo se gastaban como treinta mil pesos al mes en cuidadoras.

—Qué locura.

—Pues sí, es un trabajo muy caro y no lo puedes seguir haciendo tú. Te tienes que ir, tenemos que decidir para irnos juntos. No está fácil encontrar un lugar en los asilos. Te digo que hay listas de espera de años.

—No sé si me quiero ir.

Como no existen básculas ni escalas para medirlo en el sistema métrico decimal, Karina no podía comunicarle cuán grande era el peso de la responsabilidad que ella sentía hacia Rebeca.

—¿Conmigo?

—No, eso no tiene nada que ver. No puedo dejarla sola.

—Lo que no puedes hacer es quedarte atrapada en este país por dedicarte a cuidarla.

—No es una cárcel, es donde nos tocó nacer. ¿Por qué tendríamos que irnos todos?

—Porque tu mente necesita las mejores condiciones para desarrollar tu potencial. Te vas a quedar sola aquí, rodeada de gente que no entiende lo que haces.

—¿Por qué no te quedas tú?, si tanto te importo.

—Me refiero a tus colegas, a que la física de primer nivel está en otros lugares, como Inglaterra —a Mario le parecía un arreglo ideal que vivieran en ciudades distintas de Gran Bretaña y se reunieran sólo los fines de semana.

—No, pero dime, si tuviera que quedarme aquí para cuidarla, ¿te quedarías?

A Mario no se le había ocurrido esa abnegada opción. Le temblaban los labios mientras buscaba el argumento que justificara su egoísmo.

—Creo que tenemos la responsabilidad social de ir a donde podamos maximizar nuestra aportación al conocimiento humano. Rechazar la oportunidad por razones personales no es válido, es totalmente reaccionario, es poner la familia por delante del bienestar común.

El pudor le impidió responder "Chinga tu madre", cosa que Mario sin duda habría hecho si le hubiera reportado beneficios académicos. La filosofía estaba muerta, como dijo Hawkins —a quien su esposa había cuidado hasta el hartazgo durante su enfermedad.

—No sé —dijo finalmente—, lo voy a pensar.

Karina lo pensó y sigue pensando tres años después en cómo sería su vida si se hubiera ido con Mario a estudiar el posgrado en Gran Bretaña, lejos de su abuela, del instituto, de El Altillo y del Panteón Dolores.

15. Sacrificio

Silverio nunca había querido rendirle culto a la calavera que sus compañeros vestían con mantos de colores vistosos y coronas de bisutería brillante. En la mano huesuda con la palma abierta hacia el cielo algunas veces colocaban un globo terráqueo o un balón de futbol; otras veces, los cogollos de la mota que se iban a fumar en sus rituales y otras, un fajo de billetes que se iban a gastar en amuletos; lo dejaban ahí, toda la noche, y a él le hacía tanta falta el dinero que sentía la tentación de sustraerlo, cosa que nunca hizo, no por miedo a la muerte sino por respeto a sus colegas.

Se iban a regodear cuando lo hallaran. Por no rezarle a la Señora Blanca, miren cómo acabó el Chiquinerd. ¿Ya ves, pendejo? Te dijimos que te cayeras con un varo para su nuevo altar, pero te abriste.

Desde que leyó en Wikipedia que Ignacio Ramírez, el Nigromante, cuya tumba en la rotonda se encontraba entre las de Juan N. Méndez y Jesús González Ortega, había sido el primer ateo de México, Silverio empezó a buscar ateos en internet y encontró varios. Decían que la Biblia estaba repleta de incoherencias y que la evolución no precisaba un diseñador inteligente para animar a todas la criaturas. El universo no era resultado de un decreto sino de una explosión completamente accidental, como la del crematorio. Le habría gustado platicar con Karina sobre esos temas. Preguntarle, una vez que resolvieran el caso de sus padres, si ella también creía que la materia pudo haber surgido de la nada.

Qué lejos de la verdad andaba cuando salía con pico y pala de la cripta Limantour, chiflando el vals "Sobre las olas", sin temor a las tinieblas. Ya que la había visto a los ojos, se arrepentía.

Qué estúpida soberbia, qué ateísmo lo hizo renegar de la prudencia. ¿En qué le habría afectado ir a dejar de vez en cuando unos cigarros en el altar de la Flaca? ¿Qué le costaba prenderle una veladora? Le pudo haber llevado alguna de las botellas del Jaiba. Le pudo haber pedido permiso antes de meterse en sus cajones y sacar sus pertenencias. No lo hizo.

Se acordaba de cómo había engañado a las autoridades para que creyeran que la muerte del Tepo se trataba un sacrificio ritual. No quería inculpar a sus compañeros sindicales, así que no mentó a la Santa Muerte.

—Yo sí he visto —le dijo al ministerio público—, que han venido a quemarle cosas a sus diablos, los Orishas, el Eleguá, Belcebú, Changó, todo eso.

—¿Y por qué nunca los habían denunciado ustedes?

Silverio se ensució la boca con mentiras.

—Yo creo que por miedo, la verdad. Como tienen poderes, te pueden perjudicar con un trabajo, con una maldición. Mejor ni te metes.

A Silverio le había costado mucho esfuerzo reprimir la risa. Las autoridades aceptaron gustosamente su versión de los hechos. Nunca se imaginaron que la víctima del rito no era un sacerdote sino un profano teporocho que se había tendido a fumar sobre la hierba por la noche.

La estola sacerdotal del Tepo había sido un regalo de Silverio. Su padre la había encontrado en la basura y se la había llevado a casa, donde sirvió como mantel muchos años. Cuando su madre se convirtió al cristianismo aleluya, ya no quiso tener esa pérfida vestimenta en su casa y le ordenó a Silverio que se la llevara al panteón y le pidiera a sus compas del crematorio que aprovecharan alguna incineración para quemarla. En vez de hacerle caso a su madre, le ofreció la prenda al Tepo para que la usara como sábana en las noches frescas.

Mientras uno de los peritos levantaba el registro fotográfico del cadáver, Silverio pensaba en las consecuencias que tendría la divulgación de la verdad: no había duda de que lo despedirían si se enteraban de que no sólo toleraba la presencia de un indigente al interior del panteón, sino que además lo proveía de su guardarropa y fumaba mariguana con él. Con la crisis económica no podía darse el lujo de perder el empleo y quedar inhabilitado para trabajar en las dependencias del gobierno.

—¿Alguna vez habían encontrado indicios de que hicieran sacrificios humanos?

—Que yo sepa, no, nunca. Yo sí he visto sangre, pero no sabría decir de qué.

—¿Y cuando encontraban sangre tampoco lo reportaban?

—Depende. En época de lluvias no, porque se lava.

El cuento le convino a todo el mundo. A él lo salvó del desempleo, a la Iglesia católica le regaló un mártir y al gobierno, un escándalo diabólico que distrajo a la opinión pública de todos los escándalos de corrupción y reformas legislativas que había en curso.

Tal vez la falta que estaba purgando no era la profanación de tumbas sino la difamación de los santeros. En cualquier caso, Silverio lamentaba no haber aprovechado la oportunidad que la vida le había dado para marcharse del panteón. Si hubiera dicho la verdad y lo hubieran despedido, tal vez ya estaría de vuelta en el negocio de la separación de basura y su hija estaría orgullosa de que el trabajo de su papá disminuyera la cantidad de plásticos que llegaban al mar. El karma lo habría recompensado con algún tesoro, tal vez un anillo de compromiso atorado en un pañal, una anillo de oro con un diamante enorme que le permitiría comprarse un coche y llevarse a Daenerys de vacaciones a una playa donde pudieran ver ballenas. En ese punto de su fantasía se acordó de otro tesoro que su papá se había encontrado en la basura. Era un vibrador de baterías. Como era blanco y no tenía pinta de falo, creyó que se trataba de un instrumento de cocina y se lo llevó a su esposa de regalo. Ella tampoco reconoció la función del artefacto y lo guardó en el cajón de las espátulas y cucharones. Silverio, que jamás se acercaba a la cocina, no se enteró de su existencia hasta el día que Yadira lo encontró mientras le ayudaba a cocinar a su suegra. "¿Y esto?", le preguntó con picardía. "Creo que es para batir clara de huevo, pero no tiene pila." Después de reírse mucho, Yadira y Silverio le quitaron las pilas al control remoto de la televisión para probarlo. Yadira tuvo que morder la almohada para que sus suegros no la escucharan gemir en la habitación contigua. Tal vez ese preámbulo contribuyó a que esa noche quedara embarazada de Daenerys. A su padre le gustaba repetir que la basura era una mina de oro. Tenía mucha razón.

16. Entropía

Al cabo de un largo insomnio en el que no logra deducir quién visitó a su abuela esa noche, Karina se levanta a buscar las gotas sedantes que el geriatra le recetó a su abuela. Toma sus psicofármacos en ocasiones muy especiales, cuando está demasiado nerviosa para dormir o cuando necesita concentrarse para terminar un trabajo universitario. No quiere pasar la noche en vela, así que deja caer tres gotas de clonazepam debajo de su lengua y vuelve a la cama.

Cierra los ojos y un instante después la despierta el escándalo de cohetes y helicópteros militares que vuelan hacia el Centro Histórico como parte del desfile del 16 de septiembre. Tiene la espalda adolorida por el esfuerzo de arrastrar y levantar a su abuela. Se siente muy cansada, pero no deja que las sábanas demoren la búsqueda de pistas en el departamento.

Una hora de inspección minuciosa no arroja ningún resultado. No hay cabellos en el respaldo del sillón, no hay tickets de compra ni servilletas manchadas de pintura labial en la basura. Los vigilantes de la entrada no registraron ninguna visita y los vecinos del departamento 101 —se armó de valor y les tocó la puerta— no vieron a nadie llegar ni marcharse.

A las diez y media de la mañana escucha que su abuela gime flojamente.

Entra a su cuarto y la saluda.

—¿Cómo amaneciste?

—Ya me voy, hijita. Dios ya se va a acordar de mí.

Es una vieja tradición que su abuela piense que se está muriendo cuando amanece cruda.

—Anoche tomaste mucho —dice Karina en un tono sin afectos—. ¿Quién vino a verte?

—Me estoy muriendo —dice Rebeca en el recuerdo de Karina, siete años atrás, en un hotel barato de Viena. La noche anterior se había armado una fiesta con las botellas de licor húngaro que habían traído de Budapest. Su abuela llevaba dos semanas de borrachera constante. Karina nunca imaginó que su viaje a Europa se vería arruinado por la fiesta constante de su abuela con las amistades que había hecho en el tour: un grupo de jubiladas de Petróleos Mexicanos y una chilena que había ido sola a su luna de miel porque había encontrado a su prometido engañándola con otra mujer.

—¿Me oíste? ¿Quién te vino a ver anoche?

—No sé. No me acuerdo. Habrá sido la muerte que me vino a avisar para que me despida.

¿Habrá venido el hombre cuyo brazo descubrió en la fotografía? En el insomnio Karina entró a revisar en internet el precio de la botella de whisky que había encontrado en la sala. Glenfiddich, dieciocho años, una sola malta, "From the valley of the deer". 700 mililitros, cinco mil quinientos pesos, casi la mitad de lo que ella recibe al mes como becaria del Instituto de Ciencias Nucleares.

—Voy a ir a un museo —no tenía ganas de explicarle a su abuela que iba al cementerio central de Viena a buscar la tumba del creador de la mecánica estadística, Ludwig Boltzmann—. ¿Quieres venir?

A los dieciocho años Karina ya estaba convencida de que la mecánica estadística era la llave para entender el mundo: desde la gravedad hasta las guerras, pasando por el origen de la vida y el cambio climático. Por eso quería tomarse una selfi en la tumba de Boltzmann, en la que estaba inscrita su definición matemática de la entropía.

S = k. log W
LVDWIG BOLTZMANN
1844-1906

—Vete a tu museo. Disfruta la vida, hija. Yo ya me voy a ir a encontrarme con tu abuelo.

Cuando regresó de su paseo, su abuela ya estaba tomando cerveza austriaca con sus nuevas amigas.

—No puedes decirme que nadie vino, ahí está el vaso sucio que dejó y la botella que se tomaron.

Rebeca se sorprende.

—¿Cuál?

Era la primera vez que ambas salían de México. Nunca habían tenido los recursos para viajar al extranjero, pero la diferencia entre el precio de venta de la casa de Clavería y el precio de compra del departamento en El Altillo fue suficiente para financiar ese glamoroso premio con el que Karina persuadió a su abuela de vender su destartalada residencia. "A mi edad ya no estoy para andar de vaga." "Tienes ochenta y dos. No estás tan grande. ¿Te imaginas ir al Palacio de Versalles? Dicen que en Madrid se puede entrar al palacio de los duques de Alba." Su abuela era lectora fiel y coleccionista de la revista *¡Hola!*, dedicada a entrometerse en la ociosa vida de la realeza y la nobleza, por lo que no pudo oponer mucha resistencia al panorama de conocer sus opulentos domicilios.

—Una botella de whisky carísimo. Quien sea que haya venido tiene mucho dinero.

Después de convencer a su abuela de que hicieran ese viaje trasatlántico, lo más difícil fue lograr que aceptara deshacerse de su enorme colección de revistas dedicadas a publicar los eventos sociales de las élites. Según Rebeca, una colección completa de la versión española de *¡Hola!* debía costar una fortuna; según Mercado Libre y otros portales de internet, algunos números especiales podrían venderse, pero el conjunto carecía de valor. "Pues nos las llevamos al departamento." "No caben, abue, mejor hay que venderlas en lo que nos den." Como eran setenta kilogramos de papel, un ropavejero les ofreció cien pesos por ellas y se llevó a varios cientos de duques, infantas, marquesas, socialités e influencers apilados en una enorme carretilla con llantas de coche.

—Ay, ay, ay. Siento que la cabeza me va a explotar. Ya no aguanto. Ya llévame, Diosito.

Karina reprime la compasión; no puede ceder y perdonarla del interrogatorio. Entre más tiempo pase, más fácil será que su abuela apele a la amnesia para no revelarle lo que pasó la noche anterior.

—Te voy a traer una pastilla para el dolor de cabeza, pero antes dime por favor quién vino anoche. Cuando llegué estabas hablado con una mujer, diciéndole algo muy raro. Que le había hecho algo a mi papá.

Se acuerda con ternura de que antes del viaje a Europa decidió replicar el experimento de Hafele-Keating para observar la dilatación del tiempo prevista por la teoría de la relatividad. Consiguió dos relojes digitales con segundero, que ajustó con mucha precisión para que marcaran la misma hora. Dejó uno en la casa de Clavería, que aún no terminaban de vaciar, y se llevó el otro a Europa. Lo miró al despegar con la ilusión fantasiosa de ver cómo se aceleraba el tiempo al alejarse de la superficie terrestre. El experimento original se había realizado en octubre de 1971 con relojes atómicos y dos aviones que despegaron en direcciones contrarias alrededor del mundo. Los físicos previeron que la dilatación gravitacional del tiempo producida por el vuelo elevado, sumada a la dilatación producida por la velocidad del viaje, produciría discrepancias observables entre el tiempo que midieran los relojes en tierra y los relojes en vuelo. Las diferencias previstas se confirmaron: el experimento mostró que, tal como predecía la teoría de Einstein, el tiempo "pasaba" más lento en la tierra que en el cielo.

—Llámale al padre Luis —se refiere al sacerdote de la Parroquia de San Lucas, la pequeña iglesia del siglo XVI a la que Rebeca iba en Clavería—. Dile que me venga a imponer los santos óleos.

Al regresar a México, Karina no esperaba encontrar ninguna diferencia entre las horas marcadas por los relojes —la diferencia, del orden de los nanosegundos, no sería captada por sus mecanismos—, pero esa migaja de tiempo adelantado le bastaría para sentir que había vuelto a México no de Europa sino del futuro —como apenas estaba terminando la preparatoria, su concepción del espaciotiempo y la gravedad aún no se distanciaba de la de Einstein.

—Anoche te pusiste muy borracha. Por eso estás así. Si no me dices quién vino anoche voy a tener que empezar a dejarte encerrada con llave, no puede ser que me ocultes algo así. ¿Eso quieres?

Su abuela abre los ojos y mira al cielo.

—¿Ya viste, viejo? —le habla a su esposo muerto hace medio siglo—. Me quieren encerrar como a una bestia.

Karina se levanta, furiosa, y sale del cuarto para no ceder ante las ganas de gritar, llorar, zangolotearla y exigirle que revele lo que esconde.

17. Endemoniado

Trató de arrepentirse de sus grandes errores. Tatuarse el nombre de Yadira, que luego transformó en una serpiente. No haber luchado antes por su hija. No haberse hecho aleluya con su madre. El buen Jesús también había estado en la tumba y regresó. Pero la única vez que Silverio había acompañado a su madre al servicio en el templo lo hizo porque ella le tendió una trampa.

—El pastor Gonzalo ya nos dijo que por lo de la ola de calor nos van a regalar ventiladores a todas las que llevemos nuevos salvos.

De acuerdo con el líder espiritual de su madre, el trastorno climático era un vil adelanto del fuego por venir. Los salvos no pasarían calor.

—¡Aleluya, hermanos! —toda la gente respondió "Aleluya"—. Pidámosle a Jesús que nos abra la puerta de su corazón eterno. Llévanos, Jesús, con tu divina gracia, ante la presencia del Padre. Te suplicamos hoy que nos habites, que tu sagrado Verbo nos penetre y nos lleve a Sion para alabarte —su madre murmura amén cada cinco palabras que pronuncia el pastor—. Te pedimos que acompañes a Guadalupe, Tomás, Adal, Bryan, Marisa, Chuy, Macrina, Obed y Jessica. Te agradecemos con gran alegría que hoy nos acompañe Silverio, hijo de la hermana Luz —¿cómo sabía su nombre el pastor? En ese momento debió darse cuenta de que había algo sospechoso—. ¡Aleluya!

Había sido su culpa. Si ya sabía cuán supersticiosa era su madre, ¿para qué le contó que había escuchado voces la noche del incendio? También le platicó que una viejita había visto un fantasma en la tormenta y que sus compañeros ya se estaban dando de baja porque les daba miedo el hambre insatisfecha del panteón. No tenía a quien más contarle nada. De ahí su indiscreción.

—¡Aleluya! —gritó su madre con fervor demente.

El templo estaba muy fresco gracias a un poderoso sistema de aire acondicionado. A pesar del calor que hacía en la calle, adentro los aleluyas no tenían que quitarse los sacos de lana, las corbatas y los chales con los que se ataviaban para cantarle himnos al buen Jesús. Como Silverio no tenía ropa elegante, su madre lo había disfrazado de mesero: pantalón negro y una camisa blanca que le quedaba grande porque había sido de su papá.

Todo empezó normal: música, himnos y aleluyas. Su madre se entonó de inmediato: cerró los ojos y levantó los brazos como si esperara que el buen Jesús fuera a bajar del cielo para raptarla.

—Vamos a escuchar, hermanas, la Sagrada Escritura, el Evangelio de Mateo, hermanos, capítulo cinco, versículo primero. ¿Quién nos va a apoyar a leerlo?

Una mujer de traje sastre rosa subió al altar con su Biblia en la mano y se paró frente al micrófono. La noche anterior Silverio había cenado tacos de canasta de frijoles, chicharrón, papa y chorizo. Los frijoles seguramente estaban rancios, lo cual hacía que esa mañana anduviera particularmente flatulento.

—Llegaron al otro lado del mar, a la tierra de los gadarenos. Cuando Jesús salió de la barca, enseguida se acercó a Él, de entre los sepulcros, un hombre con un espíritu inmundo, que tenía su morada entre los sepulcros —vivía en el panteón, como su amigo el Tepo; qué chistosa coincidencia—; y nadie podía ya atarlo ni aun con cadenas; porque muchas veces había sido atado con grillos y cadenas, pero él había roto las cadenas y destrozado los grillos, y nadie era tan fuerte como para dominarlo —el Tepo no era tan fuerte, pero sí era temible cuando se encabronaba—. Siempre, noche y día, andaba entre los sepulcros y en los montes dando gritos e hiriéndose con piedras. Cuando vio a Jesús de lejos, corrió y se postró delante de Él; y gritando a gran voz, dijo: "¿Qué tengo yo que ver contigo, Jesús, Hijo del Dios Altísimo? Te imploro por Dios que no me atormentes". Porque Jesús le decía: "Sal del hombre, espíritu inmundo". "¿Cómo te llamas?", le preguntó Jesús. "Me llamo Legión", respondió, "porque somos muchos". Le rogaba entonces con insistencia que no los enviara fuera de la tierra. Había allí una gran manada de cerdos paciendo junto al monte. Y los demonios le rogaron, diciendo: "Envíanos a los cerdos para que entremos en ellos". Jesús les dio permiso. Y saliendo los espíritus inmundos, entraron en los cerdos; y la manada, unos dos mil, se precipitó por un despeñadero al mar, y en el mar se ahogaron…

Silverio se distrajo de la lectura imaginándose la estampida de los cerdos endemoniados, su tormenta sobre el mar, el coro infernal de sus guarridos. Qué desperdicio: habrían podido alimentar una ciudad entera con esas carnitas.

—¡Aleluya! —gritó la congregación cuando el pastor le hubo dado un beso a la portada de su Biblia.

Aprovechó el intermedio musical entre la lectura y el sermón para relajar los músculos pélvicos y deshacerse de otro espíritu inmundo que seguramente iba a tener efecto invernadero.

—Hermanas, ¿qué le pasó a Jesús en la tierra de gadarenos? A pesar de que los libró de los espíritus inmundos que habitaban al hombre endemoniado, al final de la santa lectura nos cuenta el evangelista que empezaron a rogarle que se fuera de su tierra. ¿Por qué le ruegan que se vaya, hermanos, aunque los ha librado de la Legión?

La respuesta era obvia: acababa de privarlos de dos mil puercos. ¿Cuánto valdría cada uno? ¿Cuántos miles de tacos de maciza, buche, falda y nenepil habrían salido de esos cerdos inocentes? Dos mil demonios dentro de un vagabundo parecía exagerado. ¿Cuántos le cabrían a Silverio? Nada más en la verga, pensó jocosamente, me caben dos legiones. Se tuvieron que hacer vegetarianos luego de que todos los cerdos del pueblo se aventaran al precipicio.

—Así funciona la maldad del mundo —continuó el pastor—. Al que hace el bien lo repudia, lo aborrece, lo destierra. ¿Cuántas veces a ustedes les han dejado de hablar, se han ofendido con ustedes por intentar ayudar a alguien, por decir la verdad, por rechazar a la pareja tóxica de sus hijos, hermanos o conocidos? Los gadarenos son como todas nuestras familias. Cada vez que ustedes intentan expulsar a los demonios que habitan en su hermano drogadicto, en su madre que se quiere divorciar, en su hija que sale de fiesta vestida como si su cuerpo no valiera nada, cada vez que intentan echar a los cerdos al precipicio ellos se resisten y les ruegan que los dejen en paz.

El pastor Gonzalo se extendió mucho sobre las formas que el Maligno adoptaba para alejar a los hombres del buen Jesús. Silverio se acordó de varias formas sabrosas: Nicky Ginger, Abella Danger, Luna Grande, la Señorita Noir. Ya se empezaba a calentar pensando en *pornstars* sobresalientes cuando el pastor aludió al incendio del Panteón Dolores como un signo inequívoco del imperio que tenía Satanás sobre el país.

—El Maligno está formando a sus legiones, hermanos y hermanas, reclutando almas para la batalla final que no está lejos. Por eso levantó a todos los condenados de sus tumbas. Por eso nos tenemos que cuidar mucho en estos tiempos, la legión de demonios que Jesús expulsó de aquel hombre está hoy entre nosotros —fue sutil, fugaz, pero evidente: varias miradas se orientaron en ese momento hacia Silverio, como si él fuera aquel que habitaba entre los sepulcros—. Por eso vamos todos a levantarnos y a alabar al Señor con todo el cuerpo.

Su madre se levantó de un salto y comenzó a aplaudir. El volumen del rock cristiano se amplificó.

—¿Y ahora qué va a pasar? —le preguntó Silverio a su jefa en el oído.

—Ahorita vas a ver —le respondió ella—. Es milagroso.

—Tengo mucha hambre, yo creo que te espero afuera.

—¡No te puedes salir! —dijo escandalizada—. ¿Luego con qué cara le pedimos el microondas a la esposa del pastor? Aguántate.

—¿Pero cuánto le falta?

— Ya no falta mucho —le mintió su madre.

Tan sólo faltaba lo peor.

18. Cirugía de voz

En la televisión de la sala de espera siguen los discursos protocolarios por la recepción de las pandas clonadas. La secretaria de Relaciones Exteriores pondera la honorable generosidad del gobierno chino, que ha decidido conceder a México la plena posesión de las pandas recién llegadas, en vez de entregarlas en concesión como hace con el resto de sus embajadores blanquinegros. "En agradecimiento por este generoso gesto de fraternidad, México le regalará a China una pareja de jaguares jóvenes, que el próximo mes volarán a Beijing para ser embajadores de Mesoamérica en esa región." La comitiva aplaude por compromiso y Karina se busca otra distracción en la mesa de revistas. No se atrevió a traer la antología que está leyendo del mangaka Junji Ito, *Venus in the Blind Spot* en la traducción al inglés que compró en línea, porque le avergonzaba que la vieron leyendo manga en la sala de espera. Leonor no es otaku como ella, no le interesa el manga ni el anime. Leonor prefiere, como hace ahora, levantar de la mesa un ejemplar cualquiera de la revista *¡Hola!*, para enterarse de sucesos importantísimos como que "Máxima de Holanda arriesga y gana con su último look de fiesta".

Al hojear la frívola revista, Karina piensa en la cirugía de nariz que quiere hacerse Leonor. Aunque nunca se ha sentido físicamente atractiva, Karina nunca ha considerado seriamente modificar su aspecto quirúrgicamente. Le parece un gasto y un sufrimiento superfluos. Si alguna vez vuelve a tener una relación de pareja no será gracias al tamaño de sus pechos ni a la forma de su barbilla sino a la afinidad intelectual, la complicidad otaku, el deseo de unir esfuerzos para descifrar la prosa cuántica del mundo. Leonor, sin embargo, está decidida: va a operarse la nariz para verse más parecida a su padre, cuyas fotos tiene en la bolsa. ¿Le cambiará mucho el timbre de la voz? ¿Dejará de reconocerse en los mensajes de audio que le manda a sus amigas? ¿Alteraría su olfato? ¿Podría pasar que, por culpa de una anomalía en la cicatrización, su sensibilidad se multiplique y termine con una nariz tan poderosa como la de los perros rastreadores? La vida de Leonor podría volverse insoportable. Oler todas las deyecciones de las mascotas, los guisados, el sudor, los desodorantes, el tufo persistente de los animales calcinados casi un año después del incendio. ¿Podría aguantarlo?

La asociación de ideas olfativas hace que Karina recuerde un verso de Shakira, la cantante predilecta de su difunta madre: "desarrollaste mi sentido del olfato". En la adolescencia Karina resignificó la canción "Antología", de tal suerte que para ella no era un reclamo después de la separación romántica sino una amorosa elegía. Con esa canción desahogaba la añoranza por su madre, que solía cantarla con gran sentimiento mientras preparaba la comida o emprendía un largo trayecto en coche por la ciudad. Karina está de acuerdo con la joven Shakira cuando ésta dice: "y a pesar de que dicen que los años son sabios, todavía se siente el dolor", pues diecinueve años no han bastado para callar su dolorosa falta. A la hora de antologar las lecciones de su madre, Karina la recuerda mostrándole las estrellas, preparándole flan napolitano, levantándola del suelo para bailar con ella en brazos canciones más alegres que ésta. Cuando dice: "pero olvidaste una final instrucción, porque aún no sé cómo vivir sin tu amor", Karina lloraba pensando que en vez de una madre dulce y vital tenía una abuela achacosa, amargada, alcoholizada.

Karina recurría a ésa y otras canciones para mantener con vida los recuerdos más alegres de su madre. Su mayor temor era olvidarla, llegar a ser adulta sin ningún contacto emocional con ella. Ha vuelto a escuchar los discos últimamente. El sentido de muchas canciones ha cambiado. Sobre todo el de ese himno que cantaba su mamá con una rabia demasiado fogosa para una mujer casada: "Ciega sordomuda".

Shakira se había operado la nariz y su voz había cambiado de forma sólo perceptible para quienes habían escuchado sus canciones con atención obsesiva o profesional. Leonor seguramente lo ha hecho, porque es ingeniera de sonido. Mientras que la especialidad de Karina son las ondas vibratorias del espacio vacío, la de Leonor son las ondas del espacio repleto de gas. Si se lo pregunta el cirujano, dirá que trabaja como *freelancer* con varios estudios de grabación y de postproducción de cine. Si es preciso, presumirá que el año pasado la contrató el Foro Sol para supervisar el sonido de los conciertos de Shakira.

Su madre la quería bautizar Shakira, pero su papá y su abuela se opusieron. Entonces Margarita buscó un nombre parecido, tan parecido que contuviera el mismo número de sonidos, las mismas vocales y la letra K. Por eso la llamaron Karina. Tampoco le encantó a su abuela, pero al menos ya no le sonaba a nombre de *vedette* prostibularia.

Si el cirujano Pedro Rodríguez era tan virtuoso como decían para la realización de rinoplastias, entonces Leonor podría pedirle que le hiciera una cirugía acústica, de tal suerte que su timbre de voz se volviera exactamente igual al de la primera Shakira. Lograr esa proeza implicaría operar también otros tejidos fonadores como la mandíbula, los senos paranasales, el paladar, la tráquea, incluso modificar la dentadura con ayuda de un ortodoncista. Leonor no repararía en gastos porque su mayor fantasía era entrar a un karaoke —a Leonor le encanta el karaoke, aunque Karina lo abomine—, tomar el micrófono, pedir la pista musical de "Moscas en la casa" y cantarla suave, lentamente, como una médium poseída por la diva colombiana, pronunciando con mucha nasalidad las vocales abiertas de la palabra "nada", los días sin su novio, "tan llenos de nada". La gente aplaudiría, conmovida por la interpretación e impresionada por la imitación perfecta.

—¿Leonor?

Hace poco, Karina escuchó a uno de esos nuevos cantantes virtuales, cuyas voces, sintetizadas por avanzados programas de inteligencia artificial, tienen timbres diseñados con base en grandes cantidades de datos sobre las preferencias del público. Aparte de tener timbres perfectamente calibrados para cada género musical, estos cantantes computacionales jamás fallan una nota, un vibrato, un *sfumato*, por lo que ya están acostumbrando a los auditorios a tener estándares tan altos de perfección que los pobres cantantes humanos se quedan sin esperanza de satisfacer a su público. Como leyó en los comentarios de algún video de Genetrix Blue, una de las divas artificiales más populares de la empresa japonesa Sony, "después de coger con los dioses, ¿quién querrá besar a los mortales?".

—¿Leonor?

Karina alguna vez buscó grabaciones de la voz de su madre, con el fin de alimentar un programa sintetizador y poder escucharla leyéndole cuentos por las noches o cantándole canciones de animé que le gustaban. No logró conseguir ninguna.

—¡Leonor Llorente!

La recepcionista, aleccionada para ocultar discretamente la identidad de los pacientes, se desesperó de llamar a Leonor inútilmente sólo por su nombre de pila. Karina por fin reaccionó, se levantó como un resorte, echó la revista *¡Hola!* sobre la mesa y se acercó a la recepcionista que le abría la puerta del pasillo de consultorios.

—Perdón, estaba en la luna.

—No te preocupes —le responde la recepcionista con fría cordialidad, sin imaginarse la razón por la que Leonor tardó tanto en reconocer que la llamaban—. Pásale. Vamos a entrar primero al estudio de foto.

—¿Qué?

—Sí, te vamos a tomar algunas fotos para que puedas ver con el doctor en la pantalla lo que van a hacer.

Karina nunca se ha sentido fotogénica. Quisiera negarse, huir, fingir que acaba de recibir una llamada de emergencia. Resulta que la madre de Leonor se desmayó en la clase de spinning. Perdón, tengo que irme. Pero se queda. Sigue a la asistente del doctor y entra al diminuto estudio sin ventanas donde va a retratarla. Nunca le ha gustado sonreír para la cámara. Leonor sonríe, cierra los ojos deslumbrada por el flash y se queda ciega, bruta, sordomuda, torpe, necia, de perfil y seria para que su nariz no se deforme.

19. Reencarnación

Pensó que era posible que hubiera muerto sin darse cuenta y reencarnado, súbitamente, en el embrión de una bestia futura. Tal vez no era un cadáver humano al interior de un féretro sino el feto de un carnívoro alado en un huevo escamoso. Eso tenía que ser: su alma transmigró y se encontraba en el nido subterráneo bajo el cuerpo de su madre, que a veces rascaba la cáscara del huevo con sus garras.

Cuando era humano, el huevo de Silverio creció en el vientre de su madre. Así lo hacían mamíferos, tiburones, algunas ranas. Ahora que era un dragón, Silverio crecía en una madriguera de tierra. ¿Cuánto duraría su gestación? Tal vez el desarrollo implicaría olvidar su identidad pasada, la memoria de los gustos y desdichas que acumuló a lo largo de treinta y tres años de vida laboriosa, mariguana, dormilona, sindicalizada, pornófila, soltera, chiquinerd. Cuando eclosionara ya no sabría quién fue hace siglos, en las primera décadas del último milenio en que reinó lo humano.

Le habría gustado llevarse algunos recuerdos a la siguiente vida. La vez que su papá lo dejó manejar el camión recolector de basura en el camino de tierra que conducía al gran tiradero. El sabor salado del agua del mar en Acapulco, la única vez que lo probó. La lengua rosa de la Pancha lamiéndole la cara, feliz de recibirlo cuando volvía al trabajo, la pelirroja apocalíptica que llegó a visitar la tumba de Sor Juana en la rotonda —era tan hermosa que Silverio no se atrevió a decepcionarla informándole que debajo del cenotafio no había restos humanos porque nunca habían confirmado que los huesos hallados en el convento fueran de la poeta.

No se habría quedado solamente con las buenas memorias. También conservaría el frío que sintió en la sien cuando lo encañonaron en un de los muchos asaltos que le tocó vivir en el transporte público. El día que su hermano lo agarró a golpes en un arrebato de cocaína. Cuando encontró a Doris, su novia de la barranca, bailando lascivamente con otra mujer. El olor de los cuerpos que llegaban muy descompuestos a la fosa común. Y por supuesto quería acordarse de esa noche, la última, cuando miró a los ojos a la muerte.

Al nacer dragón del huevo metálico seguramente encontraría el mundo muy cambiado: la ciudad hundida en el lago de Texcoco, los volcanes activos, los ajolotes gigantes, las jaurías de perros chihuahua asilvestrados, jacarandas carnívoras, ballenas que volvieron a salir del mar, cuervos civilizados, tigres vegetarianos y tiburones blancos, como siempre —porque los tiburones llevaban cuatrocientos millones de años siendo fieles a su misma forma—. Tal vez habría tortugas desovando a la orilla del lago, sobre la arena que cubrió las tumbas de la rotonda, y al excavar con sus aletas removerían los huesos fósiles de las personas ilustres. Silverio sería un dragoncito amnésico, feroz y desvalido, gigantesco e inflamable. Su madre —el ángel más silvestre de la Tierra— le vertería en la boca un puré nutricio de osos pardos y primates analfabetas. Le enseñaría a volar sobre las ruinas abandonadas de los rascacielos de Santa Fe. Un día, paseando por los aires calientes de carbono, vería desde las nubes la barranca donde vivió en su vida pasada. Sentiría una nostalgia inexplicable. Bajaría a explorar el sitio arqueológico y encontraría, cavando con sus garras, la campana con la que su papá anunciaba la llegada del camión de la basura. Metal contra metal, la campana sonaría y le despertaría ganas de formar una familia. Exhalaría una ráfaga de fuego y emprendería el vuelo en busca de una hembra en celo.

20. Paleta de sangre

El nuevo zoológico está organizado de tal forma que los visitantes recorran el planeta en el mismo orden que lo hicieron los primeros seres humanos. África, Asia, Europa, Oceanía y América. En un extremo los felinos de Sudáfrica y en el otro los pingüinos de la Patagonia. Al comenzar su paseo, Karina vuelve a la sabana. Hace calor y falta sombra. Tiene miedo, pero no de las bestias, sino de la cantidad de gente que se aglomera pegada al barandal de la pradera rocosa donde viven los leones.

—Mamá, ¿qué están comiendo?

Alguien dice que los decomisaron a un señor del narco. La expresión feudal es pertinente. Aparte de su ejército privado, su iglesia y su palacio, el señor tenía una colección de fauna exótica. Buena parte de los animales recluidos en el zoológico proviene de los ranchos allanados en esta nueva fase de la guerra contra el crimen. Son trofeos, amuletos y verdugos, un despliegue del poder que ha sometido a los grandes depredadores.

—Parece que son paletas de chamoy. Con este pinche sol cómo se antoja un Bon Ice.

Los enormes gatos lamen con ternura esos bloques de hielo rojo. Karina se imagina la macabra gentileza con la que sus cuidadores llenaron recipientes de plástico con sangre y los metieron al congelador.

—¿Por qué crees que están rojas? Creo que hasta les ponen menudencias.

A Karina le divierte escuchar las pláticas ajenas. Siempre le ha gustado ser fantasma en las cafeterías, los autobuses, las conferencias de astronomía y mecánica.

—Guácala, no mames.

—Pero bien que te gusta la moronga.

El color de la sangre es el del hierro oxigenado, el metal que se oxida en los pulmones y reparte el comburente de la vida por el cuerpo.

—¿Tú crees que los narcos les daban de comer cristianos?

Seguramente los ancestros de esta manada de leones africanos llegaron a comer homínidos silvestres, bípedos endebles, presas fáciles que andaban por las riveras buscando rocas aptas para hacer puñales y flechas.

—No lo dudes.

Antes de que la sangre se derrita y empape los recuerdos que la acechan —las escenas que sus hallazgos la obligaron a imaginar, estremecida—, Karina le da la espalda a los leones y sigue su camino solitario hacia el norte de África.

21. Un bisnes

Cuando el Panteón Dolores cumplió ciento cincuenta años de edad en 2025, la dirección organizó una ceremonia conmemorativa en la explanada principal. Se montó un templete junto a la tumba vacía de Plutarco Elías y se rentaron ciento cincuenta sillas plegables para el público asistente. Silverio se vistió de gala para el evento. Asistieron personalidades como el alcalde, el director nacional de la Funeraria Gayosso y una historiadora que había dedicado su tesis de posgrado a los cementerios civiles de la Ciudad de México.

Según la maestra de la Universidad Iberoamericana, los cementerios fueron la incubadora donde surgió la civilización humana. El impulso de enterrar a los difuntos dio lugar a la creación de lugares sagrados. Los muertos fueron los primeros sedentarios. En sueños llamaban a las personas para que no los dejaran solos. Los vivos se asentaron cerca de sus ancestros y fundaron las primeras aldeas. Inspirados por la siembra de los muertos, aprendieron a enterrar semillas, llevar la cuenta de los días lunares y creer en la resurrección.

Diez mil años después, el empresario inglés Juan Manuel Benfield —que había tenido que enterrar a su hija en un terreno baldío porque la Iglesia prohibía la inhumación de anglicanos y protestantes en camposanto— pidió licencia al gobierno del presidente Sebastián Lerdo de Tejada para fundar un cementerio civil en la tabla de Dolores, un amplísimo terreno llano al norte del pueblo de Tacubaya. Se le concedió el permiso con la condición de que destinara un espacio de la necrópolis al entierro de los hombres ilustres de la nación.

Era una tristeza que a pesar de su importante historia y genealogía, el panteón yaciera en el olvido, con las calles vacías y la rotonda en ruinas. El sacrificio del sacerdote, el incendio y el escándalo del robo de fosas ahuyentaron a la clientela. Nadie quería enterrar a sus familiares en ese terreno maldito; a la falta de trabajo le siguió la diáspora de trabajadores "auxiliares", eufemismo que englobaba a los sepultureros y albañiles que operaban en el panteón de manera autónoma, sin contrato ni prestaciones. Los trabajadores formales tampoco se presentaban a trabajar más que para firmar sus hojas de asistencia y llevar ofrendas al altar de la Santa Muerte que tenían escondido dentro del santuario para las víctimas del aborto. El ausentismo laboral no se debía solamente a la falta de trabajo; los empleados también estaban aterrados de que el panteón, hambriento de difuntos, empezara a conseguirlos por sus propios medios, por lo que preferían pasar el menor tiempo posible en su territorio. "Anoche chocó una camioneta acá arriba, en Constituyentes. En plena recta y de subida, como si el panteón la hubiera jalado, vénganse para acá. Pum. Cuatro decesos." "Yo el otro día vi gotas de sangre por la bodega." "Yo el otro día bajé a mear y me encontré un perro despedazado del otro lado de la barda." "Yo allá atrás he oído como unos gritos de bruja." "Ah, cabrón, ¿y cómo gritan las brujas?", preguntó Silverio con curiosidad burlona. "Igual que tu mamá cuando me la doy", le reviró su compañero. "Ya quisieras", le respondió disimulando su indignación.

Esta amplia gama de temores no asustaban a Silverio, que siguió cumpliendo sus horarios y funciones al pie de la letra contractual.

—Buenos días —le dijo a las cuatro de la tarde una señora que acababa de tocar la ventana de la caseta con los nudillos—, ¿eres usted el senior Silveriu?

A Silverio lo confundió que una mujer de apariencia tan mexicana —era morena como él y tenía el cabello grueso, lacio y muy negro— hablara el español de manera tan defectuosa.

—Sí, dígame.

—La señorita Lupei me dice que hable a usted sobre alguna cosa —seguramente era una de las muchas estadounidenses que nunca había aprendido a hablar con fluidez la lengua de sus padres inmigrantes.

—Espéreme, ahorita salgo.

Lupita ya le había advertido que una señora iría a buscarlo para pedirle un servicio extraoficial. Obviamente tendría que darle su comisión si el bisnes se concretaba.

—Mi abuelita es aquí enterada —su lengua era incapaz de *enterrar* a alguien— y mi mamá que es muy vieja la está viendo todo el tiempo en sus sueños desde el día del fuego. Pero ella no tiene *green card* y no puede volar aquí, mi abuelita le dice que no quiere estar sola ya, aquí. Entonces vine y me dicen que no se puede ahora el proceso para llevarla a los Estados Unidos. Pero mi mamá ya es muy vieja y no puede estar calma.

—Entiendo —le dijo Silverio con una seriedad muy profesional—. Sí, bueno, efectivamente es muy difícil tramitar un permiso para hacer lo que me comenta. No sé qué le haya dicho la señorita Lupe en la oficina.

—Yo estoy queriendo pagar para llevar mi abuelita conmigo. Me dice que yo te pregunte y que usted sabes quién puede sacarla y dármela.

De acuerdo con el Código Penal Federal, artículo 281, Silverio podía terminar en la cárcel con su hermano si exhumaba a la abuelita ilegalmente: "Se impondrá de uno a cinco años de prisión: I.- Al que viole un túmulo, un sepulcro, una sepultura o féretro, y II.- Al que profane un cadáver o restos humanos con actos de vilipendio, mutilación, brutalidad o necrofilia. Si los actos de necrofilia consisten en la realización del coito, la pena de prisión será de cuatro a ocho años".

—Lo que pasa es que está muy penado por la ley —le dijo con aspecto consternado para ver cuánto ofrecía la clienta. A cambio de una remuneración sensata, él estaba dispuesto a correr el riesgo; como no tenía planeado mutilar ni realizar el coito con la abuela de la señora, la pena máxima por la falta seguramente sería de dos años.

—Yo puedo darte doscientos aquí y ochocientos más cuando termine.

Mil pesos de honorarios no eran suficientes para compensar el riesgo y el esfuerzo de abrir una tumba y manipular los restos áridos que contuviera. Silverio no estaba interesado en hacer el trabajo por menos de tres mil pesos, ya que por lo menos tendría que darle quinientos a Lupita.

—Híjole, no sé. Lo que pasa es que ahorita casi no hay sepultureros, nadie quiere trabajar por lo mismo que el panteón quedó marcado, por decirlo de alguna manera —Silverio ya había determinado que, a pesar de su posición como vigilante, estaría dispuesto a palear tierra para ganar unos pesos extra—. Primero habría que ver en qué condiciones se encuentra la fosa. Comprar cemento, tabique, lo que haga falta para dejarla como estaba. Y pues también darle una propina al que esté vigilando ese día para que no se acerque. Entonces, está difícil.

—Nada más tengo mil quinientos dólares en efectivo, pero no les cargo conmigo. Puedo traerte y sacar quinientos más de la máquina, salen en pesos, no sé cuánto es.

A Silverio le costó trabajo disimular el regocijo que sintió al darse cuenta de que la clienta no le estaba ofreciendo mil pesos sino dos mil dólares por hacer ese trabajo.

—Okey, sí, pues yo creo que sí alcanza. ¿Hasta cuándo planea quedarse?

—Lo más rápido porque estoy pagando muy caro aquí cerca. No sé si me puedes dar cenizas. No puedo cruzar huesos, ¿sabes? Voy a tomar bus y mi esposo cruza en el auto por mí, pero no puedo tener huesos en la aduana.

—No, claro. No lo había pensado, pero sí, se puede, yo creo que me cobran cien más.

—Okey.

Silverio le pidió a la señora Kimberly que lo esperara una hora para llevarlo a la tumba de su abuela. Ella le entregó doscientos dólares —esa noche Silverio leyó la página de Benjamin Franklin en la Wikipedia— y acordaron reunirse tres días después para concluir el intercambio.

Cuando se despidió de ella se apresuró a abrir un convertidor de monedas en internet para averiguar exactamente cuánto ganaría por el trabajo. Estaba perplejo. Nada más los raperos y los boxeadores ganaban tanto dinero en una sola noche. Con setenta mil pesos podría comprar dos computadoras, una para su hija y otra para él, y llevar a su mamá con un doctor privado para que le atendieran la prediabetes que le habían diagnosticado en la clínica popular. Ya no tendría que leer los artículos de la Wikipedia y ver los documentales de YouTube en la diminuta pantalla de su celular.

No podía contarle a su mamá de dónde saldría su nueva fortuna, así que al llegar a casa le compartió la feliz noticia de que la alcaldía le daría un jugoso bono para compensar la experiencia traumática de haber sobrevivido al incendio en el panteón.

22. Kilómetro primo

Cuando Karina empezó a leer sobre la codependencia, uno de los trastornos más comunes en los familiares de adictos, se sintió despojada de singularidad al descubrir que llenaba con tanta exactitud el perfil de la persona abnegada y controladora, autoexigente y permisiva, culpable y resentida con respecto a su disfuncional abuela. Aunque hacía un esfuerzo consciente por mitigar la obsesión que sentía por cuidarla ella misma, no lograba disuadirse de que hacerlo era su responsabilidad, puesto que Rebeca no sólo la había criado con una dedicación muy afectuosa, también había vendido su casa y gastado su patrimonio para que su nieta pudiera estudiar una carrera tan exigente como mal remunerada. Quedarse a vivir con ella en México hasta que muriera apenas bastaba para compensar lo que Rebeca había hecho por ella.

Karina sospecha que descubrir el secreto de su abuela podría cambiar los términos de la deuda moral que siente hacia ella. Su autoestima está encadenada al cuidado de Rebeca y el misterio del acto imperdonable podría ser la llave para liberarla. Por eso se ha abocado con tanto ahínco a investigar: sospecha que su anhelada independencia depende de lo que descubra.

No tiene muchas pistas para progresar, pero sabe que hay dos cosas sospechosas: la desaparición de los documentos relativos a la muerte de sus padres y la purga de las fotografías familiares. El accidente vehicular en el que murieron podría ser crucial. De acuerdo con la versión de su abuela, su papá iba al volante pero no había tenido la culpa, porque una tupida lluvia había hecho que un camión se saliera de su carril y se topara de frente con el carro en que sus papás volvían de sus vacaciones en Acapulco. Tal vez no hubo camión ni lluvia. Era posible incluso que su papá no fuera al volante —y que por eso en el delirio su abuela le reclamara a su nuera por lo que le había hecho a su hijo.

Karina ha revisado los registros meteorológicos de la tarde del 16 de marzo de 2012 y ha descubierto que no se registraron lluvias en Morelos ni en la Ciudad de México.

Que un camión en contraflujo obligara a su papá a salirse del camino implicaba que el percance tuvo lugar en la carretera libre de dos carriles y no en la amplia autopista de cuota que conectaba la capital con Acapulco. Decidió recorrer virtualmente el camino para buscar sitios donde el accidente pudiera haber ocurrido.

—Provecho —le dice a su abuela después de servir la crema de champiñones y sentarse frente a ella.

—¿Y mi babero? —le reclama Rebeca, refiriéndose al delantal de plástico con el que su nieta la cubre para que su pulso tembloroso no le ensucie el camisón cada vez que come con cuchara.

—Sí es cierto —dice Karina y va a sacarlo de un cajón de la cocina.

—Yo creo que andas enamorada —dice su abuela—. ¿Cuándo me lo vas a presentar?

—¿A quién? —responde Karina mientras le amarra los cordones por la nuca, debajo de su cabellera blanca—. No salgo con nadie.

—Ya quiero que tengas novio para no dejarte tan sola cuando me vaya.

—Ahorita no tengo tiempo.

Desde la comodidad de su cubículo en el Instituto de Ciencias Nucleares, se transporta virtualmente a la alcaldía de Tlalpan, donde la avenida Insurgentes se convierte en la carretera libre a Cuernavaca y empieza a ascender por las laderas volcánicas del Ajusco.

—Yo pasé siete años de novia de tu papá —cada vez más seguido Rebeca se confunde y le llama "papá" en vez de "abuelo" a su esposo Ramiro—. Él me iba a visitar al pueblo hasta que un día dije: Ya estuvo bueno. Entonces lo que hice fue contarle que me habían invitado a una fiesta en Villahermosa y un joven de una muy buena familia me había querido invitar a salir, pero que no sabía si decirle que yo ya estaba comprometida. ¿Y entonces qué le dijiste?, me dice bien enojado. Pues que yo le avisaba cuando regresara a Villahermosa. Ya, me dijo, voy a hablar con tu mamá y vamos a casarnos. Está bien, le dije, y yo por dentro decía, ¿Ya ves?

En el kilómetro veintinueve encuentra la primera curva pronunciada junto a un despeñadero que parece muy profundo. Hay dos barreras entre la carretera y el vacío, una valla metálica maltratada y detrás, una barda de piedra pintada como una cebra. La doble protección y la abundancia de cruces sugiere que es un lugar propicio para los accidentes. Además hay una pequeña capilla pintada de naranja y una lona colgada de la valla metálica con la foto de un motociclista y la leyenda: "Descansa en paz Peloncito. 1995-2027".

—Voy a buscar una foto bonita de él y la voy a poner en la ofrenda de muertos.

Pudo ser aquí. Aunque Karina no se deja influir por coincidencias numerológicas, tampoco deja de notar que el kilómetro veintinueve es un número primo —a su profesor de teoría de números le gustaba decir que los números naturales que sólo tienen como divisores a sí mismos y al uno se llaman primos porque son primitivos, no compuestos, los números que están en el origen de todo el orden aritmético—. El kilómetro veintinueve podría estar en el origen de su vida —sería interesante estudiar las carreteras desde el punto de vista de la fractalidad en busca de patrones geográficos que pudieran asociar ciertas distancias con curvas, rectas, pendientes.

—¿A poco ya va a ser Día de Muertos? —le pregunta Rebeca—. ¿A qué día estamos?

Tres kilómetros adelante encuentra la entrada a un restaurante llamado El Mirador. La vista panorámica es turbia: flota sobre la urbe una capa grisácea de partículas contaminantes. Sin embargo, alcanzan a verse las calderas alineadas de los volcanes que alguna vez separaran el lago de Texcoco del lago de Xochimilco. ¿Quién querría sentarse a comer ahí, frente al paisaje de los valles sin lagos, devastados por la mancha urbana? Sigue andando y ve un letrero que dice "Inicia Área Protegida Chichinautzin", un bosque de pino que corona la sierra volcánica que cerró el valle de México y lo convirtió en una cuenca lacustre sin desagüe natural. Pasó el pueblo de Topilejo y entró en una zona de sembradíos. Ponderó con melancolía el hecho de que esos paisajes fueran lo último que vieron sus papás, inconscientes de que el final de su vida era inminente.

—Diez de octubre —le aclara Karina—. Todavía falta, pero quiero poner una ofrenda bonita por lo que pasó.

En la imagen satelital de la carretera se distingue la forma cónica de los muchos volcanes que salpican el camino: el volcán Pelado, Tesoyo, el Palomito, los Cardos, Oyameyo, las Ollas, Ocopiasco, la Caldera, la Cima I y II, el Joyo, el Cajete, Tulmiac, Pipiritillo, no puede creer que en un área tan limitada pudiera haber tanta actividad telúrica, tanta roca supurando, amontonándose hasta formar montañas de clima subalpino en el centro de un territorio tropical.

—¿Qué pasó? —pregunta su abuela honestamente.

—El incendio del panteón.

Karina está a punto de cruzar la frontera entre la Ciudad de México y el estado de Morelos, marcada en Google Maps con una línea punteada que sigue el trazo irregular de las cimas serranas.

—Ah, sí, pero eso ya pasó, gracias a Dios.

El descenso desde los volcanes carece de precipicios. No tarda en llegar al pueblo de Tres Marías, donde la carretera federal y la autopista se acercan casi hasta tocarse, separadas por una delgada barra de fondas para viajeros.

—Apúrate con la sopa porque ya están calientes las albóndigas —su abuela no se ha dado cuenta de que Karina lleva varios años preparando las albóndigas con carne molida vegana.

—Ya me llené —dice la anciana.

—Casi no has comido nada. Si quieres deja la sopa pero te tienes que comer dos albóndigas.

Más allá de Tres Marías la pendiente se vuelve a pronunciar y el bosque baja por la ladera cada vez más inclinada, llega a una bifurcación: Coajomulco hacia la izquierda y Cuernavaca hacia la derecha. Aunque la zurdera la incita a tomar el camino de la izquierda, no tiene sentido desviarse para visitar Coajomulco. Sigue bajando detrás de un coche blanco. Una serie de rayas transversales sobre el pavimento le advierte que se avecina una curva pronunciada. Lee un letrero: "Cuernavaca 15 kilómetros".

—Oye, hablando del panteón, te quiero preguntar una cosa. ¿Detuvieron al chofer del camión que provocó el choque de mis papás? Nunca me has dicho si lo conociste. He estado pensando en eso.

La curva más cerrada del trayecto, donde creyó que iba a estar el gran precipicio, se encuentra bardeada por árboles frondosos en medio de una ladera bastante suave. No hay sitio para caer. El bosque de oyameles es un lugar ameno.

—No pienses en eso. Fue un accidente y ya, así lo quiso Dios.

Un letrero advierte que en la niebla hay que prender las luces.

—¿Pero lo detuvieron o no, al que iba manejando el camión?

Un paso peatonal —nueve rayas de cebra sobre la carretera— le indican que ya se encuentra a las afueras de Cuernavaca. Ha pasado muchas curvas peligrosas, pero desde que entró al estado de Morelos no ha habido barrancas. Ha descendido unos quinientos metros de altitud y la vegetación ya tiene una exuberancia tropical. El recorrido, tal como temía, fue una diligencia estéril. Habría sido un milagro encontrar evidencias en Google Maps, dieciocho años después de la desaparición de sus papás, pero el asfalto y las montañas callan. Su abuela, el Registro Civil, los periódicos, nadie habla.

—No me acuerdo. Yo creo que no.

Karina se vuelve a topar con el camino truncado por el olvido de su abuela. A Rebeca le basta con decir que no se acuerda de algo para empezar a olvidarlo de verdad.

—¿Entonces cómo supieron que se encontraron con un camión de frente?

—Alguien los tuvo que ver. No sé. ¿Por qué me interrogas? Ya me duele la boca, se me aflojó la dentadura. Tengo que ir con el doctor que te sacó las muelas, ¿te acuerdas?

Por supuesto que Karina se acuerda. Tenía diecisiete años y las muelas del juico se habían formado tan angustiadas en su pequeña mandíbula de primate neoténico que en vez de brotar erguidas a través del tejido gingival habían empezado a empujar horizontalmente a los molares anteriores, por lo que sus dientes se empezaron a enchuecar con mucho dolor. El cirujano maxilofacial que les recomendaron atendía en el vigésimo piso de una torre lujosa de las Lomas. La intervención iba a costar veinte mil pesos. Karina buscó a un cirujano más económico en Azcapotzalco, pero su abuela se empeñó en que tenía que atenderla el mejor de todos, así que Rebeca le llamó a su sobrino Paco e hizo lo que más detestaba: pedir caridad.

—No me cambies el tema, te estoy preguntando algo.

—Y yo te estoy diciendo que me duele la boca. ¿Qué quieres que haga?

Karina se da cuenta de que está a punto de hacérsele tarde para llegar a su clase de las cuatro de la tarde.

—Ya me tengo que ir al instituto. Cuando regrese te pongo pomada.

El pendiente de regresar al departamento para curarle la encía a su abuela no la deja concentrarse. Está en su cubículo del instituto, con la pantalla abierta en Google Maps, flotando en medio de la carretera federal 94, congelada en el tiempo detrás de un coche blanco que está a punto de llegar a Cuernavaca.

Aunque quisiera seguir avanzando, huir, tomar el libramiento y seguir por la carretera libre hasta llegar al océano Pacífico, no tiene más opción que darse la vuelta y regresar por la sinuosa carretera donde una lluvia y un camión fantasmas conspiraron para dejarla huérfana. Tomará la avenida Insurgentes y en vez de dar la vuelta a la derecha en el Eje 10 para llegar a El Altillo, seguirá andando hacia el norte, hasta el edificio en Lindavista donde vivía de niña con sus padres. Nunca ha vuelto desde entonces. Todavía se sabe la dirección de memoria gracias a que su madre la entrenó para repetirla en caso de extraviarse —también se sabe el celular de su madre, pero eso no lo servirá de nada—. Calle Ayacucho, número 27, interior 303, colonia Torres de Lindavista.

23. Bravonia

Lo único bueno de estar encerrado dos metros bajo tierra era que no lo hostigaban los mosquitos. Las noches que pasaba en casa no podía dormir tranquilo por culpa de los zancudos que proliferaban en las macetas de la vecindad. El asedio era peor en el panteón, antes de que el incendio lo fumigara por completo. Las piletas de agua eran criaderos insalubres de larvas que, al convertirse en adultos chupasangre, le arruinaban el sueño con su zumbido y lo dejaban cubierto de piquetes cuando salía a hacer sus rondas vespertinas. Ya había registros de que el mosco del dengue se había instalado en el valle de México gracias al aumento de la temperatura.

El incendio también había arrasado con las hormigas, los escarabajos, las catarinas, los chapulines y los caracoles. Cuando Silverio se lo platicó a su hija, tratando de mostrarse como un sujeto preocupado por la biodiversidad, ella se sulfuró contándole del gran colapso que estaban sufriendo los insectos alrededor del mundo.

De hecho, en el mariposario del zoológico había un fósil viviente al que ella le había tomado varias fotos cuando la llevaron de la escuela. Se llamaba *Baronia brevicornis* y era endémica —la palabra no estaba en el vocabulario de Silverio— de la cuenca del río Balsas, entre Morelos y Guerrero. La criaban ahí para evitar que se extinguiera debido a los incendios forestales en la Reserva de la Biósfera de Huautla, el último de sus refugios. Era mucho menos vistosa que la mariposa monarca o la enorme Morpho azul, pero su valor residía en que llevaba más de setenta millones de años de haber aparecido sobre la Tierra. Esa mariposa anodina había sobrevivido al meteorito que acabó con los dinosaurios. Así de vieja era.

—¿Y cómo le hizo para sobrevivir? —le preguntó Silverio.

—Cuando fuimos al zoológico nos contaron que sus orugas bajan a la tierra y se entierran para invernar como pupas —ésa era otra palabra que Silverio desconocía— y así se pueden quedar dormidas mucho tiempo sin agua. Igual por eso sobrevivieron, cuando salieron ya no estaba tan fea la cosa.

Daenerys había quedado fascinada con la idea de los fósiles vivientes, especies que permanecían fieles a sí mismas por enormes periodos de tiempo, a pesar de las catástrofes. En Google había encontrado los celacantos —unos peces horribles—, los cangrejos herradura, los nautilos —mezcla de caracol y calamar—, los helechos arborescentes y los pececillos de plata que infestaban los archivos del panteón. Averiguó que esos miserables comedores de papel llevaban más de trescientos millones de años sobre la Tierra, mucho más que las mariposas de Huautla, y que su principal fortaleza era una longevidad muy atípica para los insectos, así como una enorme capacidad de ayuno. Podían vivir cuatro años y pasar uno de ellos sin alimento —lo cual equivalía a que Silverio pasara veinte años sin comer—. Por eso resultaba tan difícil exterminarlos. A pesar de todas las fumigaciones que había pagado la alcaldía, a pesar de las bolsas de clavo aromático que habían colocado en todos los rincones del archivo, los perversos lepismas volvían a aparecer entre los libros. Al devorar las hojas donde se registraban los entierros, ellos también se comían a los muertos.

Alguno de ellos debía de haberse comido el nombre del abuelo de Karina, cuyos huesos reposaban tan cerca de él.

24. *Nose job*

La asistente que toma las fotografías de las pacientes se llama Patricia. Leonor le preguntó su nombre para aplacar los nervios de Karina, que siempre se angustia al interactuar con personas desconocidas, aunque sean tan dulces y serviciales como el personal de la clínica.

Una vez terminada la sesión fotográfica, Patricia conduce a Leonor al consultorio del doctor Rodríguez Winter. Se trata de un despacho sobrio, elegante, decorado con rigor minimalista. El trono giratorio del cirujano está vacío. Karina se desanima al notar que no hay fotografías familiares por ningún lado. El doctor Rodríguez Winter seguramente comparte el consultorio con otros cirujanos, por lo que ninguno de ellos puede personalizar el espacio con títulos universitarios e imágenes familiares. A la izquierda del escritorio hay un librero con pocos libros, una medalla encapsulada en un cubo de plástico transparente, un psicodélico alebrije —se trata de un rinoceronte con alas y lengua de lagartija.

—Si quieres tomar asiento —le indica la asistente—. Ahorita regreso con el doctor.

Leonor toma asiento y se limpia las manos sudorosas de Karina en la falda. Para venir a esta exclusiva clínica se vistió como si fuera a un coctel, con esos tacones que no se ponía desde la noche infausta del 15 de septiembre pasado.

Karina mira su reloj de pulsera y se da cuenta de que Leonor jamás se pondría un artículo tan colorido, burdo e infantil como ése. Con dedos temblorosos se apresura a quitarse de la muñeca ese accesorio; lo esconde dentro de su bolsa junto con la fotografía rota de su padre, que trajo como amuleto. Para calmarse inhala profundamente, contiene el aire y lo libera con rapidez cuando la puerta se abre y entra un hombre fornido y bronceado, vestido de filipina azul cielo, como si acabara de salir del quirófano.

—Leonor. ¿Cómo estás? —seguramente el médico acaba de leer su nombre en el fólder que lleva en la mano izquierda.

Karina se pone de pie y le da la mano. La sonrisa del médico parece la de un estafador irresistible.

—Siéntate. Perdón por la tardanza pero en estas fechas tenemos muchísimas cirugías. Es el mes más cargado.

Karina frunce el ceño, intrigada por el fenómeno estacional al que el doctor acaba de referirse. Aunque ella no se atrevió a preguntarlo, él se lo explica.

—Por los propósitos de año nuevo, en enero se nos llena la consulta y conforme vamos programando las cirugías se nos saturan en estas fechas —mediados de febrero—; mucha gente ya quiere estar recuperada para las vacaciones. Pero bueno, cuéntame, ¿qué te trae por aquí?

La guapura del médico desconcierta a Leonor, que está en un contacto mucho más íntimo con sus apetitos sexuales que Karina. La mandíbula cuadrada y prominente, los bíceps abultados, las patillas entrecanas que le aportan a su figura atlética un toque de madurez.

—Estoy pensando, bueno, vi que usted era muy reconocido en el ámbito de la rinoplastia y por eso vine.

—Me investigaste y todo —dice con un gesto de halago—, perfecto, muy bien —la mira y luego mira las hojas de su historial médico—. ¿No ha venido tu mamá conmigo? Te me haces muy conocida.

Teme que el doctor, acostumbrado a analizar rasgos faciales, se percate de la tensión muscular que le produce el reconocimiento. Karina teme que el doctor se dé cuenta de quién es en realidad.

—No, mi mamá no, nunca…

—Okey. Qué chistoso, a mí nunca se me olvida un rostro. Leonor Llorente Calles, qué fuerte suena. ¿Cómo te gusta que te digan?

—Pues así —Karina no había pensado en eso—. O Leo, también.

—¿Y a poco eres leo? —el doctor baja la vista para revisar su fecha de nacimiento en el expediente—. No —se responde a sí mismo—. Eres virgo —Karina sonríe, pensando que jamás se dejaría mutilar el cartílago nasal por un sujeto que le pregunta el signo zodiacal a sus pacientes—. Por eso es que ya investigaste todo sobre la rinoplastia y sobre mí, ¿verdad? La mayoría no usa ese término, ¿sabes qué me dicen?, que vienen por un *nose job* y yo les digo que no le vayan a decir así frente a sus maridos porque si oyen mal se van a poner muy celosos —el doctor se carcajea de su propio chiste y ella sonríe, abochornada por la idea de hacerle una felación al médico. A diferencia de Karina, Leonor no debe tenerle aversión al sexo oral—. No te creas, es una broma. ¿Verdad, Paty? Oye, yo soy de la idea de que tenemos que entrar en confianza porque es el pilar para una intervención estética que funcione. Si no me puedes decir, quiero esto, y yo no te puedo decir, no te queda, mejor hagamos esto, no va a funcionar. ¿Me explico? Tiene que haber mucha sinceridad de ida y vuelta.

Si fuera sincera le diría que en realidad no vino porque le interese una rinoplastia. Quiere saber si él también ha vivido estos dieciocho años —en tres semanas se cumplen diecinueve— sin saber la verdad.

—Sí, claro —responde Leonor con firmeza—. De hecho quería preguntarle…

—Háblame de tú —la interrumpe—. Acuérdate que estamos en confianza.

—¿Me podrían regalar un vaso de agua? —Karina desvía la mirada hacia Patricia—, tengo la boca muy seca.

—Claro que sí —dice el doctor—. Paty, ¿nos haces favor?

Ahora que la asistente ha salido del consultorio, Karina podría preguntarle a Pedro si se acuerda de Carlos Miranda, el amigo de su papá. En ese momento el médico se daría cuenta de por qué Leonor le pareció tan conocida. Tú eres… Sí —lo interrumpiría—, soy su hija. ¿Por qué me buscaste? Porque me acabo de enterar de la verdad.

—En lo que viene Paty voy a ir subiendo tus fotos al programa para que podamos conocer a la Leonor del futuro.

Leonor no tiene mucho futuro por delante. Karina lo sabe y debería decírselo de inmediato, antes de que regrese Patricia, pero la avergüenza demasiado haberse hecho pasar por otra persona. Fue una precaución innecesaria y contraproducente. Duda de que el médico hubiera sabido de inmediato quién era al leer el nombre Karina Miranda López en la historia clínica. Antes de confesarle al médico su verdadera identidad tiene que sacrificar a Leonor, decir que no es su nombre, enterrarse un bisturí en los labios y hacer un doloroso corte sagital para quitarse la máscara del rostro. El médico miraría con espanto el rostro desollado de su paciente. Ni modo. Para eso vino. La puerta se abre.

—Aquí está —dice Patricia al ofrecerle el vaso de agua.

—Gracias —le responde Leonor con una sonrisa de alivio.

25. El fantasma del 303

Karina salió de este edificio hace dieciocho años con su mochila de Chihiro y su lonchera de Totoro. Se iba a quedar en casa de su abuela mientras sus padres no estuvieran en México. Nunca volvió a este lugar del que guarda un puñado de recuerdos congelados y mudos. En la jardinera que está junto a la entrada solía haber una tupida vegetación de sombra que fue sustituida por una triste alfombra de pasto artificial.

Decidió adoptar una identidad falsa para hablar con sus vecinos. El nombre que escogió le pertenecía a la inquilina de la tumba más hermosa que se encontró en el panteón. Ahora se llama Leonor Llorente Calles y es hija de una vieja amiga de Margarita López, la señora que vivía con su esposo y su hija en el departamento 303.

Karina no tiene experiencia como actriz. El único papel que ha encarnado es el de una flor en un festival de primavera, así que sus habilidades histriónicas se limitan a recibir polinizadores, hacer fotosíntesis y bailar canciones de moda en la primera década del siglo.

—¿Quién? —pregunta una voz masculina distorsionada por la bocina del interfono.

—Buenos días —Leonor carraspea antes de seguir hablando—, disculpe, quería saber si se encuentra la señora Margarita López. No sé si todavía viva aquí.

—No, aquí no vive.

—Lo que pasa es que mi mamá está muy enferma —la madre de Leonor tiene un cáncer genérico; una de las cosas que pone más nerviosa a Karina es que hay muchos huecos en la historia de sus personajes— y no halla forma de contactar a Margarita, que era su mejor amiga de la infancia. ¿De casualidad no conoce a su familia o no sabe cómo la pueda localizar?

Leonor no sabe si la amiga de su madre sigue casada o se divorció, si tuvo hijos o prefirió adoptar dos perros.

—No, ni idea. Lo siento.

—¿Hace cuánto vive aquí? Perdón por la pregunta pero para saber hace cuánto…

El hombre que vive en el departamento donde creció ya cortó la comunicación, así que Leonor toca el timbre del departamento contiguo.

—¿Bueno? —se trata de una voz infantil.

—Hola, buenos días, ¿puedo hablar con tu mamá? —Karina prefiere entrevistarse con una mujer, aunque el escote de la blusa de Leonor seguramente sería más persuasivo con un hombre.

—No está —le dice el niño y de inmediato se corrige—. Sí está, pero se está bañando.

—Bueno, gracias.

En los departamentos 301 y 304 no le contestan. En el 201 le contesta una joven amodorrada que tampoco había oído nombrar a Margarita, en el 202 un anciano le cuenta que él se acaba de mudar al edificio porque su hija, que es una empresaria muy exitosa del sector restaurantero, le instaló este departamento por razones que el hombre explica con pormenores desesperantes. En el 203 nadie responde.

Un coche se detiene frente a la puerta y del asiento trasero baja una mujer de lentes oscuros y pants holgados.

—Buenos días —le dice Leonor a la mujer, que se acerca a la puerta buscando las llaves en un bolso enorme.

—Buenos días —le responde con una voz ronca y un acento caribeño que Karina no logra asociar con una nacionalidad específica. Se nota que pasó la noche en vela y que bebió en exceso.

Debido a su juventud y extranjería, es improbable que esta mujer haya conocido a sus padres, pero Leonor no puede desperdiciar ninguna oportunidad para entrar al edificio.

—Disculpa, lo que pasa es que mi mamá está muy enferma y estoy buscando a su mejor amiga de la infancia, Margarita López. Mi mamá tenía apuntada su dirección, pero ya toqué en el trescientos tres y no la conocen. Estoy moviendo cielo, mar y tierra para encontrarla; a mi mamá la haría muy feliz poder despedirse. No sabes si alguien me pueda decir si sabe de ella, a dónde se mudó, no sé.

La mujer se quita los lentes oscuros, detrás de los que esconde unos enormes ojos irritados y unas ojeras muy oscuras.

—¿Cómo dices que se llama?

—Margarita López.

—Margarita… ¿Estaba casada con un señor más grande que ella?

—Sí, creo que sí —la descripción es precisa, pero resulta imposible que una extranjera joven como esa mujer los haya conocido—. ¿Los conoces?

—Conozco al marido, por desgracia —Karina está decepcionada; obviamente confunde a sus papás con otras personas—. Vente —la llama a entrar atrayéndola con los dedos, prolongados por unas enormes uñas postizas de color negro—. Te voy a llevar con Betty. Yo sabía que hoy iba a pasar algo, pero no sabía qué.

—¿Por qué? —dice Leonor.

—Ahorita que Betty te cuente, ella se sabe la historia —a Karina le aterra que esa vecina la reconozca—. ¿Cómo me dijiste que te llamas?

Dentro del elevador la vecina presiona el botón del piso cuatro con la uña del dedo índice. Su aliento alcohólico inunda el estrecho contenedor.

—Leonor. ¿Y tú?

—Venecia —apretó los ojos y negó con la cabeza—. No. Sigo en otro canal. Me llamo Juana.

Karina se dio cuenta de que Juana le había dicho el nombre exótico que seguramente usaba para esconder su identidad en el giro nocturno en el que muchas otras mujeres inmigrantes eran explotadas.

—Juanita —dice la señora Betty cuando abre la puerta—. Me agarraste en fachas.

—Hola, bella, ¿cómo estás? Te presento a Leonor. Me la encontré allá abajo. ¿A quién crees que vino a buscar?

—¿A quién?

—A una señora que vivía en el trescientos tres. Margarita —la señora alza las cejas con una mezcla de sorpresa y escándalo.

—Ajá —responde la caribeña.

—Pásenle, pásenle. Nada más no se fijen en el tiradero.

Karina reconoce el piso de parquet cuadriculado, la disposición de las ventanas, el pasillo que conduce a las dos habitaciones de los departamentos que dan al estacionamiento.

Leonor le cuenta la situación que la trae al edificio en busca de la amiga de su madre; la señora Betty la escucha con paciencia, sin dar ninguna señal de reconocerla.

—Pues mira —dice la señora Betty—, yo llegué a vivir a este edificio cuando lo acababan de terminar hace cincuenta y cuatro años. Me ha tocado de todo. Yo nunca he sido chismosa, pero cuando pasa algo como lo que pasó, no queda más remedio que enterarse.

—¿Qué pasó? —pregunta Leonor, intrigada.

—Yo conocí a la amiga de tu mamá... No dudo que de niña fuera muy linda, pero después... No era muy buena persona que digamos.

—No sabemos —interviene Juana—, nunca se sabe lo que sufre una mujer que llega a eso.

—Pues sí —concede la anciana con falsa imparcialidad—, una a veces se equivoca con el marido. Yo creo que la tenía muy difícil. El marido era como veinte años más grande que ella y desde que fue la crisis de no sé qué año se quedó sin trabajo y se dedicó a tomar —la descripción que la vecina hace de su padre resulta dolorosa, pero no inexacta; en la crisis del dos mil ocho había caído en bancarrota la empresa en la que trabajaba como agente de ventas—. Tuvieron una hijita que les salió autista —Karina nunca se imaginó que el diagnóstico escolar que le hicieron había llegado hasta los oídos chismosos de sus vecinas— y la amiga de tu mami se pasaba todo el día trabajando para mantenerlos. Peleaban mucho. Hasta acá se oían los gritos —Karina no guarda ningún recuerdo de esas discusiones—. Rompían platos, ella lloraba, se decían hasta de lo que se iban a morir. Pues sí. Un día en la madrugada de repente, ¡pum! Yo me desperté muy preocupada, le digo a mi esposo, ¿qué fue eso? Quién sabe, seguro un cohete, vuélvete a dormir. Bueno, pues nos volvimos a dormir. La policía no vino hasta el lunes. Y que nos vamos enterando de que lo habían encontrado muerto de un disparo. La esposa y la hija, ni sus luces. Se dio a la fuga. Nunca supimos si la atraparon.

Karina tiene que hacer un gran esfuerzo para reprimir la carcajada histérica que le produce la absurda noticia de que su madre se dio a la fuga con ella después de dispararle a su papá.

—¿Ella lo mató? —finge estar sinceramente espantada por la noticia.

La señora Betty asiente.

—Yo estoy segura de que él se lo buscó —dice Juana, tomando partido por la agresora.

—Puede que sí. No dudes que la niña estaba así porque su papá quién sabe qué le haría. Yo veo que alguien toca a una de mis hijas y no respondo. Y lo más común es en las familias.

A Karina la indigna que esa desconocida sugiera que su padre abusaba de ella, pero no puede demostrarlo, tiene que fingir que es ajena al enredo sensacionalista que le están contando.

—Cuando me dijiste —continúa Juana— que la amiga de tu mamá era la del trescientos tres yo sentí un pálpito, porque yo desde que llegué a este edificio sé que hay una presencia. Mira. Yo trabajo de bailarina. Betty lo sabe. No me avergüenza. Yo llego tarde, a veces como hoy llego hasta el otro día, pero entre semana salgo cuatro, cinco de la mañana. Cuando entro al edificio todo está calladito. Y lo oigo —señala el piso con su larguísima uña negra—. Ahí sigue, atrapado. Un día cuando le dije a Betty que yo oía un fantasma en el piso tres, ella me contó.

—Tiene que ser él —dice la señora Betty—. Ya lo tratamos de sacar. Vino una médium que trajo Juanita. Pero no se va y yo no me acuerdo cómo se llamaba. Yo nunca lo conocí, la verdad. A ella sí la vi varias veces, porque salía diario a llevar a su hija a la escuela y luego se iba a trabajar. El marido se paraba tarde y regresaba en la madrugada, si es que salía, nunca nos cruzábamos. ¿Tú no sabes cómo se llama?

Cualquier persona que crea con tanta seriedad en los fantasmas pierde toda credibilidad ante Karina, que está segura de haber caído en manos de dos mujeres trastornadas por la superstición.

—¿El esposo? —pregunta Leonor con el ceño fruncido—, no, no sé.

—Un día que no estaban los vecinos del trescientos tres hasta le pusimos un camino de velas hasta la calle, para que se saliera. Pero no se va. Así que, bueno, yo creo que la amiga de tu mami se cambió el nombre y quién sabe a dónde se haya ido. Yo creo que alguien la estaba esperando, porque no se llevó su coche. Tenían un carro amarillo, deportivo, ahí estuvo años abandonado. Se le bajaron las llantas, se cubrió de tierra. Yo le llegué a dar dinero al conserje de esa época para que lo lavara. Se veía horrible, pero no lo podíamos mandar a sacar porque podía servir para la investigación. Era evidencia.

El coche atropelló la confianza de Karina. No esperaba que la señora Betty mencionara ese auto, cuyo abandono en el estacionamiento del edificio era un detalle incompatible con el supuesto choque de sus padres en él. Resultaba muy difícil que la vecina inventara ese aspecto de la historia, que por su misma intrascendencia era más verosímil que el homicidio y la fuga. Karina no recuerda que tuvieran otro auto. De hecho puede evocar vívidamente la molestia de su mamá al subirse al coche y encontrar el cenicero lleno de colillas de cigarros.

—Ese departamento está marcado —explica Juana—, Betty me contó que nadie ha durado más de dos años ahí. Él los corre. A ver cuánto duran los nuevos, porque como son *freelancers* se la pasan ahí.

—El coche amarillo —dice Leonor—, ¿se acuerda qué marca era?

—Uy, no sé de coches —le responde la señora—, pero me acuerdo que tenía un caballo en la parte de adelante.

Era ése. Un Mustang. Karina recuerda haberlo visto recientemente en una fotografía de su papá afuera del lote de coches usados donde lo compró antes de conocer a Margarita. La foto se la tomó su abuela.

—Yo no sé si le quieras contar a tu mamá lo que pasó —dice Juana—, pero no sabes cuánto nos ayudaría saber el nombre del marido, para poder contactarlo. El problema con los fantasmas es que si no les hablas claro no se enteran de que les estás hablando a ellos. No te escuchan.

Tiene que haber otra explicación: tal vez sus padres salieron de viaje en un coche prestado porque el Mustang estaba descompuesto o tenía una multa que le impedía circular.

—Le voy a preguntar a mi mamá —dice Leonor—. ¿El conserje no lo conoció tampoco?

—No —dice la señora Betty—. Es un muchacho que nada más viene entre semana desde hace como tres años. Esto fue hace muchísimo. Yo creo que diez años o más —dieciocho años con seis meses y catorce días.

Leonor anota el teléfono de Juana para avisarle si averigua el nombre y se despide de ambas vecinas en el pasillo. Entra al elevador y en vez de presionar el botón de la planta baja, presiona el del tercer piso. Quiere ver por fuera el departamento. De pie frente a la puerta, Karina se imagina que toca el timbre y le abre su madre con una sonrisa. Pásale, mi amor, te estaba esperando. ¿Por qué dicen que mataste a mi papá? ¿Por qué dice mi abuela que lo que le hiciste a su hijo no tiene perdón? ¿Dónde estabas? ¿Por qué me abandonaste?

Karina se apresura a bajar por las escaleras cuando escucha pasos acercándose a la puerta del departamento. Antes de salir a la calle se asoma al estacionamiento. Se acuerda de haber corrido muchas veces sobre el piso de concreto hacia el coche amarillo de sus padres. Se ha imaginado tantas veces la escena del vehículo cayendo en una barranca que le cuesta trabajo recordarlo sin abolladuras ni vidrios rotos, sin las bolsas de aire desinfladas y el tablero quemado. Una crisis de ansiedad vuelve a oprimirle el pecho y cerrarle la garganta. Sale a la calle y se apresura hacia la estación del metro. Todas las mujeres con las que se cruza en la calle podrían ser su propia madre. No puede creer que esto le esté pasando a ella. Tiene que calmarse. Seguramente hay una explicación sensata. Su mejor opción es platicar con su tío Paco, el único primo que tenía su padre en la ciudad, y su esposa Celia, la única que parecía aliarse con Karina cuando intentaba que su abuela dejara de tomar en las reuniones familiares. Ellos tal vez podrían ayudarla a desenredar el nudo que la estaba asfixiando.

26. Vía Láctea

Nunca había visto ni olido el excremento de una cebra. No lo puede comparar con el de los caballos porque tampoco lo conoce. Su cultura equina es prácticamente nula. Sabe que existen los vaqueros, los hipódromos, los partidos de polo, las calandrias turísticas, los concursos de salto de obstáculos, las cabalgatas recreativas y la policía montada, su vida ha sido tan monótonamente urbana que jamás había tenido esta experiencia sensorial. El apestoso aroma que las boñigas despiden le resulta tonificante. No entiende si se trata de un cortocircuito en su cerebro o un simple aprecio por la novedad, tan escasa a lo largo de su depresión.

—Híjole —dice una mujer con una playera de Kung Fu Panda—, qué feo huele.

Está acostumbrada a otros olores fecales, pues su abuela ha sufrido muchas diarreas y deposiciones accidentales en los últimos años. Su sistema digestivo cada día es más frágil e impredecible. Karina también ha tenido que recolectar muestras coprológicas de una bacinica para llevarlas a estudiar en el laboratorio.

—¿Qué le harán a toda esa popó? —pregunta su hija con espíritu protocientífico.

Las cebras pastan a lo lejos, con el porte distinguido que su pelaje blanquinegro les confiere. Le gusta ver su crin hirsuta, el copete que les da un aire de militares griegas o de guitarristas punk. Se acuerda de la diosa Atenea tal como aparece en el emblema de la Facultad de Filosofía y Letras, donde estudiaba Mario —no se han vuelto a escribir en mucho tiempo.

—Imagínate la cantidad —dice la mujer—. La pueden usar de abono allá afuera que buena falta hace.

Karina se acuerda de una noticia que causó furor entre la comunidad astronómica hace varios años. Descubrieron en Sudáfrica una especie de escarabajos peloteros que se orientaban por la noche gracias a la luz de la Vía Láctea. Para volver a sus guaridas tras haber recolectado una enorme bola de excremento, los insectos se guiaban a partir del manchón lechoso que atraviesa el cielo despejado de los pastizales.

—Con el precio de los fertilizantes —dice el padre con un tono arrogante de experto improvisado—, podría ser buen negocio. Ahora ya hasta están sacando guano submarino.

Los escarabajos miden unos cinco centímetros. La Vía Láctea tiene cien mil años luz de diámetro y un grosor máximo de dos mil años luz, más de cien mil millones de estrellas repartidas en seis brazos y un número mucho mayor de planetas y asteroides, con el modesto Sol a unos veinticinco mil años luz del bullicioso centro. El contraste entre el tamaño del insecto y el de la galaxia llena a Karina de una perplejidad alegre. La naturaleza es sorprendente y quisiera tener a alguien con quien compartir estos asombros.

—¿Qué es guano? —la niña definitivamente tiene madera de investigadora.

Karina quisiera preguntarle si sabe por qué todos los insectos son pequeños en comparación con los demás animales terrestres. Le explicaría que los insectos no tienen fuelles pulmonares ni sistemas circulatorios como los animales vertebrados, por lo que dependen de una serie de orificios a lo largo de su cuerpo para llevar oxígeno a sus tejidos. Si fueran más voluminosos, su rudimentario sistema respiratorio sería incapaz de alcanzar los tejidos más profundos. En una época en la que hubo mucho más oxígeno en el aire los insectos alcanzaron tamaños enormes en comparación con los del presente.

—Es la popó de los pájaros. Sirve para que las plantas crezcan más.

Karina lleva más de cinco minutos hipnotizada por un montículo fecal.

—¿Y por qué hay debajo del mar?

—Pues el mar ha subido de nivel. Hace miles de años estuvo mucho más abajo.

—¿Y por qué subió?

—Porque se están derritiendo los glaciares.

—¿Qué es un glaciar?

—Una montaña de hielo.

—¿Y por qué se están derritiendo?

—Porque está haciendo mucho calor.

Ese didáctico recordatorio del cambio climático hace que Karina comience a apurarse. Si sigue recorriendo con tanta lentitud el zoológico nunca saldrá de África.

27. Buitres

Cuatro aves vuelan en círculos sobre el panteón. La monótona ronda de sus envergaduras, sostenida por la convección del aire recalentado que asciende a las alturas frescas, hace que esos pájaros desconocidos parezcan muñecos de un móvil giratorio que cuelga sobre la cuna de los muertos. Karina los mira hipnotizada, de pie junto a la banca de hierro donde Maru y su abuela platican bajo la sombra del paraguas —un ramo de nardos maltratados por el calor reposa sobre las piernas de su vecina— en la concurrida explanada principal del cementerio. Esperan su turno para abordar un mototaxi que las lleve a ver cómo quedó la tumba de su familia. La vecina les hizo el favor de traerlas en su coche.

—Vinieron muchos más —dice una voz masculina y juvenil a su derecha. Karina se gira hacia ella. Se trata de un hombre cuya presencia no había notado—. Hace dos semanas llegué a contar dieciocho.

Aparte de bochornoso, junio ha sido un mes convulso. En protesta por la tibia reacción del gobierno, la arquidiócesis primada de México clausuró todas sus iglesias hasta que no se esclareciera el sacrificio de su ministro, cuya identidad sigue sin confirmarse. Ya se presentó en Palacio Nacional una comisión para investigar el caso y se montó un operativo para proteger a todos los sacerdotes del país. El crimen que asfixió a la ciudad a finales del mes pasado puso en evidencia la enorme difusión de los "cultos siniestros" a la Santa Muerte, Malverde, San Judas Tadeo y otras divinidades de la santería. A la polarización política y la crisis ambiental se sumó el pánico espiritista por la fuga de los fantasmas, que incrementó la popularidad de brujos y médiums entre la población.

—¿Qué son? —le pregunta Karina al vigilante. Sospecha que son buitres, pero jamás ha visto ese tipo de aves en la ciudad.

Maru fue la que insistió en que vinieran a buscar la tumba, tras oír en las noticias que mucha gente que había acudido al panteón tras el incendio se encontraba con que sus familiares ya habían sido desalojados para hacer lugar a nuevas inhumaciones. Cuando Karina se ofreció a venir sola, su abuela se opuso con vigor, repentinamente obsesionada con visitar a su marido y su hijo.

—Zopilotes —le responde el vigilante en el preciso instante en el que uno de ellos cambia de dirección y gana altura.

Maru tuvo que pagarle cien pesos a un franelero para que quitara el huacal con el que estaba apartado un lugar cerca de la entrada. Llegó muy fatigada de la caminata adonde Karina y Rebeca la estaban esperando.

—¿Siempre han estado aquí?

Karina leyó que una de las mayores pérdidas fue la de una pareja de cóndores de California, la especie de aves carroñeras más grande y vulnerable del mundo.

—No, llegaron ahora. Yo creo que por el olor. Con lo del zoológico y los lagos, pues estaba fuerte.

El ruidoso motor de un mototaxi —pequeño carruaje de tubo para dos o tres pasajeros, tirado por una motocicleta— hace que Karina postergue su siguiente pregunta. Como aún no se autoriza el ingreso de automóviles al panteón y mucha gente mayor, como Maru y Rebeca, es incapaz de llegar caminando hasta la tumba de sus familiares, la demanda de mototaxis es muy alta y por eso hay que anotarse en una lista de espera para utilizarlos.

—¿Por qué los lagos?

—Se murieron todos los peces. Muchísimos. Hasta acá llegaba el olor.

—¿Ya nos tocará a nosotras? —preguntó su abuela, que desde la mañana está más impaciente e irritable que de costumbre.

—Todavía no —la decepciona Karina—. Había como cinco personas anotadas antes y apenas se han ido dos.

El mototaxi transporta a dos mujeres bastante jóvenes. Al principio Karina las juzga por su holgazanería, que impide usar el transporte a personas más necesitadas de él, pero cuando las ve bajarse reconoce en una de ellas el vientre abultado de un embarazo a punto de concluir. La otra mujer parece ser su hermana. ¿Dónde estará el padre de la criatura? Por el rostro irritado de la mujer embarazada, Karina sospecha que vuelven de visitar al padre de la criatura.

—Qué barbaridad —se queja Rebeca—, no es posible que nos tengan aquí esperando a las señoras de la tercera edad.

—Ahorita ya no tardan en bajar varios —interviene el vigilante, que sigue de pie junto a la banca, con ganas de convivir.

—Oiga —le pregunta Maru, siempre dispuesta a charlar con los desconocidos—, ¿y por qué hay tanta gente formada allá?

Junto al edificio de las oficinas hay una multitud amorfa que, vista con más detenimiento, resulta ser una fila para entrar al archivo del cementerio. El vigilante les explica que mucha gente no encuentra la tumba de sus difuntos porque en una administración previa del panteón proliferó la reventa clandestina de lotes que habían sido vendidos a perpetuidad.

—Pobre gente —dice su abuela con una serena compasión que Karina no comparte, pues ellas también podrían ser víctimas del robo de la tumba de sus padres.

—¿Y qué les hacían a los restos que sacaban? —pregunta ella.

—Siempre se están sacando restos, porque ya no se venden perpetuidades como desde hace unos treinta años. Si la familia no solicita que se los entreguen, se mandan al osario que hay en la parte de atrás. ¿Su lote en qué zona está? —Karina se da cuenta de que en el panteón no se habla de tumbas sino de lotes.

—No me acuerdo —responde su abuela—, pero sé llegar.

Karina se acuerda vagamente del camino: la calzada de criptas monumentales, la Rotonda de las Personas Ilustres, la altísima chimenea de ladrillo del crematorio —de niña le pareció que llegaba al cielo—, y luego el recorrido por varias cuadras bajo la sombra de los árboles.

—La gente se pone furiosa de que no aparezcan —dice el vigilante—, pero pues ahora sí que se les trata de explicar que no es culpa de nosotros, porque los que hicieron el negocio ya no trabajan aquí desde hace mucho.

—Qué triste, de veras —dice Maru—. Ni los muertos se salvan de la corrupción.

—¿Hace cuánto que adquirieron su lote?

—Usted no nacía —dice Rebeca—. Mi marido falleció hace muchos años. ¿Hace cuántos, hija?

Karina no responde. Está absorta en el ciclo leve de los buitres que vigilan el desastre, empeñados en gozarlo. ¿Qué clase de aromas perseveran en la altura, imperceptibles para el olfato humano? Bisontes, cebras, elefantes, antílopes, venados, emús, ajolotes, ardillas, cacomiztles, carpas, millones de cadáveres resecos. Le da náusea pensarlo.

—Kari —dice Maru.

—Cincuenta y siete años —responde automáticamente.

—Uy, ya tiene rato —dice el vigilante—. ¿Y no lo han vuelto a utilizar?

El verbo *utilizar* es urticante: el enterramiento de los muertos no puede ser una utilidad sino una necesidad sagrada.

—Hace dieciocho años —dice Karina—, pero vinimos hace menos —le avergüenza confesar que llevaban diez años sin visitar la tumba; lo hicieron cuando ella cumplió quince años, cuando en la clase de Comunicación le dejaron de tarea a Karina filmar un documental sobre su familia. Su abuela se resistía a visitar el panteón, pero aceptó acompañarla cuando Karina le dijo que iría de todos modos.

—Ah, bueno —dice el vigilante—, la mayoría de las fosas se las robaron hace más de diez años, o sea que sí ha de estar. Ah, miren, ahí vienen dos.

Karina entiende fugazmente que habla de dos muertos y se espanta: espera ver a un par de zombis acercándose a la entrada, pero en realidad se trata de dos mototaxis que vienen a dejar usuarios y que quedarán libres para llevarlas en busca del lote de su familia.

—Bendito Dios —dice Maru—, ya me estaba insolando. Dicen en el TikTok que la contaminación ultravioleta está tremenda.

Se despiden del vigilante cuando la administradora de los turnos las llama para que aborden uno de los vehículos. Antes de subirse a la carroza metálica, Karina mira el cielo y nota que falta un zopilote. ¿A dónde se habrá ido? ¿Habrá bajado a visitar alguna tumba abandonada? Su ausencia le parece un terrible vaticinio.

28. La jirafa

Media hora después de haber dejado a Daenerys en casa de sus abuelos, Yadira le escribió un mensaje parco y belicoso.

—*Ke pedo con el megáfono?*

Padre e hija habían pasado un día estupendo en el Centro Histórico; después de buscar el megáfono, habían comprado helados y habían subido al mirador de la Torre Latinoamericana.

—*Qué pedo de qué?* —Silverio quería restregarle a su expareja que la palabra "qué" no se escribía con la letra k.

El siguiente mensaje ya era un sermón de tres minutos, uno dedicado a recordarle que él era un advenedizo que no podía tomar decisiones unilaterales —"por sus huevos", había dicho Yadira—, como comprarle a su hija un instrumento de protesta por el que la podían meter a la cárcel. "Ya sé que en tu familia está chido que te encierren —le dijo con saña—, pero yo no quiero que manden a mi hija a Santa Marta por andar de pinche gritona en sus marchas." También le reclamaba que tuviera dinero para comprarle un instrumento de disolución social y no le hubiera empezado a pasar una pensión alimenticia como se había comprometido a hacer. Silverio estaba furioso: si no le daba dinero a su hija, Yadira se emputaba, y si se gastaba todo su ingreso extra de la semana en comprarle el mejor megáfono que habían encontrado, Yadira se emputaba también. Era un clásico.

—*No le va a pasar nada. Para eso voy a sus marchas.*

—¿Y si la agarra la tira?

Le mandó un sticker para sugerirle que se despreocupara. Yadira le respondió con un sticker en el que un perro decía "Ay, sí", burlándose de la importancia que se daba a su mismo.

—Es neta, no puedes hacer eso.

Silverio le respondió con uno de los stickers cristianos que le mandaba su mamá: un gatito con aureola y la leyenda "Todo lo puedo en Cristo".

—Vete a la verga —le respondió Yadira en un mensaje de voz—. Se va a meter en pedos por andar con el megáfono. Aparte, con lo que mide, todos la van a ver que es ella. De por sí la bulean cabrón por su altura y tú le das un pinche megáfono para que llame más la atención. ¿Ya sabes que le dicen Jira porque parece jirafa? Le han hecho un chingo de memes de que se pega con los semáforos y mamadas así. Ahora con el megáfono. Te la voy a mandar cuando esté así queriéndose matar porque se viralizó algún meme de ella. No mames.

Silverio no sabía que buleaban a su hija por su estatura. La idea lo enardeció. Le dieron ganas de ir a madrear a sus hostigadores. Lanzarse por un fémur *heavy* a la barranca y luego llegar a la escuela secundaria, estamparlos contra el muro y advertirles que si volvían a meterse con Daenerys Gómez iban a terminar en el hospital con un hueso ensartado en el culo.

En vez de contarle a su hija que ya se sabía su apodo, prefirió aplicar la psicología subliminal. Se puso a investigarlo todo sobre las jirafas y un día que iban en el metro sacó el tema de la manera más espontánea que pudo.

—¿Sabes qué leí que está bien *hardcore*? Las jirafas son los animales más rudos que hay, no ma. Al nacer, como la mamá está parada, el bebé cae como dos metros. Es el animal que se da el madrazo más culero al nacer, pero dice: no hay pedo, se para en chinga para que no se la lleven al baile los leones. Y luego yo pensaba que lo del cuello era para comerse las hojas de los árboles, pero parece que tienen el cuello así para echarse tiros cuando están en el cortejo. Como que agarran vuelo con la cabeza y ¡madres! Ya estuve viendo videos y sí está *heavy*.

Aunque su propósito inicial era subirle la autoestima a su hija y hacerla sentir orgullosa de su apodo, Silverio se había entusiasmado genuinamente con las extravagancias de la jirafa, cuyo nombre latino, *Giraffa camelopardalis*, alude a un camello con rosetas de leopardo.

—¿Cómo supiste? —le preguntó su hija con gravedad.

—¿Qué? —replicó Silverio, fingiendo demencia.

—Que me dicen así. ¿Me andas stalkeando?

—No. ¿Cuál? Yo nada más te estoy contando. Me acuerdo que me dijiste que acababa de nacer una jirafa en el zoológico cuando el incendio y, pues, me acordé. También, ¿sabes qué vi? Que en el primer video que subieron a YouTube salen dos elefantes de un zoológico gringo. ¿No lo has visto? O sea, es como de la prehistoria de internet. Creo que lo subieron el 2007, o antes. Lo que no me fijé es si eran de los de las orejas grandes o las chiquitas. ¿Cómo era?

—Pobres.

—¿Por qué? Se veían chidos —su estrategia para distraerla había funcionado: si algo enfadaba a Daenerys era el cautiverio de los animales salvajes.

Daenerys le contó a su padre que en un zoológico de Estados Unidos habían matado a un elefante asiático con una sobredosis de LSD, administrada con el propósito de inducirle un estado parecido al del furor hormonal que los machos experimentan periódicamente, en el que sus niveles de testosterona aumentan más de sesenta veces y se vuelven agresivos, peligrosos, ingobernables.

La víctima se llamaba Tusko y vivía en el zoológico del parque Lincoln en la ciudad de Oklahoma. A los seres humanos les bastan dos centésimas de un miligramo de dietilamida de ácido lisérgico para experimentar alucinaciones. Basados en una grosera multiplicación de la dosis necesaria para drogar a una bestia corpulenta como Tusko, le inyectaron 297 miligramos de LSD. El adolescente no tardó en derrumbarse, víctima de convulsiones que detuvieron con una fuerte dosis de antipsicóticos y de un barbitúrico utilizado para ejecutar presos en las cárceles estadounidenses. Tusko falleció en el experimento, cuyos atroces resultados fueron publicados por la revista *Science* en 1962.

—No ma, ¿neta? ¿Y para qué se la dieron?

—Para ver si se ponía loco como cuando se les sube la testosterona. Querían ver si controlaban con eso a los machos.

—Qué denso. Pero así nos hacen. Nos controlan con las drogas. Ten cuidado. Tú no te vayas a meter nada que te ofrezcan en la escuela o en la peda. Tú diles que no, que andas chida.

—Mi mamá dice que tú sí te metías muchas cosas.

Se acordó de los tiempos más descontrolados de su vida y maldijo a Yadira en su fuero interno por desprestigiarlo con Daenerys. Tendría que haberle confesado a su hija que su madre le había contado que sus compañeros la hostigaban diciéndole "Jirafa".

—No tanto, que no invente. Pero sí, por eso te digo que no te conviene.

La charla lo hizo sentirse viejo y le despertó las ganas de probar una nueva pasta alucinógena a la que llamaban frog porque estaba inspirada en la sustancia psicoactiva del sapo sonorense *Bufo alvarius*; de acuerdo con algunos testimonios que encontró en TikTok, la frog te permitía ver otras dimensiones de la realidad y ponerte en contacto con las almas incorpóreas. Muchas personas, agobiadas por el acoso de los fantasmas, la estaban consumiendo para entrar en contacto con ellos y ayudarlos a trascender.

Con el pretexto de establecer comunicación con el espíritu del Tepo, Silverio adquirió una dosis de frog en una tiendita de su barrio y fue a consumirla en la fosa de las víctimas del terremoto, donde había muerto su amigo. De acuerdo con algunos estudiosos de lo paranormal, bastaba una célula del difunto para canalizar su espíritu. Como estaba seguro de que los peritos judiciales no habían recogido todas las partículas calcinadas del Tepo, confiaba en que habría material suficiente para establecer la conexión.

Era un lunes por la tarde, así que no corría el peligro de toparse con ningún usuario. Pasó por la cripta Limantour, tomó una almohada del Tepo y se dirigió a la fosa memorial del terremoto. Se tendió sobre el pasto que empezaba a renacer y recostó la cabeza en la almohada mugrosa de su amigo. La comodidad era importante. Se puso la píldora de frog sobre la lengua. Cerró los ojos e invocó a su amigo.

La píldora se disolvió en su boca y le dejó un sabor extraño, de menta con llanta quemada. Tragó saliva y sintió cómo se inflaba un globo áspero en su boca. Lo que escupió era una rana psicodélica. Le dio risa que su primera alucinación provocada por la frog fuera tan literal. Se recostó de nuevo, a gusto, y en el cielo vio las nubes convertirse en una arboleda blanca que hundía sus raíces en el horizonte. Una manada de jirafas se acercó a las nubes y empezaron a ramonear el algodón de sus follajes. Al principio no le dieron miedo esos gigantes, pero cuando ya habían podado las nubes, las serpientes voladoras en las que ya se habían transformado las jirafas empezaron a morder la pintura azul del cielo y a abrir boquetes apocalípticos por los que empezaron a caer ángeles carroñeros, buitres divinos que aterraban a Silverio y que de inmediato empezaron a buscar almas que necesitaran ser deshuesadas. Silverio se quedó muy quieto, consciente de que todo estaba pasando dentro de su cerebro alterado por los besos de las ranas que saltaban debajo de su ropa. Se las quiso sacar de encima a manotazos y solamente consiguió golpearse la cabeza contra el filo de una roca negra. En vez de sangre, la herida echaba humo. Lo siguió con la mirada hacia el cielo y vio que el boquete abierto por las jirafas ya era un enorme socavón celestre. Adentro estaba un elefante sentado en un trono desde el que veía el *reality show* de la realidad comiendo palomitas con la trompa, palomitas con alas, picos, ojos, plumas blancas que caían de su boca y escribían en el aire, con la punta cargada de tinta roja, versículos terribles de una Biblia salvaje.

Preñada de sapos, la tierra empezó a parirlos. El Tepo había llegado sin anunciarse. Manito, le dijo, como siempre. Perdóname, carnal, por no salvarte. El ruido de un avión cruzó los aires y Silverio no alcanzó a escuchar lo que le dijo su amigo. El avión era real, el efecto de la droga se empezaba a disipar. ¿Qué dijiste? El Chivo, el Chivo, el Chivo me transó —Silverio ya no quería estar bajo los efectos de la frog—, yo no quería incendiar todo a la verga, se disfrazó de Yoli y me dijo que tenía frío. Por eso le prendí la chimenea y cuando me di cuenta ya me estaba quemando. No fue tu culpa, Tepo, estabas pedo. Fue tu culpa,

Chiquinerd, tú eres el diablo. El Tepo se esfumó de pronto y Silverio percibió el sabor de la tierra sobre la que estaba recostado boca abajo. El cielo ya estaba cauterizado. No había sapos ni jirafas, sólo plumas, plumas blancas por doquier, la almohada rota.

29. Mototaxi

A bordo del mototaxi que la lleva, junto con Maru y su abuela en busca de la tumba de sus padres, atravesando el campo de tumbas renegridas y troncos calcinados, Karina recuerda a Tetsuya Fujita, un meteorólogo japonés.

En septiembre de 1945, Fujita visitó los cementerios de Nagasaki. No iba con el propósito de rendirle tributo a los muertos. Buscaba huellas de la explosión atómica con la que los enemigos norteamericanos habían derrotado a su país. Quería entender qué había pasado y las cañas de bambú que la gente usaba como floreros en las tumbas eran como láminas fotográficas de la explosión. Fujita estaba a punto de cumplir veinticinco años, la edad que tiene Karina ahora. Ya era todo un detective. Midiendo las quemaduras al interior de las cañas de bambú logró calcular el sitio y la altura a la que había estallado la bomba que sus vulgares enemigos —los mismos que lo apodarían Mister Tornado cuando llegara a trabajar en la Universidad de Chicago— bautizaron como Fat Boy.

Aquí no cayó ninguna bomba atómica. Simplemente se oxidó la vida con la premura de la sed. Sólo eso. El fuego: esa horda de reacciones químicas que oxidan los compuestos de carbono. El fuego, ese ángel guardián, voluble y peligroso, que ha iluminado, alimentado, calentado y protegido a los seres humanos desde antes de que fueran *Homo sapiens*.

De haber sido un cementerio japonés, las lápidas estarían cubiertas de ceniza de floreros de bambú y de —tarda en venirle a la memoria el nombre de las tablillas de madera que se usan en los ritos funerarios budistas para honrar a los muertos con la inscripción de mantras, el nombre del difunto y del oferente— *sotoba*.

—Por aquí no es —dice su abuela mientras avanzaban junto a la barda oriental del cementerio—. No estaba por la barda. ¡Joven, joven!

Debido al mal estado del pavimento, las tres mujeres tiemblan sobre los asientos del mototaxi como si estuvieran poseídas por un demonio y el vehículo las condujera, acompañadas por un ramo de nardos epilépticos, a la celda que les corresponde en el infierno —el paisaje desolado acentúa la impresión de que se encuentran muy lejos del paraíso.

—Tranquila —le dice Karina y al mismo tiempo le indica al mototaxista con un gesto afirmativo que siga avanzando sin hacerle caso—, tenemos que dar una vuelta porque está cerrado el paso por el crematorio.

El mototaxista les había pedido los números de clase, lote, línea y sepultura a la que se dirigían, pero Karina y su abuela no tenían ninguno de esos datos. Llevaban unos diez años sin venir. Rebeca afirma, sin embargo, que se acuerda perfectamente de cómo llegar a la tumba. Basta atravesar la Rotonda de las Personas Ilustres y a partir de ahí está segura de que podrá orientarse. El problema era que la zona comprendida entre la rotonda y el crematorio seguía bloqueada por los estragos que había dejado la explosión de los tanques de gas. El mototaxista les propuso rodear la parte más cercana al crematorio y regresar por el lote de las Águilas Caídas —donde reposan aviadores militares que murieron en el cumplimiento de su deber a partir de la Segunda Guerra Mundial.

—Qué bárbaro —dice Maru—, nunca me imaginé que hubiera un panteón tan grande en Chapultepec.

Karina recordaba el cementerio como un bosque tan frondoso que las tumbas siempre estaban en la sombra, un paisaje muy distinto de este páramo.

—Joven —le grita Rebeca con impaciencia al conductor—, ya métase por aquí, nos estamos yendo muy lejos.

—No, abue, tenemos que dar una vuelta. Espérate.

—No es por aquí —farfulla Rebeca.

El sol quema sin tregua las tumbas renegridas por el hollín y a los familiares que trabajan limpiándolas con escobas y cepillos. Karina lamenta no haber previsto que necesitarían traer artículos de limpieza para limpiar la tumba.

—Ahorita vas a ver —le dice Maru para calmarla— que tu esposo y tu hijo nos van a mostrar el camino para que los encontremos.

—Es que llevábamos mucho sin venir porque nos mudamos muy lejos para que la niña pudiera ir a su universidad.

—Pues qué bueno, Rebe, si no quién sabe qué gente me habría tocado de vecinos.

Karina espera que después de rezar algunas oraciones frente al cuerpo de sus difuntos, su abuela renuncie a la disparatada idea de que el fantasma de su padre está buscándolas, y que deje de atribuir todos los ruidos, chiflones, llamadas telefónicas perdidas y fallas de la televisión a su presencia invisible.

—Éste es el lote de las Águilas Caídas —les grita el conductor como si el paseo tuviera fines turísticos. Se trata de un lote muy pequeño, rodeado por una reja. En las lápidas verticales hay símbolos aeronáuticos y escudos de la Fuerza Aérea.

—¿Qué dijo? —le pregunta su abuela. Karina se lo repite y le explica que ahí entierran a los pilotos aviadores del ejército.

—Por aquí no es —dice, furiosa—. ¡Joven, párese!

—No, abue, deja que nos acerque por atrás. Tranquila.

—Oye, Rebe —dice Maru para distraerla—, ya viste que hay muchas tumbas con mosaico de colores como si fueran baños. Son las que mejor quedaron. Capaz que a ésas no se les escaparon los fantasmas.

El motor de la motocicleta que remolca su pequeño carruaje de metal batalla para vencer la pendiente. Karina se pregunta si tendrá que darle una propina extra al chofer aparte de la tarifa que ya pagó en la entrada.

El conductor se detiene en una encrucijada donde el camino está cerrado por una cinta color naranja de Protección Civil amarrada entre una tumba y un tronco carbonizado.

—Aquí derecho está el crematorio a una cuadra. ¿Para dónde le damos?

Karina recuerda que siempre doblaban a la derecha viniendo de la dirección opuesta, por lo que ahora deben bajar hacia la izquierda.

—Hay que irse para allá —dice Rebeca, mirando hacia su derecha.

—¿No te acuerdas que era de bajada? Yo creo que es por allá —dice Karina, señalando en la dirección contraria.

—Pero de ahí venimos —dice la anciana.

—No, pero dimos una vuelta enorme.

En ese momento la sombra de un buitre atraviesa el pavimento de la encrucijada. Vuela hacia el oriente, lo cual confirma la creencia de Karina, como si el ave hubiera venido a ayudarlas a encontrar lo que buscan.

—¿No se acuerdan del número de lote? —insiste el conductor.

—Me acuerdo que estaba junto a un cedro enorme, altísimo.

Karina no sabe distinguir más que dos o tres especies de árboles, por lo que, para poder identificar un tronco de cedro, tiene que buscar en Google imágenes de ese árbol —la que le resulta más familiar es la de *Cupressus lusitanica*.

—Quién sabe —dice el conductor—. Muchos árboles se cayeron porque se les quemaron todas la raíces.

—Qué horror —dice Maru—. ¿Y usted por qué cree que hayan venido a hacer esa cosa tan horrible aquí?

El mototaxista alza los hombros y aprieta los labios. Seguramente los trabajadores del panteón tenían prohibido hablar con el público sobre ese tema.

—A ver —dice Karina, que también empieza a desesperarse—, vamos a bajar una cuadra y si no reconocemos nos regresamos.

—No sé si les comentaron que el servicio tiene un máximo de veinte minutos. A partir de eso se cobra extra.

—No me dijeron —responde Karina, consciente de que les quedan unos cinco minutos—. ¿Cuánto sería?

—Igual, lo de otro servicio.

—¿Completo? —pregunta Maru, indignada, con su característica tacañería—. No sea malo, ni la hemos encontrado.

—Es que ya ve cuánta gente está esperando, no nos damos abasto.

—Está bien —dice Karina—, pues vamos a apurarnos —no importa cuánto cueste, lo que necesita es llevar a su abuela a la tumba y aplacar su angustia.

Siguen buscando. Avanzan dos cuadras, giran a la derecha, llegan a una calle cerrada y vuelven a subir por donde vinieron. Recorren cuadra por cuadra a vuelta de rueda, buscando el cadáver de algún cedro o cualquier otra señal.

—¡Párese, párese! —exclama Rebeca mientras señala una tumba a dos metros de la calle—. Ahí está. Es ésa.

Maru celebra el hallazgo con aplausos.

—¿Cuál? —pregunta Karina.

—Esa cruz de allá, yo se la puse.

Karina se baja de la carroza y se acerca a la cruz. La lápida está cubierta de ceniza.

Mamita,
tú no estás muerta, estás
dormida en la tierra
y en nuestro corazón
despierta.
Isabel Echeverría
6 de agosto de 1967

—No es —les dice Karina, decepcionada.

—¿Qué dice? —pregunta la abuela. ¿De qué le sirve saberlo si de todos modos no la conoce?

—Es de una señora.

—Se ve igualita desde aquí.

—Ha de ser que ya estamos cerca —agrega Maru.

La defectuosa lógica de su vecina demuestra ser incorrecta cuando llegan de regreso a la calle por la que subieron del lote de las Águilas Caídas. Karina mira al cielo en busca de los buitres y no encuentra ninguno.

—Entonces tiene que ser para allá —dice Rebeca con persuasión, apuntando con su mano artrítica hacia una zona que ya habían recorrido.

—Oiga, señor —dice Maru con morbo—, ¿lo del sacrificio por dónde fue?

El conductor señala ambiguamente con una bofetada al aire.

—Para allá atrás, está retirado.

—¿A poco? —pregunta Maru, decepcionada: tal vez se había ofrecido a llevarlas con la perversa ilusión de ver el sitio donde habían quemado vivo a un sacerdote—. ¿Como cuánto se hace?

—Ahorita no se puede pasar —zanja el chofer—. Yo creo que ya las tengo que regresar a la entrada porque ya va a ser una hora y me van llamar la atención de que no regreso.

—Hay que subir tantito para allá —dice Rebeca—, se me hace que está por ahí.

—De ahí venimos —le dice Karina con una decepción enorme: el gasto del mototaxi fue en balde—. Ya oíste que el señor se tiene que regresar. Llevamos una hora. Luego yo regreso a buscar con calma.

—Ah, no —dice su abuela con determinación hostil—, no nos vamos hasta que aparezca.

30. Claustrofobia

A pesar del trance sobrenatural en el que se encontraba, aplastado por el hambre encarnada de la muerte, Silverio no conseguía arrepentirse de sus lucrativas transgresiones. Los fines —que los muertos volvieran con sus familias y que Daenerys pudiera ir con el ortodoncista— justificaban sus medios —la exhumación y tráfico ilegal de restos áridos—. Comprendía que el panteón y la Flaca estuvieran hartos del embargo funerario que sufrían, pero él, que vivía para pagar cuentas ajenas, no le había hecho daño a nadie con sus servicios. Al contrario: sus clientes lloraban de gratitud cuando les entregaba, lejos del cementerio, para que no lo descubrieran, las urnas improvisadas para sus muertos. Era una injusticia que su hermano, deudor de tantas vidas, gozara de todas las comodidades posibles en la prisión de Almoloya, mientras que Silverio sufría de la privación más absoluta en esta celda oscura del subsuelo. El Jaiba mataba a la gente, Silverio los devolvía a la vida.

Lo más irónico era que cuando la muerte le saltó encima como un gato rabioso, Silverio ni siquiera estaba tratando de llevarse huesos; más bien los estaba devolviendo a su lugar. El furioso ataque de la Flaca disfrazada de animal era producto de un malentendido.

Era horrible estar así, despierto y apretujado en una jaula de metal. Su hija tenía razón: nadie —ni siquiera los animales más obtusos y sabrosos— se merecía vivir en un lugar tan estrecho, oscuro y mal ventilado. Ahora comprendía los grotescos escenarios que Daenerys evocaba: las gallinas en sus jaulas ponedoras y los pollos con el pico rebanado bajo el sol constante de los galpones, los puercos hacinados, las vacas obligadas a lactar perpetuamente.

—Está bien —había concedido Silverio el domingo que fueron a las pirámides de Teotihuacán— que tú quieras ser vegana, pero no quieras controlar a los demás. El día que te guste un bato y él te diga que no quiere dejar de comer carne, ¿a poco lo vas a batear?

—Claro. Jamás andaría con alguien así.

—Ni digas, no sabes. Uno no decide de quién se enamora. ¿Quién le va a mandar al corazón? A ver, güey, ya no estés latiendo, estate quieto.

—Claro que se puede decidir. Yo no creo en el amor romántico, la neta.

Silverio no estaba muy seguro de si esa incredulidad implicaba algo respecto a su orientación sexual.

—¿Ah, no? —le preguntó con cautela—. ¿Por qué?

—Pues porque nada más ha servido para justificar la violencia, el acoso, para que se sientan dueños de nosotras. Yo no quiero eso.

—¿Pero no quieres tener novio nunca?

—Tal vez no. No lo sé.

Si la madre de Silverio se enteraba de que su nieta era proclive al lesbianismo, la llevaría a rastras a su templo para que el pastor la exorcizara como a él.

—Y cuando quieras ser mamá, ¿cómo le vas a hacer?

—No quiero tener hijos en este mundo.

—¿Entonces en cuál?

—Ja ja ja —fingió una risa sarcástica—, qué cagado.

—No, pues te pregunto en serio. ¿Cómo te gustaría que fuera el mundo? ¿Preferirías que fuera como en Teotihuacán que sacrificaban gente y animales como los que te gustan? —en la Pirámide de la Luna habían encontrado, junto con un grupo de víctimas humanas, catorce cabezas de lobo y cuatro de puma—. ¿O que fuera como en la época que las mujeres no podían ni salir de su casa sin el permiso del marido?

—Es horrible —dijo Daenerys.

Silverio no olvidaba la pesadumbre tan honda que vio en la mirada de su hija esa tarde de domingo. No se atrevió a preguntarle a qué se refería, qué era horrible. Lo torturaba la idea de que ese agrio pesimismo fuera a empeorar con la desaparición de su papá. Le habría gustado decir algo más alentador en aquella oportunidad: el mundo siempre ha estado horrible, pero mejoró un chingo cuando tú llegaste —por ejemplo—. Habría querido jurarle que, a pesar de las sequías, los diluvios, las extinciones, los saqueos, los drones genocidas, los niños terroristas, la diabetes, los mosquitos, las bacterias, las derrotas de la selección nacional y los embrujos de su exsuegra, a pesar de todos esos males y de la tumba donde estaba enterrado, él no se arrepentía de haberse enamorado de Yadira, romántico desliz sin el que ella jamás habría nacido, hija de la tormenta y de la calentura, madre de dragones, rompedora de cadenas, protectora del reino animal, Daenerys Gómez.

31. Lémur

Al encontrarse con las avestruces Karina se acuerda del emú que vio nacer en un video.

—Miren —le dice un hombre al grupo de niños que lo acompaña—. Son los pájaros más grandes que existen.

Supone que encontrará al emú cuando llegue a Australia. Tendrá que esperar la próxima glaciación para que baje el nivel del mar y pueda cruzar las islas de Oceanía. De acuerdo con los cálculos más recientes, los gases de efecto invernadero ya alcanzaron niveles suficientes para inhibir las glaciaciones en los próximos doscientos mil años.

—¿Por qué no salen volando, padrino?

Parece ser un grupo de niños huérfanos al cuidado de un adulto voluntario.

—Porque son muy pesadas.

Al investigar sobre los emús, Karina recuerda haber leído que las enormes aves corredores como los casuarios, los ñandúes y las avestruces habían dejado de volar porque la extinción de los dinosaurios había dejado una enorme cantidad de recursos disponibles en el suelo, por lo que algunas aves voladoras se habían dedicado a consumirlos y en el trance habían perdido la capacidad del vuelo. Lo mismo había pasado con los dodos en la isla Mauricio y los pingüinos cuando descubrieron el banquete submarino de los mares australes.

—No me gusta —murmura un niño muy cerca de Karina.

El niño no se da cuenta de que ella lo ha escuchado. Está serio y mantiene su distancia con el grupo. Habla consigo mismo, en un tono carente de afecto. Aunque no hay nada intrínsecamente malo en que no le gusten las avestruces a alguien, el comentario es señal de un daño profundo, acaso producido por el abandono o maltrato prematuro. Karina teme que se trate de un psicópata —movida por el diagnóstico de autismo que le endilgaron, ella ha leído mucho sobre los trastornos mentales de los niños. Al menos uno de cada cien seres humanos carece por completo de empatía y no siente culpa al violar las reglas morales y las leyes.

Disimuladamente, Karina se mantiene cerca del niño para escuchar que más dice. Cuando su padrino les muestra las jirafas, el niño murmura "qué asco". Se necesita una depravación muy precoz para que una jirafa le inspire asco a alguien. Ese desprecio tan temprano hacia los animales es síntoma de una maldad muy peligrosa —de hecho, uno de los principales elementos que sirven para distinguir a los niños psicópatas es su interés por torturar animales.

Quisiera advertírselo al padrino: ese niño está mal, hay que atenderlo y tratar que su mente, todavía bastante maleable, no se siga torciendo hasta volverse criminal.

—¿Cómo se llama ese chango? —pregunta una niña empeñada por conocer los nombres propios de cada animal.

—Caca —dice el niño sombrío.

Voltea a verlo uno de sus compañeros y el niño, mirándolo a los ojos, repite lo que dijo sin reírse.

—Se llama Caca.

El otro siente miedo.

Karina se acuerda de una compañera malvada que tuvo en la preprimaria. Se llamaba Marcela. Una vez le sacó punta a un lápiz de color y se lo enterró en el muslo a la niña más bonita del grupo —una rubia de ojos azules a la que su madre le hacía trenzas con moños—. A Karina la llamaba Kakarina.

Siguiendo al grupo de los niños llega a Madagascar. Se da cuenta de que el padrino la mira con suspicacia, incómodo por la persecución de esa joven que bien podría ser una robachicos. Karina finge no darse cuenta de que él la vigila, y se aleja casualmente del grupo para mirar el exhibidor de los lémures de cola anillada.

—No manches —se queja un hombre—, éstos también están en peligro de extinción.

—Al Jimmy nada más le falta la cola para venirse a vivir aquí.

A cada rato escucha que los visitantes del zoológico identifican a sus conocidos con los animales. "Mira, ahí está tu primo." "Ése se parece a Juan." "Te escapaste de esta jaula, ¿verdad?" Lo hacen con intención jocosa y denigrante, apoyando sus comparaciones cómicas sobre el presupuesto de la inferioridad animal. Karina censura su grosero antropocentrismo —y la pereza mental implícita en ver a los animales a través del estrecho molde de las personas conocidas— y al hacerlo se da cuenta de que cada día se parece más a su abuela, acostumbrada a criticar sin misericordia la conducta de las celebridades en cuya vida husmeaba a través de las revistas.

Ella no quisiera convertirse en una moralista cascarrabias; quisiera que su mente, en vez de apoltronarse en el trono de la superioridad intelectual, conservara una inquietud curiosa y traviesa como la de estos simpáticos "primates estrepsirrinos endémicos de la isla de Madagascar", cuyo nombre alude a los maliciosos fantasmas lémures de la mitología romana. ¿Qué pensará de ellos el niño que odia los animales? Probablemente los apuñalaría por la espalda con un lápiz afilado.

32. XXX

Daenerys no pudo participar en el boicot contra la llegada de las clones pandas porque su madre, que la espiaba para saber cómo se llevaba con Silverio, le impidió salir de su casa el día del aterrizaje y le castigó el celular dos semanas. De esa manera Yadira había impedido que la detuvieran y procesaran por realizar actividades sediciosas en territorio federal. Su hija no se lo perdonaba. Después de una discusión en que su madre la corrió de su casa —lo cual pasaba cada vez con más frecuencia—, Daenerys llegó un viernes por la noche a casa de su papá, sin celular ni dinero.

Al día siguiente él tenía que ir a pagar los sobornos mensuales de su hermano, por lo que Daenerys tuvo que acompañarlo por segunda vez al penal de Almoloya, lo cual alegró mucho a Silverio, que se pasó el trayecto platicando con ella sobre la teoría del origen extraterrestre de la vida. Otro beneficio de que lo acompañara era que no tendría que pagar los ciento cincuenta pesos que costaba rentar un locker afuera de la cárcel para dejar cinturón, celular, llaves, agujetas y cualquier otra cosa que pudiera usarse como arma.

Al encontrarse con el Jaiba le presumió que su hija se acababa de mudar a vivir con él y lo estaba esperando afuera. Al salir de la cárcel, encontró a Daenerys de pésimo humor y en vez de regresar con él a Cuajimalpa le dijo que quería irse de vuelta a Ecatepec. Silverio atribuyó su repentino cambio de actitud al torbellino hormonal de la adolescencia.

A partir de entonces Daenerys empezó a evitarlo. Ya no podía pasar los fines de semana con él porque tenía mucha tarea, y aunque su mamá no la dejaba ir sola a las protestas, su hija prefería faltar a ir con él. Harto de sus evasivas, una mañana

Silverio se presentó en casa de sus exsuegros sin previo aviso. Daenerys aceptó a regañadientes bajar con él a comprar un jugo al mercado.

—Oye, ¿qué te hice? Ni me contestaste el día de tu cumpleaños. Tu abue te quería festejar en la casa. Te iba a hacer pozole de hongos.

—Ya te dije que he estado muy ocupada.

—No mames, Dany, ni que estuvieras en el doctorado. ¿No que te querías quedar a vivir conmigo y no sé qué tanto? Al chile, ya dime qué te hice. Según tu mamá no sabe, pero seguro algo te dijo esa tóxica para que te regresaras acá.

—Ella ni sabe —la defendió Daenerys.

—¿Ni sabe qué? ¿Que fuimos otra vez al reclusorio? Ya te dije que yo voy por el bien de tu abuelita, para que esté tranquila.

Daenerys no respondió.

—¿Es por el varo que llevé a Almoloya? Ya te dije que se me cayó un negocio que traía, pero ya estoy viendo cómo le hago para tu pensión. Mi carnal capaz que sale este año.

Su hija negó con la cabeza.

—¿Entonces?

—¿Quieres que te diga?

—Simón. ¿Qué?

—¿Te acuerdas que me habían quitado el celular? Pues ese día que me dejaste el tuyo me metí a buscar noticias de cómo estuvo el desmadre del aeropuerto y me salió tu historial.

Silverio sintió cómo la sangre avergonzada se le agolpaba en el rostro; deseó que se abriera un socavón en el suelo y que en el fondo hubiera unos colmillos de mamut para ensartarlo y dispensarlo de esta humillación. Llevaba tantos años soltero que había perdido la costumbre de borrar sus búsquedas de internet, que además de la Wikipedia incluían el Pornhub, los Xvideos y el pornogratis.mx, entre otros sitios proveedores de material obsceno.

Podía hacerse el ofendido por la violación de su privacidad; podía inventar que un virus hacía que el buscador abriera páginas porno todas las noches, compulsivamente; podía apelar a su misericordia contándole que para ganar dinero extra había tenido que abrir decenas de tumbas y sacar horripilantes restos áridos con las manos, que soñaba con cadáveres animados como los caminantes blancos de *Juego de tronos* y que ver videos eróticos lo ayudaba a relajarse; podía preguntarle qué tenía de malo ver porno, si todos los hombres lo hacían; podía, por último, disculparse y jurar sin convicción que no volvería a ver ese tipo de videos.

—¿Por qué no me habías dicho? —le preguntó finalmente a su hija con la cola de la voz entre las patas.

—¿Qué te iba a decir? Nomás me di cuenta que no eres tan chido como yo pensaba.

—No, Dany, no digas eso. No sé qué viste, pero es que en los grupos de WhatsApp luego mandan cosas bien asquerosas —no soportó reconocer que era aficionado a ver esas cosas—, ya sabes cómo son. Luego me meto sin saber y ya.

—Ya —dijo su hija sin creer su excusa—, mejor vámonos, ¿no? De veras tengo mucho que hacer.

Los compañeros de la secundaria de Dany seguramente veían cosas mucho peores. Él estaba chapado a la antigua, era un romántico de los encuentros sexuales entre mejores amigas, entre mujeres frustradas y plomeros sensuales, entre compradores de bienes raíces y vendedoras persuasivas.

—Aunque no me creas, te juro que no los vuelvo a abrir, dame chance.

No era fácil encontrar parejas sexuales en un cementerio donde sólo quedaba un puñado de sepultureros del sexo masculino. ¿Qué esperaba su hija que él hiciera para calmar sus instintos? Ya había intentado ligar por Tinder, pero cuando le preguntaban en el chat a qué se dedicaba la mayoría de las mujeres desaparecían como fantasmas. Si alguna de ellas resultaba ser lo suficientemente *dark* como para querer salir con un guardia de cementerio, la cuestión se complicaba en la primera cita porque Silverio, a pesar de todos los tutoriales que había visto, no resistía la tentación de acaparar la conversación y terminaba dando clases de historia de México. Su vida era ese meme que decía: no habrá segunda cita, pero al menos ya sabe quiénes fueron los mártires de Tacubaya.

—Ahorita prefiero que no nos veamos. Perdón.

Silverio no se atrevía a abrazarla. Sabía que para ella estaba sucio, empapado de eyaculaciones femeninas —le encantaban los orgasmos caudalosos—, aceite corporal, semen ajeno.

—Dany, no seas así, me haces mucha falta, hija. ¿Con quién voy a platicar de los corales y las ballenas y todo? Eso sí lo veo, para que veas, todos los videos de animales que me mandabas. Te juro que ya no abro los enlaces —estaba seguro de que, con mucha fuerza de voluntad, podría masturbarse de forma pulcra, viendo usuarias de TikTok—. O dime qué puedo hacer para que me des otra oportunidad. El día que quieras me pides el celular y te lo enseño.

—¿Eso qué? Nada más te metes de incógnito y ya. Así le hacen todos. ¿Por qué son así? —por fin su hija demostraba su frustración—. Son unos cerdos.

—Está mal. Ya lo sé. Pero no me culpes por ver cosas que yo ni siquiera busco.

—¿De veras? —Daenerys quería creerle y, aunque la mentira fuera amarga, tenía que masticarla si quería salvar la relación con su hija.

—De veras. Es más: si quieres no te quedes en la casa, pero déjame ir a las marchas. ¿Cómo está eso de que van a volver a abrir el zoológico, después de lo que pasó? Ya hasta estuve pensando qué podemos hacer para meterles un susto.

—¿Qué?

Daenerys lo miró a los ojos por primera vez en toda la conversación. Silverio por fin había encontrado algo que podía volver a acercarlo con ella. Su respuesta tenía que ser potente, pegadora. No podía desperdiciar esta oportunidad.

33. Leonor

Karina vaga entre las tumbas con los ojos y la garganta irritados por el polvo que levantan los muchos visitantes del cementerio. ¿Cómo no se le ocurrió ponerse cubrebocas? Apuradas por el conductor del mototaxi, Maru y su abuela volvieron a la entrada del cementerio y ella se quedó buscando por su cuenta. Recorre metódicamente cada pasillo en la cuadra donde su abuela estaba segura de que se encontraba la tumba de su familia.

La zona acordonada por la explosión del crematorio no queda muy lejos. No puede descartar la posibilidad de que su abuelo y sus padres se encuentren al otro lado de la cinta amarilla de Protección Civil.

—Ayyy —un grito agudo la distrae de su estéril tren de pensamiento. El pulso se le acelera.

—¡¿Qué pasó?! —grita otra voz.

—¡Una calavera! —responde la primera.

—¡A ver! —grita una tercera con emoción pueril.

Ya está cansada de leer nombres desconocidos, fechas insignificantes y epitafios cursis. Calcula con velocidad casi inhumana la duración de cada vida. Serafín González Lara. 1-X-1954, 28-III-1999: cuarenta y cinco años. Probablemente también murió en un accidente como sus padres. O tuvo un infarto, se le rompió un aneurisma, una puñalada, una sobredosis, hay tantas formas de morir prematuramente. Setenta años, veintinueve años, noventa y nueve años, numerosas fechas de cumpleaños, partos, cesáreas, pasteles, los deseos que la gente pensaba antes de soplarle a las velas. La abruma tanta vida enterrada, juventud, vejez, amor, exceso de emociones hacinados, le va a dar un ataque de ansiedad y aquí no tiene el aceite esencial de treinta hierbas cuyo potente aroma le ayuda a calmarse. No tiene eso ni el ajolote de peluche. No tiene la regadera para empaparse de agua fría. No tiene el techo de estrellas fosforescentes. No quiere derrumbarse aquí, la taquicardia, la asfixia paradójica de la hiperventilación. Auxilio. No hay nadie. Una familia talla con cepillos y agua jabonosa una lápida cercana.

El pánico se alimenta de la parálisis. Aquí es libre de huir y empieza a hacerlo. Camina con premura hasta una calle y aprieta el paso hacia donde cree que se encuentra la salida. Le hormiguean las manos y los pies. Tiene miedo y vergüenza.

Se apresura, avanza por una calle bajo el sol rabioso y cuando ya se encuentra cerca se detiene junto a una tumba para recuperar el aliento y calmarse. Es una tumba muy antigua, con un par de manos que cuidan la llama de una vela. Esa escultura la calma.

Leonor Llorente de Elías Calles
1902-1932

La tumba está cerca de cumplir cien años. El apellido Elías Calles le suena muy familiar. Sabe que algún presidente de México se apellidaba así. Tal vez se trate de su esposa y por eso el lote es tan amplio. La imagina hermosa y opulenta, en una jaula de oro, desdichada. El instinto le exige sacarle una foto a su lápida. Al sacar el celular ve que ya es la una y media de la tarde. No quiere que las atrape el tráfico de la hora de la comida y las salidas de las escuelas. Toma la foto y sigue su camino hacia la entrada. La multitud sigue formada enfrente de las oficinas del panteón. Maru y su abuela no están sentadas en las bancas metálicas que rodean la explanada. La angustia regresa de inmediato y amenaza con vengarse. Saca el celular de nuevo y busca el contacto de Maru para llamarle y preguntar dónde se metieron. Antes de que marque su número siente que alguien le toca el hombro. Se gira, sorprendida. Es el vigilante con el que platicó hace rato de los buitres que sobrevuelan el cementerio.

—¿Apareció la tumba? —le pregunta el joven con una familiaridad un poco desconcertante.

—No. No la encontré. ¿No ha visto a las señoras que venían conmigo? Se regresaron antes que yo…

—Sí. Las invité a meterse a la caseta para que doña Rebe no se fuera a insolar —ya sabe el nombre de su abuela; probablemente ella, con su locuacidad característica, ya le contó toda su vida, incluidos detalles vergonzosos.

—Ay, qué amable, muchas gracias.

—Vente por aquí. Tu abuelita ya se estaba empezando a preocupar.

34. Exorcismo

El pastor Gonzalo acercó sus manos a Silverio y determinó que estaba infestado de demonios.

—Son almas condenadas que se despertaron en el Panteón Dolores con el incendio —el hecho de que el ministro supiera que el hijo de Luz trabajó esa noche en el cementerio confirmaba que su madre había conspirado para llevarlo al templo con engaños—. La legión es fuerte, pero el buen Jesús todo lo puede —el pastor cerró los ojos y alzó los brazos al cielo—. Descienda en mí tu fuerza, señor amigo omnipotente, para salvar a este hombre atormentado. ¡Cruz, cruz, mi buen Jesús, aleluya!

La congregación estiró los brazos y encarceló a Silverio dentro de una jaula de cruces manuales al mismo tiempo que gritaba "¡Aleluya!", poseída por la anticipación del exorcismo. A él le disgustaba ser el centro de atención de esos fanáticos. Su madre farfullaba rezos. Otros temblaban suavemente, como si estuvieran bailando muy borrachos. Silverio permanecía tranquilo, por lo que el ministro exageró la lucha y empezó a temblar mientras decía que Belcebú le estaba quemando las manos para alejarlo de su víctima. Pidió que le trajeran una cubeta rebosante de hielos.

—Mi hijito —le rogó su madre al oído mientras esperaban que el lacayo del pastor volviera de la cocina del templo—, no te resistas, deja que el pastor te ayude.

Silverio la miró con una mezcla de temor y decepción. ¿Cómo era posible que su propia madre creyera que estaba lleno de demonios? Su madre llevaba varias semanas preocupada por las ausencias y fatigas de su hijo, que le ocultaba su trabajo nocturno desenterrando huesos. Silverio volvía a casa sucio y agotado, y su madre concluía acertadamente que estaba haciendo cosas prohibidas en el panteón. Lo que ella no sabía era que su hijo desenterraba cuerpos con fines de lucro y por fervor satánico.

Más tarde ella le confesaría que había escuchado ruidos muy extraños en su cuarto, gemidos bestiales que ella atribuyó a la posesión demoniaca. Silverio le pidió que se los describiera y no tardó en comprender que se trataba de un malentendido: lo que ella identificaba como gruñidos infernales eran las exclamaciones de la fauna que él veía teniendo sexo. La tortuga *Geochelone sulcata* tosía roncamente en el orgasmo; los tigres bramaban, las trompas de los elefantes daban conciertos cacofónicos cuando las hormonas los enloquecían. No había perversidad en esos desahogos, sólo naturaleza. No, jefa, lo que pasa es que me pongo a ver documentales de animales haciendo el delicioso cuando no puedo dormir. La verdad era tan extraña que parecía una prueba a favor de la hipótesis de la posesión satánica.

—¡Aleluya, buen Jesús, libra a este hombre de la maldad que lo pudre por dentro!

La congregación entera comenzó a bramar. Algunas mujeres gritaban "Aleluya", "Jesús" y "Amén, amén, amén" como si estuvieran cogiendo con un dios. Silverio titubeaba: si se tiraba al suelo y se retorcía como lo había hecho la morra que lo había precedido, todo mundo quedaría contento y lo dejarían en paz.

Oprimido por la presión colectiva, cerró los ojos, dispuesto a cooperar con el arrebato de los aleluyas. Empezó a temblar acartonadamente, como si bailara al ritmo de la música electrónica que a veces inundaba las barrancas de Cuajimalpa por las noches. El pastor Gonzalo se envalentonó con esta conducta y empezó a arengar a gritos a los demonios.

—Salgan de este cuerpo, condenados, sal de aquí legión de Satanás perdida. ¡Fuera!

El coro de aleluyas lo secundó.

—¡Fuera!

Silverio reconoció entre las voces que gritaban el timbre de su madre, emocionada. Sintió pena por ella. ¿Cómo le habían podido lavar el cerebro hasta volverla una zombi?

El pastor gritaba cada vez más cerca de su rostro, le escupía sobre los párpados temblorosos una retahíla de vituperios dirigidos a las huestes de Belcebú. Por fin, el pastor dejó de usar palabras comprensibles —Silverio ya sabía que a veces hablaban en lenguas en el culto de su mamá.

—¡Halil, habarahat, jederin, chua, chua, baaaar!

Estaba muy espantado. El pastor gritaba como loco. Temió que si no se tiraba pronto al suelo y empezaba a revolcarse para expulsar a los demonios le iba a dar un choque diabético a su madre, que cada vez gritaba más desquiciada. Lo hizo por ella. Aflojó las piernas, se volvió molusco y se dejó caer.

35. Un ángel

Al entrar en la caseta de vigilancia de las oficinas del panteón, Karina se encontró con que su abuela bebía de una lata de cerveza con popote, sentada en una silla giratoria frente a una pantalla de televisión en la que se podía ver la imagen de muchas cámaras de seguridad.

—¿Qué pasó? ¿Sí la encontraste?

—¿De dónde sacaste esa cerveza?

—Tu abue se empezó a marear allá afuera por el calor y entonces yo fui a comprarle una Coca —Maru tenía una Coca-Cola en la mano—, pero cuando regresé tu abue ya había mandado al joven por una cerveza al Oxxo.

—¿Y con qué dinero?

—Con el cambio que nos sobró del mototaxi —explicó Maru, y agregó en voz más baja—. Tu abue no le quiso dar propina porque nos anduvo apurando.

—Bueno, hija, ¿encontraste la tumba?

Una cerveza con el estómago vacío es suficiente para embriagar a una mujer de su edad, así que Karina quiere apurar la despedida para quitarle la lata antes de que se la termine.

—No. Mañana voy a regresar con calma para seguir buscando.

—Te lo dije —le reclama su abuela—. Ya nos la robaron. ¿Y ahora qué vamos a hacer? ¿Dónde me vas a poner cuando Dios se acuerde de mí? Ay, no.

—No pienses en eso, Rebe, estás más sana que yo.

—¿Y en qué quieres que piense a mi edad? Hace cincuenta años yo compré esa tumba a perpetuidad pensando que un día yo iba a descansar con mi marido. Ahora resulta que lo desaparecieron a mi esposo. ¿Qué he hecho para que Dios me castigue así?

—Ya nos dijo el joven que si no la encontraba Kari él nos la va a buscar, ¿verdad?

—Sí, señora, no se preocupe. Yo creo que sí va a aparecer.

—De veras —insistió Karina—, yo mañana regreso a buscar.

—Ya le dimos al joven el nombre de tu papá y de tu abuelito —dice Maru—, él va a buscar en los registros.

—¿No le dieron el de mi mamá?

Rebeca succiona por el popote y el líquido asciende hasta su boca. Se supone que los popotes desechables están prohibidos en la ciudad desde hace años, pero en todos lados se siguen usando.

—¿También está aquí su mami?

—Sí, también —dice Karina, indignada por el empeño de su abuela en borrar a su madre de su pasado—. Bueno, pero mañana llego temprano y me formo para preguntar.

—Lo que pasa —explica el vigilante con una amabilidad un tanto condescendiente— es que ahorita están tardando de quince a veinte días hábiles en buscar los datos. O sea, la fila es para dejar los datos y ya cuando regresan ya va a estar la información en un archivo que van haciendo. Como hay tantísima gente que está viniendo a preguntar cada día se tardan más. Por eso les decía a las señoritas que si quieren yo se los puedo buscar por mi cuenta y les aviso.

A Karina le agrada la perspectiva de ahorrarse la peregrinación de vuelta al cementerio, la eterna fila bajo el sol, la espera de varias semanas con su abuela lamentándose por el robo de la tumba. ¿Cuánto querrá cobrarles el vigilante por este servicio? Karina no puede darse el lujo de gastarse su apretado presupuesto en gratificaciones como ésa.

—Muchas gracias, joven, Dios se lo va a pagar con creces.

Silverio sonríe con un nerviosismo que no se le escapa a Karina.

—Pero obviamente nosotras también le pagamos lo que nos diga.

—Ahí lo que ustedes quieran darme —le dice el vigilante con alivio.

—¿Y qué hacemos si no aparece? Mi esposo lleva cincuenta años en esa tumba. Le mandé a poner una cruz preciosa, dorada.

—¿Para qué le miento? Ésas sí se las roban mucho. Puede que la cruz ya no aparezca. Pero la tumba sí, en esa zona no se robaron tantas. Es cosa de checar. ¿Cómo se llamaba su mamá, entonces?

—Margarita López Zaragoza —dice Karina, mirando a su abuela, que tan pronto como escucha el nombre completo de su malquerida nuera levanta la lata de cerveza, busca con los labios el popote y aspira un largo trago—. Si quiere se lo anoto, o se lo mando por mensaje.

—El joven tiene buenísima memoria —interviene Maru—. Se aprendió los nombres de tu abuelito y de tu papi a la primera. Le dimos el número de tu casa y también se lo aprendió. Qué impresión, ¿no?

—Así debe ser —sentencia la anciana, como si la memorización fuera un deber moral que la juventud ha descuidado.

—Pues ya hay que irnos —dice Karina, ansiosa por quitarle la cerveza a su abuela—, para que no nos agarre tanto tráfico.

Antes de permitir que le quiten la cerveza, Rebeca le da un trago larguísimo que no alcanza a vaciar toda la lata. Luego, al despedirse del vigilante, le da la bendición con el deseo de que Dios lo ilumine en la búsqueda de sus familiares.

—Qué lindo muchacho —dice Maru al volante, bajando a vuelta de rueda hacia el Periférico—, y qué listo.

Rebeca está de acuerdo.

—Es un ángel que nos mandó mi esposo.

36. Ardillas

La cena con sus tíos fue tediosa y poco fructífera. Ellos estaban nerviosos porque temían que quisiera pedirles dinero prestado y ella se sentía vulnerable porque con ellos no podía hacerse pasar por Leonor Llorente. Apeló a la sinceridad y el vino para conmoverlos. Su abuela había empezado a decir cosas inquietantes sobre lo que había hecho su madre y quería preguntarles si ellos sabían de qué estaba hablando. Visiblemente incómodos, apelaron a la demencia de la tía Rebe como única explicación de sus comentarios. "No le hagas caso —recomendó el tío Paco—, mi mamá cuando estaba muy mal creía que yo era el papa que adoraba, Juan Pablo II." La tía Celia parecía ansiosa por decirle algo más, pero su esposo estaba determinado a callar y la amordazaba con sutiles gestos dominantes. Karina optó por buscar fisuras en su versión de lo sucedido. Cambió de tema y les contó que estaba pensando en comprarse un coche para llevar a su abuela a fisioterapia —a Rebeca siempre le ha parecido denigrante hacer cualquier tipo de gimnasia— y no exponerse a ser violentada cuando sale de noche del instituto. El tío Paco, que se jacta de ser un erudito vehicular, se entusiasmó dándole consejos, y cuando ella lo notó más relajado, preguntó casualmente si se acordaban de qué había hecho su abuela con el coche de su papá. "Cómo arreaba ese Mustang —dijo su tío con entusiasmo etílico—, yo me lo hubiera quedado pero aquí —empujó con la lengua su mejilla izquierda para señalar a su esposa— no me dejaron. ¿Verdad, mi vida?" La tía Celia lo miró con una mezcla de escándalo y censura: había caído en la trampa de su sobrina. El tío Paco trató de desdecirse. "Yo se lo hubiera querido comprar a mi primo antes de lo que pasó, que fue tremendo." "Yo sé que no chocaron. ¿Qué les pasó realmente?

—dijo Karina, rogándoles sin disimulo que fueran honestos—, necesito saberlo." No se atrevió a decirles que en el edificio de sus papás decían que su mamá le había disparado a su padre. Sus tíos se miraron a los ojos y el hombre tomó la decisión final. "No fue culpa de nadie. Ellos chocaron y por desgracia, como dice el dicho, del rayo te salvas, pero de tu raya no."

—¡Abue —grita Karina desde la puerta, con los hombros cargados de bolsas de tela llenas de comida—, ya regresé!

Para esculcar las cosas de su abuela en busca de nuevas pistas, Karina necesita quedarse a solas en su habitación. Aunque podría sedarla por la tarde para que se duerma en su mecedora, las consecuencias de alterar su frágil ciclo de sueño podrían ser nefastas para ambas, así que prefiere sacar a su abuela del departamento. El problema es que Rebeca solamente sale en compañía de su nieta, para ir a consulta médica o a ratificar que sigue viva en el departamento de pensiones de Petróleos Mexicanos. Antes Karina solía llevarla al supermercado para que se distrajera, pero dejó de hacerlo el día que su abuela, queriéndose robar una cerveza desde su silla de ruedas, jaló una lata de una torre altísima y produjo un derrumbe que la tundió a golpes de aluminio y culminó en el estallido de decenas de latas agitadas.

—¿Dónde andabas?

Podría pedirle a Maru que la invitara a tomar un té en su departamento, pero teme que su abuela la convenza de servirle una copita.

—Fui al súper, te dije. Ya no teníamos nada.

Cuando estuvo buscando las actas de defunción de sus padres, Rebeca se mostró sospechosamente convencida de que no valía la pena buscarlas en los cajones de su buró, así que revisarlos sería su prioridad.

—¿Trajiste mango? —el mango es la fruta predilecta de su abuela porque la hace revivir su infancia.

Karina ya está segura de que sus papás no fallecieron en un accidente. De acuerdo con la indiscreta amenaza de su abuela, su madre le hizo algo imperdonable a su papá, lo cual coincide con el rumor de que lo asesinó en su departamento de

Ayacucho 27. Esto implicaría que ella podría ser la visitante del 15 de septiembre.

—Ahorita ya no hay mangos.

¿Habría purgado alguna condena en prisión? ¿Habría salido de la cárcel con la condición de no buscar a su hija? Tal vez el incendio motivó a Margarita a visitar la tumba de su esposo. Al encontrar su nombre ahí grabado, decidiría buscar a su asesina virtual para recordarle que seguía con vida.

—En mi tierra hay mangos todo el año. No siempre del mismo, pero hay. O ya no sé, con los desastres. ¿Supiste que se inundó San Antonio?

Desde hace cuatro años su abuela vive con la novedad de que su tierra natal quedó bajo el agua cuando se desbordó una presa río arriba.

—La tarde está muy agradable —dice Karina con un optimismo más propio de Leonor que de ella—. ¿No quieres que bajemos a darles de comer a las ardillas? Les compré sus cacahuates.

Después de la bebida y el tejido, el mayor deleite de Rebeca siempre ha sido alimentar animales: las gallinas y las vacas del rancho en Tabasco, los pájaros de su jardín de Clavería —colibríes, gorriones, palomas, patos—, las ardillas de El Altillo. Desde que se enteró de la campaña de exterminio contra las ardillas de la unidad habitacional, Rebeca se puso del lado de los roedores y comenzó a pedirle a su nieta que comprara semillas y frutas para alimentarlas.

—¿De cuáles compraste? —Rebeca siempre dice que a las ardillas les gusta pelar los cacahuates porque eso les da la seguridad de que no las están envenenando.

—Con cáscara.

Las ardillas son una plaga en la unidad. Se comen los cables, la basura, las frambuesas que una vecina cultiva en su jaula para tender la ropa. Los perros vuelven de sus paseos llenos de pulgas que las ardillas dispersan por los jardines. Por eso Karina había fingido hasta ahora que se le olvidaba la solicitud de su abuela. Teme que en la próxima asamblea de vecinos, cuando se discuta el tema de la sobrepoblación de ardillas, alguien las denuncie por alimentarlas. Aparte de ese asunto, se votarán los nuevos presupuestos y se abordará el espinoso tema de los columpios en los que supuestamente juegan los fantasmas y que no dejan dormir a los vecinos de los edificios 11, 12, 15 y 29. Mientras que unos condóminos abogan por quitar los columpios del área de juegos infantiles, otros arguyen que ese remedio sería contraproducente, ya que los pequeños espíritus, despojados de ese entretenimiento, se meterían a los departamentos a hacer destrozos.

—¿Y si se los aventamos desde acá? —Rebeca señala la ventana de la sala, que da al patio de juegos infantiles—. Ahorita ya estoy cansada.

—No seas floja, Rebeca —dice Karina con voz de institutriz—. Acuérdate de lo que te ha dicho el doctor. Tienes que caminar.

Bajar las escaleras les toma cerca de diez minutos. A partir de ahí, Rebeca avanza con más facilidad hasta el rincón arbolado de la unidad habitacional donde un muro de piedra volcánica forma una frontera entre la unidad y el fraccionamiento vecino.

—Vamos a las bancas de atrás —Karina quería alejarla lo más posible del edificio—. Ahí siempre hay muchas.

El ancestro de todos los mamíferos fue un animal parecido a las ardillas. Su principal innovación con respecto a sus ancestros reptiles fue masticar la comida para facilitar la digestión. Si algo resulta enternecedor de las ardillas es precisamente cómo roen y trituran sus alimentos.

—Mira esa condenada, ya le robó el cacahuate a la otra.

El crimen del que le habló la señora Betty no parecía ser premeditado. Posiblemente su madre se sintió amenazada por su esposo borracho y le disparó en un arranque de furia defensiva.

—Aviéntale otro.

La culpa podría explicar su desaparición: no se atrevería a confrontar a su hija después de haberla dejado huérfana de padre.

—Zonza, vente para acá —le dice Rebeca a la ardilla más desvalida—, te van a volver a robar.

Recuerda con aversión el travieso letargo de los ojos de su padre cuando había bebido.

—Oye —dice Leonor después de colocarse una mano en el vientre—, algo me cayó mal a la panza. Voy a subir al baño.

—Tráete un plátano de la casa a ver si quieren.

Urgida por evacuar su colon indigesto, Leonor vuelve con prisa al departamento. En vez de correr al baño, entra al cuarto de Rebeca y se hinca frente al buró. Tiene diez minutos antes de que la anciana abandonada en el jardín empiece a preocuparse.

El primer cajón está lleno de medicinas, crema para las manos, gotas para los ojos, vaselina para los labios, maquillaje caduco, frascos de crema y botellas de perfume vacías. El aroma de los cosméticos seniles inunda el cuarto. En el segundo cajón hay varios fajos de folletos litúrgicos amarrados con estambre, una bolsa llena de botones de colores, un cepillo para bolear zapatos y una caja metálica de galletas en la que Rebeca guarda las manualidades que Karina le regalaba cuando era niña. Como siempre le duele recordar su infancia, Karina prefiere no hurgar en ese contenedor empalagoso, pero Leonor está decidida a agotar todas las posibilidades, así que abre la caja y debajo de los dibujos, tarjetas de cumpleaños, barquitos de papel y flores de papel aluminio encuentra una caja de celular convertida en alhajero con pegamento, lentejuelas y papel de regalos. Karina se acuerda de que su abuela lo usaba para guardar tarjetas de presentación. Ahí están los datos del plomero, del sitio de taxis, del salón donde se teñía y cortaba el cabello, del dentista al que llevaba a su nieta, el servicio de mudanzas que trajo sus muebles al departamento, el gerente de la sucursal del banco donde cobraba su pensión, el comprador de cosas usadas, la psicóloga con la que llevaba a Karina de niña, otro sitio de taxis, varias decenas de tarjetas de presentación de su esposo, Ramiro Miranda, emitidas por Petróleos Mexicanos, y al terminar esa serie repetitiva una tarjeta del Panteón Civil de Dolores. *Lic. Roberto Hernández Sacristán. Subdirección de entierros y permisos.* La dirección del cementerio, el teléfono, la extensión y en la parte posterior de la cartulina, escrita con tinta azul y una letra chueca —reconoce de inmediato la caligrafía de su padre, cuyos cuadernos escolares su abuela atesoraba en el desván de Clavería—, un número de celular con el descontinuado prefijo 044. Las patas sobre las que su papá apoyaba el número 1 y el 9 son inconfundibles. Karina murmura "Yurika" —la forma japonesa de lo que exclamó Arquímedes cuando descubrió el principio fundamental de la hidrostática— y Leonor sonríe, burlándose de su ñoñez otaku.

El entusiasmo triunfal le dura poco. La letra de su padre en esa tarjeta solamente multiplica los callejones por los que su mente puede extraviarse. Si su abuelo murió cuando su padre era un niño y la tumba llevaba treinta y nueve años sin modificarse cuando supuestamente murió de manera imprevista junto con su esposa, ¿qué hacía de adulto en el panteón y por qué le dio su número personal el funcionario encargado de los entierros? Tenía que buscar al licenciado Hernández, averiguar desde cuándo trabajaba en el panteón y en qué circunstancias les daba su celular a los clientes.

—Abue —dice Karina de vuelta en la banca metálica del jardín.

—¿Qué? ¿Qué pasó?

—Te quedaste dormida.

—Estaba soñando.

—¿Qué soñabas?

—Que estaba cocinando porque iban a llegar todos a comer.

Apenada por la violación de su privacidad, Karina prefiere no preguntarle quiénes eran todos los que llegarían a comer en su sueño.

—Ha de ser que tienes hambre. Ya hay que subirnos.

Al día siguiente Karina marca al panteón y pregunta por el licenciado Hernández Sacristán. Se limitan a informarle que desde hace mucho ya no trabajaba ahí. Con el escándalo de la reventa de tumbas seguramente los empleados tienen la consigna de no dar más información de la estrictamente necesaria al público. Por desgracia el licenciado no aparece por ningún lado en internet, así que sólo le queda una opción para encontrarlo: buscar a Silverio, con quien no ha vuelto a tener contacto desde que les ayudó a buscar y remozar la tumba de su familia, y pedirle que la ayude a investigar sobre ese señor.

37. Babosas

A pesar de la viscosa eternidad que lo engullía, podía reírse un poco al acordarse de la manera en que timó a los aleluyas cuando lo quisieron exorcizar. Para convulsionarse de forma convincente —los espíritus inmundos tenían que resistirse a ser extirpados de su cuerpo—, imaginó que era una babosa leopardo en pleno apareamiento hermafrodita. Había visto muchas veces con asombro el documental del coito entre esos moluscos. Se colgaban de una cuerda de moco y se fundían girando como un trompo en el aire, penetrándose mutuamente con sus penes enormes de color azul violáceo.

Eso hizo para satisfacer el ansia del pastor y sus ovejas. Comenzó a rodar por el suelo como si se le hubiera zafado un tornillo, como si él fuera un tornillo tratando de zafarse de la opresión celeste de los rezos y las admoniciones con los que trataban de exorcizarlo esa mañana de domingo. El público parecía complacido con su performance: le gritaban insultos al Enemigo mientras él se estrangulaba a sí mismo con ambos brazos, convertidos para el acto en insólitos miembros sexuales.

Silverio recordó sus pesquisas sobre el *ranking* fálico del reino animal. No ganaban, en proporción con el tamaño de su cuerpo, los de las babosas, ni los de los burros, ni siquiera los de las ballenas, sino los de los percebes, unos animales marinos que él nunca había oído nombrar antes de documentarse en Google sobre ese tema. "El percebe (*Pollicipes pollicipes*) es un crustáceo cirrípedo de la familia *Pollicipedidae* que crece sobre rocas batidas por el oleaje." Los cangrejos y camarones también eran crustáceos, pero no se parecían en lo absoluto al percebe, que lucía como una pezuña de cabra. Su pene era diez veces más largo que su cuerpo —Silverio consideró que eso sería una maldición anatómica para un ser humano, pues un pene diez veces más largo que su cuerpo le impediría ponerse pantalones, jugar futbol, andar en motocicleta y muchas otras actividades—. Ya que los percebes se pasaban la vida adheridos a "rocas batidas por el oleaje", la única forma de acercarse a sus vecinas hermafroditas era por medio de una larga manguera seminal.

—¿Huelen eso hermanas? —preguntó el exorcista en un arrebato—. Es el olor a azufre del infierno; ya están saliendo las almas perdidas que se aferran al cuerpo de nuestro hermano. Huélanlas huyendo, ¡aleluya!

—¡Fuera! ¡Fuera!

"¡Aleluya, Jesús, venga tu reino!", gritaba la congregación mientras él se carcajeaba por la descabellada interpretación de su pedo. ¿Cuál infierno, güey?, son los frijoles. La risa demencial confirmó la certeza colectiva de que el hijo de la hermana Luz estaba poseído por Satanás.

¿Cómo había podido terminar su madre afiliada a ese manicomio?

—No dejen de rezar para que los demonios no se les metan al cuerpo. Jesús, danos la fuerza de tu armadura santa.

—¡Amén!

¿Quién estaba más loco: él por imaginarse que era una babosa leopardo teniendo sexo, o el pastor y sus ovejas por creer que un vigilante se podía llenar por dentro de almas en pena como si fueran lombrices intestinales? Pobre de su madre, le habían lavado el cerebro en ese lugar.

La tristeza lo invadió y se detuvo. Abrió los ojos.

—Hermano, levántate y anda. Vuélvete a tu casa, le dijo Jesús al endemoniado de Gerasa cuando todos sus demonios ya se habían precipitado al mar como un montón de cerdos, regrésate a tu pueblo, Silverio, y cuéntale a todo mundo las grandes cosas que Dios ha hecho contigo.

Las ovejas comenzaron a aplaudir. Silverio se levantó entre palmadas y sonrisas. Nunca lo habían ovacionado en su vida. Nunca había sido un goleador jugando futbol en el llano ni había salvado a nadie de la muerte, pero ahora le aplaudían como si fuera un héroe, un campeón de boxeo que acaba de noquear a Lucifer.

—Mi amor —le dijo su madre cuando ya estaba de pie—. Bendito sea Jesús. ¿Cómo te sientes?

Las babosas se amaban tras la lluvia. Al parecer extrañaban el mar donde sus primos, los pulpos y caracoles, almejas y calamares, copulaban entre las sábanas del agua. Esa facilidad le restaba belleza a sus encuentros. Los pulpos machos simplemente metían su brazo sexual bajo la falda de la hembra, sin acercarse mucho, para entregar sus píldoras de semen. Ellas después lo usaban por su cuenta para fertilizar los muchos huevos que resguardaban entre los arrecifes.

—Bien —le dijo—. Sí me siento diferente —pinche hijo malagradecido, burlándose así de su mamá.

Intrigado por el color vistoso de los miembros de las babosas leopardo, también investigó sobre la diversidad cromática de los penes y descubrió que el cercopiteco verde —un mono llamado *Chlorocebus pygerythrus*— tenía el escroto de un verde azulado, turquesa genital, con el glande muy rojo.

—Yo te veía muy mal pero no podía decirte. El pastor me dijo que si yo te avisaba los demonios te iban a sonsacar para que no vinieras. ¿Me perdonas?

La naturaleza no había sido particularmente justa con él: su baja estatura no era compensada por ninguna dotación especial. En comparación con los de su hermano mayor, sus atributos eran modestos. Sin embargo eso no había impedido que cumplieran con su propósito evolutivo al primer desliz que tuvo con Yadira.

—Simón —mintió—, no te preocupes.

—Bendito sea Jesús. Mira nomás tu aura, estás brillando.

38. Margaritas

La señora Maru asumió toda la culpa por su retraso: se distrajo de las indicaciones de la voz española del Waze y terminaron extraviadas en las Lomas de Chapultepec, dando vueltas entre mansiones por calles con nombres de virreyes novohispanos.

—Lo importante es que ya llegaron —la disculpó Silverio al subirse al asiento trasero del coche, junto a Karina, que a pesar de la sonrisa forzada con la que lo saludó, se veía molesta.

Él estaba de buen humor, emocionado por la jugosa propina que seguramente le darían al ver cómo había remodelado la tumba de sus familiares. Le urgía aumentar sus ingresos, mermados significativamente por la suspensión del narcomenudeo y la santería al interior del cementerio.

—Vamos a tener que dar una vueltota —les advirtió—, porque siguen cerradas muchas calles, pero sí podemos acercarnos bastante a donde está su lote.

—Ay, qué bueno —dijo la señora Rebe—, porque con las prisas se nos olvidó traer mi bastón, ¿verdad, mi hijita?

La doctora Karina le respondió que sí con malestar. Silverio atribuyó su estado anímico a una de dos posibilidades: o estaba en su periodo o se acababa de pelear con el novio. Si se había acercado a platicar con ella cuando la vio mirando a los buitres junto a la entrada del panteón fue porque le pareció una mujer preciosa. La cara más bonita que él había visto: dulce y luminosa, tierna y seductora al mismo tiempo, con esa nariz redonda y diminuta que parecía diseñada para comer elotes sin mancharse de crema. Silverio estaba consciente del abismo socioeconómico que lo separaba de su cuerpo desnudo —el código postal, el doctorado, la tumba de su familia en segunda clase—, pero el simple hecho de conocerla ya era deleitoso para él.

—En la esquina damos vuelta a la derecha —le indicó Silverio a la señora Maru cuando se acercaban a la calle Guillermo Prieto.

—No acabo de creer lo grande que está este panteón —dijo la conductora—. ¿Por eso le costó tanto trabajo dar con ella?

—Es que fíjese que sí estuvo difícil —le respondió Silverio para encarecer su esfuerzo y abultar así su gratificación—. Los documentos de la época del señor Ramiro ya no están porque hubo temas de humedad en el archivo y pues todos ahora sí que se echaron a perder. Y luego estuvo raro porque no aparecieron en el registro ni el señor Carlos ni la señora Margarita. Por más que revisé no están.

—Pero lo bueno es que sí encontró la tumba —lo interrumpió la abuelita—, eso es lo que importa.

—Sí, yo dije, la tengo que encontrar. Y me salí a buscarla. Limpié como veinte lápidas, mínimo, porque las que yo veía muy entierradas, decía: no vaya a ser ésa, y no, hasta que apareció. Como nada más tiene un mosaico con los nombres estaba escondido.

—¿Y por qué no estarían los nombres en el archivo? —preguntó Karina.

—Quién sabe. Capaz que se la iban a robar pero ya no pudieron. Como cambió el sexenio, se les acabó el negocio.

—Qué ingratos —dijo la señora Rebe—, eso tuvo que ser.

Se estacionaron junto a un andador asfaltado, demasiado estrecho para que entrara un coche. El cielo estaba cada vez más nublado. Esa mañana, la primera plana de los periódicos había anunciado que por fin se esperaban lluvias en el valle de México, gracias a la influencia de un huracán que se había formado en el Pacífico. Nunca se había registrado una sequía tan larga en la ciudad. Las presas del altiplano ya eran ollas de barro seco.

Rebeca avanzaba por la calle lentamente, sostenida de cada lado por su vecina y su nieta. Silverio caminaba detrás de ellas, mirando impunemente las nalgas de la doctora.

—¿Trajiste el paraguas? —le preguntó su abuelita.

—No —dijo Karina—. Se me olvidó.

—Ay, hija, pero cómo.

—Es que hace tanto que no llueve —la disculpó Maru—. A mí tampoco se me ocurrió. Ya ni me acordaba cómo se ve el cielo nublado.

—Cuando empiezan las lluvias siempre me da catarro.

—No, Rebe, hay que comer mucha guayaba.

—Lo bueno es que tiene doctora en casa para que la cuide —intervino Silverio con ingenio galante.

—Ojalá —dijo Karina—, pero estoy en el doctorado en física. No en medicina.

—Ah, ya —dijo Silverio desde el fondo de la fosa de la vergüenza—. Yo pensé que era, como me dijeron que estudiaba en la UNAM.

Karina sonrió por compromiso. Él se sintió humillado. ¿Cómo no se le había ocurrido que podía haber doctoras en muchas cosas? En la rotonda había muchas osamentas con doctorado.

Doña Rebe caminaba cada vez más lento, con pasos cortos e inseguros.

—¿Cuánto falta? —preguntó la anciana—. Ya no aguanto.

—Ya casi llegamos —dijo su nieta sin fundamento, porque ella no sabía dónde quedaba la tumba.

—Ya nada más hay que subir tantito desde donde está esa cripta de los mosaicos azules y amarillos —lo que más le desagradaba a Silverio del panteón era la cantidad de fanáticos del Club América que estaban inhumados ahí. Tendrían que haberles hecho su propio panteón afuera del Estadio Azteca, en una esquina del estacionamiento.

Rebeca avanzó dos metros y volvió a detenerse, fatigada.

—Hija —preguntó para hacer tiempo—, ¿hace cuántos años que enviudé?

—Cincuenta y siete años —respondió Karina de inmediato—. Ándale, vamos antes de que nos agarre la lluvia.

—Cincuenta y siete años. Una vida.

Silverio se acordó de su padre, que había muerto antes de cumplir cincuenta años porque nunca pudo dejar de trabajar en la pandemia. Alguien tenía que pasar por la basura.

—Vamos —la animó su nieta a continuar—, ahorita que lleguemos te sientas tantito ahí.

—Es por aquí —les indicó Silverio cuando llegó la hora de abandonar el camino y andar sobre la tierra.

Por fin llegaron a la tumba, que parecía recién construida gracias a la limpieza profunda, barniz y pintura, que le había dado Silverio. A pesar del cielo gris, la pintura dorada con la que había pintado las letras de la lápida brillaba como si fuera diamantina. Efectivamente se habían robado el Cristo de metal, pero Silverio lo había sustituido con el de otra tumba que nadie había venido a visitar tras el incendio. A sus costados los macetones apenas contenían la enorme cantidad de flores blancas que Silverio le había pedido a doña Lucha, la dueña del puesto de flores.

—No le pasó nada —exclamó la señora Maru.

La mayoría de los sepulcros alrededor seguían en ruinas, ahumados y decadentes.

—Es un milagro —dijo la anciana, conmovida.

Silverio les explicó que se había tomado la libertad de remozar el sepulcro para que no lo encontraran tan maltratado. Le puse margaritas por la señora.

—Ay, joven —dijo la señora Maru—, de veras que sí es cierto que usted es un ángel que les mandaron a mis vecinitas.

—No te hubieras molestado —le dijo Karina.

—No es molestia. Ahora sí que me tardé tanto en encontrarla que dije: se las voy a arreglar tantito. Y también, como no tiene registro, más vale que se vea que la fosa no está abandonada, luego por eso ya las vienen a retirar. Yo si quieren le puedo estar cambiando sus flores para que se vea que la cuidan —de esa manera, Silverio podría cobrarles una cuota estable cada tanto tiempo, tal como hacían muchos sepultureros.

—Se lo voy a agradecer —dijo la abuelita—. Yo ya no tardo mucho en mudarme para acá.

El viento comenzó a agitar las flores y a revolcar el olor quemado de la tierra.

—¡Rebe! No digas eso.

—Es la verdad.

—No, eso no lo sabes. ¡Buenas tardes! —la señora Maru habló en voz alta sobre la lápida, para que alcanzaran a escucharla bajo tierra—, yo soy María Eugenia Soto, su vecina de Rebe y de Kari. Me han hablado mucho de ustedes. Yo las quiero mucho a su mami y a su hijita. Son unas personas bellas, las dos. Y Kari, no saben qué orgullo, la doctora más superdotada de la universidad. Cuéntales a tus papás...

Silverio se sintió al mismo tiempo intrigado y amenazado por el conocimiento de que la doctora en física era superdotada. Había visto un par de películas al respecto —*Una mente brillante*, *En busca del destino*— y los superdotados siempre padecían problemas de salud mental.

Un trueno fortísimo impidió que la doctora le contara a sus papás y a su abuelo de sus logros académicos.

—Ya quiere llover —dijo la vecina Maru.

—Vamos a rezar un padrenuestro —dijo la abuelita.

Silverio ya no se sabía esa oración, por lo que permaneció a una sana distancia de las tres mujeres, en respetuoso silencio. Notó que la doctora tampoco movía los labios, por lo que tampoco debía de acordarse. ¿Sería cristiana aleluya, como su propia madre, o comunista atea, como los muralistas y los científicos enterrados en la rotonda?

Después del padrenuestro, la señora Rebe le explicó a su marido que no lo había podido visitar en mucho tiempo porque se habían mudado muy lejos para que la niña pudiera llegar más rápido a su universidad.

—¿Cómo se llama el palomar donde vivimos? —le preguntó a su nieta con un dejo de reproche en la voz.

—Ay, Rebe, palomar —se rio Maru.

—El Altillo —respondió Karina.

Silverio hizo la nota mental de buscar El Altillo en Google Maps para calcular qué tan pudientes eran sus nuevas clientas, de tal modo que pudiera cobrarles sus servicios proporcionalmente.

—Eso. Yo nunca creí que iba a terminar viviendo en un lugar así. Pero hay gente bonita, si no fuera por Maru no sé cómo le haríamos para venir.

Las primeras gotas cayeron del cielo como si fueran escupitajos de desprecio sobre las lápidas.

—Ya hay que irnos, abue.

Mientras andaban hacia la calle, el agua explotaba y dejaba cráteres blancos sobre las lápidas renegridas. Silverio deseó que la calle por la que se subía al cerro donde vivía no se inundara antes de llegar a su casa.

—Ya no aguanto las rodillas —se quejó Rebeca, que ya casi colgaba de los brazos de su vecina y su nieta.

—Si quiere yo la puedo llevar —ofreció Silverio.

—¿Cómo? —preguntó la señora Maru con la cabeza hundida entre los hombros y los músculos faciales apretados por la aversión hacia la lluvia que la estaba salpicando.

—La cargo.

Con ese servicio la propina seguramente aumentaría por lo menos un diez por ciento, pensó Silverio.

—Cómo crees —dijo Karina mientras negaba con la cabeza. Silverio no entendía si su renuencia era producto de la pena o de la aversión a que un chacal como él tuviera tanto contacto con su abuela. "Entonces te cargo a ti, mi reina", pensó Silverio con el orgullo herido.

En ese momento un trueno cimbró el suelo del cementerio y el cielo amoratado se empezó a desmoronar.

39. Camellos

Karina sale de África y atraviesa el desierto del Sinaí. A lo lejos hay cuatro montañas. En la cumbre de una de ellas, tal como ella aprendió en el catecismo, Moisés hizo un alianza con Yahvé. Le daría una tierra prometida a su pueblo a cambio de su obediencia. Entre otras reglas extravagantes, les prohibió comer animales que no tuvieran las pezuñas hendidas. Los camellos quedaron a salvo de sus hogueras.

Al interior de estas cuatro montañas hubo cerveza. Los dromedarios fueron rescatados de un rancho turístico en la costa de Baja California Sur donde los usaban para ofrecer tours de *camel riding* a las hordas de estadounidenses que visitan Los Cabos cada año. Al final de cada paseo les sugerían a los clientes que les agradecieran su servicio a los camellos comprándoles una caguama de cerveza. Grababan videos muy divertidos dándoles cerveza en la boca, como si los envases de vidrio ambarino fueran biberones.

Quisiera saber si estos animales habrán desarrollado un trastorno alcohólico. Se acuerda del dromedario de barro que colocaba cada año en el Nacimiento, afuera del pesebre donde acababa de nacer el niño Jesús. Mientras los reyes magos, Melchor, Gaspar y Baltasar, le ofrecían incienso, oro y mirra al dios recién nacido, el camello, el caballo y el elefante esperaban afuera, robándole pastura a las ovejas.

Uno de los dromedarios levanta la cabeza, como si hubiera escuchado la voz interior de Karina mencionar a su amo Melchor. ¿Cómo es posible que este animal haya vivido ya más de dos mil años? La fuente de la eterna juventud podría ser la leche de la madre de Dios. Mientras José, María y los pastores estaban distraídos admirando los regalos que le habían traído al niño los reyes magos, el camello se acercó a lamer el rostro de Jesús, que acababa de comer por primera vez del pecho de la Virgen. El calostro escurría por sus mejillas y el dromedario no pudo resistir la tentación de probarlo. No sabía, por supuesto, que su atrevimiento lo iba a condenar a una historia tan larga de guerra santa, explotación circense —cruzó el Atlántico en un contenedor mal ventilado, deseoso de que esa arca nunca llegara a buen puerto— y embriaguez permanente frente a las olas del golfo de California. ¿De qué se acordará con más nostalgia? ¿La leche o la cerveza? ¿La túnica opulenta de Melchor o las piernas depiladas de las *springbreakers* californianas?

—Éstos son de los que escupen —apunta una niña.

—No inventes —dice su hermano.

—De veras.

—Eres bien choro.

Karina no se atreve a intervenir, aunque sabe que los camélidos regurgitan y proyectan una mezcla de vómito y saliva cuando son agredidos. La niña le pide a su madre que saque su celular para dirimir la polémica.

—¡Siri!, ¿verdad que los camellos escupen?

Con una paciencia y dulzura inhumanas, Siri le pide que le repita la pregunta. Karina se aleja pensando que algún día los asistentes de inteligencia artificial como Siri serán capaz de responder preguntas más ambiciosas. Siri, ¿cuánto tiempo duró la lactancia de mi madre? Once meses, Karina, ¿quieres ver un video? Su abuela se enorgullece todavía de haberle dado pecho a su hijo hasta los tres años. Siri, ¿hay alguna correlación entre lactancia y alcoholismo? No lo sé, Karina, déjame revisar la literatura. Mientras la inteligencia artificial sondea la red en busca de artículos científicos sobre el tema, Karina multiplica las cuestiones. ¿Qué clase de presión evolutiva hizo que ciertas glándulas reptiles se convirtieran en mamas? ¿A qué sabe la leche dromedaria? ¿Cómo serían los pechos de su madre? La recuerda desnuda porque se bañaban juntas con frecuencia —¿ya sería el agua tan escasa y el gas tan oneroso cuando era niña?—, pero no sabe si la imaginación agrega implantes mamarios a la figura para compensar sus propias inseguridades. ¿Cómo serían los pechos de su abuela cuando era joven? Después de ayudarla a bañarse, Karina le aplica crema humectante debajo de la carne flácida para evitar las llagas purulentas. ¿Cómo explican los creacionistas que los mamíferos machos también tengan pezones? ¿Cuántos años de borrachera seca le quedará al camello que mastica alfalfa en el desierto? Siri, ¿cuándo volveré a sentir los besos de alguien en las areolas? No lo sé, Karina, ¿quieres que busque un *match* en Bumble? No. Mejor búscame el video de un camello escupiendo.

40. Diluvio

Acribilladas por la lluvia, Karina y su abuela miraron a Silverio con la misma intención: pedirle que cargara el cuerpo exhausto de la anciana. Había levantado tantos costales de vidrio, aluminio, plástico y tierra en su vida, tantos garrafones de agua, tanto cartón mojado —lo empapaban después de recolectarlo para que pesara más en las básculas de la planta de reciclaje—, que una señora como doña Rebe no debía de ser un desafío.

—A ver, señora, agárrese de mi cuello —Silverio se congratuló por haber tenido la precaución de bañarse esa mañana y ponerse el desodorante de lujo.

Con un brazo rodeó su espalda y con el otro la alzó por detrás de las rodillas. La anciana se quejó de las gotas de lluvia que comenzaban a mojarle la cara.

Silverio empezó a trotar con la anciana en brazos. La señora Maru y la doctora se rezagaron, pero al final la joven corrió a abrir la puerta del copiloto para que Silverio pudiera depositar a su abuela en el asiento.

Cuando por fin se subieron al coche ya tenían la ropa y el cabello empapados.

—Se soltó el diluvio —dijo la señora Maru.

Encendió el motor de gasolina de su coche mientras se quejaba por anticipado del tráfico que les iba a tocar rumbo a su casa. Puso la palanca en *drive* y antes de soltar el freno buscó con la mano derecha la perilla para activar los limpiadores. Una cascada se estrellaba contra el parabrisas y bloqueaba por completo la visibilidad. Las ventanillas laterales ya empezaban a empañarse con el vapor que exhalaban los cuatro cuerpos fatigados por la carrera hacia el coche. Los limpiadores permanecieron quietos, escondidos entre el cofre y el parabrisas.

—¿Y ahora? —se preguntó la señora Maru, asomándose al lado del volante.

—¿Qué pasa? —preguntó Karina con la voz tensa de angustia.

—No prenden los limpiadores —la señora giraba el interruptor hacia adelante y hacia atrás, sin resultado—. Hace tanto no llovía que se han de haber trabado o no sé qué pasa.

—Si quiere me bajo a ver —ofreció Silverio, pensando en el billete de quinientos pesos que tendrían que darle de propina.

—Te vas a mojar —dijo la señora Maru—, pero igual y nada más hay que moverlos. ¿Con qué te taparás?

Silverio ya se había bajado y ya había corrido a la parte delantera del coche. Levantó los limpiadores, los agitó, le gritó a la señora que los prendiera, pero no sirvió de nada.

Volvió al interior del coche, con agua escurriéndole sobre la cara.

—Se me hace que las ardillas se comieron los cables —dijo la señora Maru—. Me enteré que a un vecino le mordieron los frenos y chocó. ¡Son una plaga!

—¿Pero qué pasa? —preguntó Rebeca a gritos, imponiéndose sobre el escándalo del agua sobre el techo y los vidrios.

—¡Rebe, no sirven los limpiadores! ¡No veo nada, no nos podemos ir así!

—Dios bendito.

—Ya nos quedamos atrapades —le dijo Silverio a Karina para demostrar que, gracias a la convivencia con su hija Daenerys, estaba a la vanguardia de la civilización gramatical.

—No puede ser —murmuró Karina con una frustración que en opinión de él era exagerada.

Silverio estaba contento: la lluvia le hacía mucha falta al panteón y el encierro con sus clientas era una oportunidad para afirmar su relación económica y asomarse a la exótica vida de una científica nuclear. Para calcular cuánto tiempo duraría abierta esta ventana, limpió con la palma de la mano el vidrio a su izquierda y se asomó para ver el cielo, cuya oscuridad auguraba una tormenta prolongada.

41. Sotana

Alrededor del coche se había formado un río muy caudaloso que bajaba, rugiendo por la calle, camino de la barranca. El agua, como un atole negro, lavaba la ceniza de las tumbas y los andadores. Ese caudal repentino venía de lejos, del huracán Aurelia que había levantado sus nubes del océano Pacífico y había venido a romperlas sobre el valle reseco. En cualquier momento Silverio esperaba que cayeran, sobre el techo del vehículo de la señora Maru, delfines, tiburones, huachinangos, mantarrayas.

—¿No tienes que llegar a algún lado? —le preguntó Karina, distrayéndolo de sus ensoñaciones marinas—, me da pena que te hayas quedado aquí atrapado con nosotras.

—No. No tengo prisa. Mi turno acabó a las tres, por eso te dije si nos veíamos a esa hora hoy.

—No se nos vaya a hacer de noche aquí —dijo la conductora ociosa.

—No creo que dure tanto —replicó Silverio—. Ahorita se quita.

—Qué horror quedarnos de noche en el cementerio —dijo la señora Maru—. ¿A usted le ha tocado ver a los espíritus?

Silverio dudaba entre darle gusto a la señora y contarle de los fantasmas legendarios del panteón, o ser franco y decepcionarla diciéndole que él nunca, en diez años de labores cotidianas, había visto nada extraño ni sobrenatural.

—La neta es que yo no, pero otros compañeros sí, dicen que sí.

Un calamar gigante les podría estrellar el vidrio y ya no les harían falta limpiadores para ver hacia fuera.

—¿Qué dijo? —le preguntó doña Rebe a su vecina, pues no alcanzaba a escuchar lo que decían en el asiento trasero.

—Que los trabajadores ven fantasmas aquí, Rebe.

—Pues sí —dijo con el rostro lúgubre la anciana—, aquí debe haber muchos. Yo me acuerdo del padre que salía por el rancho donde crecí.

La abuela de la doctora procedió a contar la historia de los espectros de sacerdotes que vagaban por Tabasco, atrapados en el limbo por haber muerto fusilados por culpa del gobernador jacobino del estado, Tomás Garrido Canabal. De acuerdo con la señora, uno de esos sacerdotes se aparecía a la mitad del camino y provocaba muchos accidentes automovilísticos, pues los conductores trataban de esquivarlo por no saber que era una aparición sin sustancia.

Silverio les contó, hablando casi a gritos para que doña Rebe lo escuchara por encima del escándalo meteorológico, la historia del padre Pro, un sacerdote que estuvo enterrado en el Panteón Dolores, fusilado en 1927 por haber conspirado para matar al presidente Elías Calles. Sus restos atraían a tantos peregrinos católicos al panteón civil, que las autoridades finalmente autorizaron que sus restos fueran exhumados y trasladados a una iglesia en la colonia Roma.

La doctora parecía incómoda con la plática sobre fantasmas. Le hubiera gustado aclararle, de haber tenido más confianza, que él tampoco creía en ellos.

La señora Maru retomó el micrófono y después de quejarse de los fantasmas que habían invadido la unidad después del incendio, les contó de la señora que había visto con sus propios ojos, rezando el rosario en una capilla enrejada, cerrada con llave, en la parroquia de la Purificación de María, en la colonia Escandón.

—Nadie más que el sacerdote tenía la llave del candado, y él estaba en un retiro. La señora que estaba hincada ahí, de espaldas, era un fantasma. Nunca le vi la cara, nada más el velo que le tapaba la cabeza —un trueno interrumpió su historia—. Qué barbaridad —dijo la señora Maru—, se está cayendo el cielo. Se va a inundar por todos lados. Pobre gente.

Al terminar la tormenta, Silverio se pondría a recoger camarones, almejas y ostiones para que su mamá hiciera un caldo. Tal vez incluso se toparía con una tortuga marina, gigantesca, protegida de la muerte por su caparazón. Se la llevaría a su hija para que la cuidara.

Un rayo iluminó el cielo. Había caído muy cerca, porque el tiempo fue muy breve entre la luz y el trueno; tal vez le había pegado a alguno de los árboles que seguían en pie en la barranca.

—¡Ay! —gritó doña Rebe—. ¿Qué es eso? ¡Dios mío!

—¿Qué? —preguntó Maru.

—Ahí, lo que pasó volando.

—¿Dónde? —preguntaba la vecina, tratando de limpiar el parabrisas y asomarse.

—Encima de ahí —la anciana señalaba las tumbas que se veían a su derecha—. Estaba todo vestido de negro. Pero volando. Ay, Dios, ya vámonos. Nos tenemos que ir de aquí antes de que anochezca.

—Tranquila —le dice su nieta—, todavía es muy temprano. Por estar hablando tanto de fantasmas te imaginaste uno.

—¿Tú crees que era un fantasma?

—¡No! —el ruido de la lluvia torrencial se prestaba a desesperantes malentendidos—. Te lo has de haber imaginado por la historia del sacerdote.

—Yo creo que sí era el sacerdote con su sotana negra. No había pensado en eso, que lo mataron aquí.

—¿Y si rezamos un padrenuestro? —dijo la señora Maru.

Karina cerró los ojos y negó con la cabeza. Silverio miró a Karina y le indicó con un mínimo gesto que estaba de acuerdo con ella: su abuela se había imaginado al fantasma porque nadie andaría corriendo por ahí debajo de esa tormenta. Mientras que las señoras de los asientos delanteros avivaban con sus plegarias las llamas de sus anticuadas supersticiones, los jóvenes de atrás guardaban un silencio cómplice y arrogante, confiando en la superioridad de su escepticismo.

42. El crimen

Como faltaba un par de días para la fiesta de Día de Muertos, cuando Karina acudió a entrevistarse con Silverio se encontró con un operativo mayúsculo para cubrir el panteón de flores de cempasúchil. Él había logrado averiguar que el licenciado al que ella estaba buscando había trabajado ahí entre el 2006 y el 2015, año en que cayó fulminado por un infarto. "Ese cabrón —le dijo la secretaria del director refiriéndose al licenciado Roberto Hernández Sacristán— es el que organizó todo el acuerdo con los testigos de Jehová para venderles fosas ilegales."

Animado por la curiosidad de saber por qué Karina estaba interesada en ese personaje tan oscuro, Silverio le propuso que se encontraran en un café —le habría gustado verla en el Starbucks donde trabajaba el novio de Yadira, nada más para tener el gusto de que él los atendiera—, pero ella prefirió ir al Panteón Dolores, que no había vuelto a visitar desde la tarde lluviosa que pasaron en el coche de la señora Maru.

Para que ella no se perdiera camino de la tumba Miranda y para que a él no lo vieran teniendo diálogos cuestionables con el público, Silverio la citó en la inconfundible cripta Limantour, que era un punto de encuentro ideal porque era visible desde lejos y se encontraba en un lugar poco concurrido del panteón.

A pesar de haber llegado puntualmente, la encontró sentada en los escalones de la cripta con un libro abierto en las rodillas. Notó en sus ojos hinchados que la doctora había llorado recientemente.

Mientras caminaban hacia la tumba de sus papás, antes de entrar en materia, Silverio le preguntó qué estaba leyendo.

—¿Yo? —preguntó la doctora como un reflejo absurdo; él tenía esa misma muletilla evasiva, seña inconfundible de los tímidos—. Es una novela que me recomendaron.

—¿Ah, sí? Qué interesante. ¿De qué se trata? —gracias a su trato con Daenerys, Silverio ya tenía práctica en el arte del interrogatorio amistoso.

—Es de una niña japonesa que sobrevive a una de las bombas nucleares y emprende un viaje para buscar a sus papás.

—¿Y sí los encuentra?

—Pues no la he terminado, pero ellos sí murieron en la explosión, no sé si vaya a encontrar sus espíritus o algo.

—Órale. Suena bien. Ah, mira, ahí está la tumba de Dámaso Pérez Prado.

Karina no conocía al rey del mambo Dámaso Pérez Prado, con el que el Tepo iba a brindar frecuentemente. Silverio dedicó buena parte del camino a contarle la vida del músico cubano.

—¿Siempre arreglan tanto en estas fechas? —le preguntó ella cuando pasaron junto a una carretilla llena de plantas de cempasúchil en bolsas negras de plástico.

—No tanto. Ahora por lo que pasó creen que va a venir mucha gente.

La alcaldía ya había enviado cuarenta sanitarios portátiles para distribuirlos a lo largo del panteón. El director había instruido a las empleadas del archivo para que los decorasen con motivos fúnebres, de tal suerte que parecieran mausoleos de piedra gris con cruces en la puerta. Se esperaba que las criptas sanitarias resultaran simpáticas para los visitantes y que las retrataran y subieran a sus redes sociales con el hashtag #DiaDeMuertosEnElPanteonDolores. La ambición última de la dirección era competir con el desfile de Día de Muertos que se había puesto de moda quince años atrás, cuando el gobierno citadino pagó para que se incluyera una fiesta de Día de Muertos en una película de James Bond; se esperaba que el Panteón se convirtiera en un nuevo atractivo turístico.

—Oye —Karina decidió entrar en materia—, gracias por investigar lo que te pedí. Me decías que te contaron algo del subdirector del que te dije.

Silverio procedió a referir cómo el licenciado Hernández había pactado con los líderes de la comunidad de testigos de Jehová para venderles fosas después de que la Secretaría de Gobernación de aquel entonces, controlada por un grupo de católicos ultraconservadores, les negara el permiso para abrir su propio cementerio al sur de la ciudad.

Cuando llegaron a la tumba Miranda, Silverio se quitó la gorra en señal de respeto y guardó silencio para que Karina saludara a sus papás.

—Encontré una tarjeta de este licenciado en mi casa. Mi papá anotó su celular en la parte de atrás. No entiendo por qué habría venido a hablar con él, pero estoy segura de que por eso no están en el archivo. Tampoco encontré actas de defunción en el registro civil. Es como si no hubieran existido. No sé si él vino para que pusieran su nombre en la tumba y hacerse pasar por muerto. Mi abuela dice que los velaron en Gayosso, pero ya revisé todos los obituarios y no hay nada.

—¿Cómo?

Silverio no había entendido el razonamiento de Karina, pero como era doctora en física tampoco cuestionaba su conclusión. Karina se demoraba en responder, sin quitar la vista de la lápida de sus padres. Para no sentirse tan disminuido, le habría gustado contarle que el primer difunto inhumado en el panteón fue el general Domingo Gayosso, y que la señora Dolores Gayosso Mugarreta, hermana de Eusebio Gayosso, fundador de la funeraria, era la esposa del inglés que inauguró el Panteón.

—Mi papá está vivo. Es la única explicación. Dicen que lo mató mi mamá pero tengo la tarjeta con la letra de él. Simplemente por estadística, tiene mucho más sentido que él haya sido y que para esconderse se hizo pasar por muerto y mi abuela lo encubrió. Es lo único que explica… —la voz se le quebró por el llanto—. Perdón. He dormido muy mal. Llevo un mes y medio sin dormir. Estoy cansada.

No era la primera vez que Silverio se enteraba de que alguien fingía su propia muerte para escapar de la justicia. Como decía su madre, "hasta en las mejores familias" pasaban cosas como ésa.

—¿Te quieres sentar? —le preguntó. No se le ocurrió ninguna otra forma de confortarla.

—No. Gracias. Sólo… Pensé que si lograba hablar con ese señor iba a saber qué pasó. Esto me está… Ya no aguanto.

El personal de vigilancia del panteón no tenía protocolos para lidiar con situaciones como ésta. ¿Qué le podía decir? ¿Cálmate, no llores, tranquila?

—¿Y tu abuelita qué dice?

—Nada. Obviamente nunca va a traicionar a su hijo. Tuvieron un accidente: no la saco de ahí. Esto va a sonar muy esotérico pero yo siempre lo he sabido, siempre he sentido que no estaban muertos, o que por lo menos uno de ellos me estaba viendo. En la calle o en la escuela, no sé, siento que me ha seguido, que me ha vigilado.

—¿En serio? O sea que vive aquí en la ciudad.

—O ha venido algunas veces. No sé.

—Oye —dijo Silverio y al mirarla a los ojos supo que ella estaba pensando lo mismo—. Si quieres me puedo asomar un día que me toque trabajar de noche.

Silverio ya llevaba casi tres meses lucrando con la exhumación de restos áridos, por lo que asomarse a una tumba a ver si las osamentas correspondían con los epitafios no representaba un problema de índole práctica ni moral.

—¿Aquí? —murmuró la doctora con incredulidad fingida. Qué bueno, pensó él, que Karina se había dedicado a la investigación científica, porque como actriz se habría muerto de hambre.

—Sí, no está difícil, es nada más abrir de un lado y ver.

—Yo había pensado… vi que hay unas cámaras que puedes meter por un orificio —con quinientos pesos se podían comprar en internet endoscopios industriales con iluminación led incluida—. Con un taladro se podría meter.

—Pues sí —abrir un agujero y meter una camarita no ameritaría una gratificación tan sustanciosa como abrir un boquete en el suelo y sacar los ataúdes—, pero el tema es que si adentro metieron plafones entre cada caja no se podría ver más que la de hasta arriba. También no sé si quieras ver adentro para saber qué es lo que pasó.

—¿Le disparó? —susurra la pregunta, como si se le preguntara a un espíritu invisible.

La operación le tomaría a Silverio una sola noche de trabajo, pues no tendría que bajar a las fosas comunes a sacar huesos para dejarlos al interior de las tumbas saqueadas. Tomaba esa precaución para evitar que a la hora de exhumar las tumbas que caducaban, los demás trabajadores se percataran de la desaparición sistemática de cadáveres. Tampoco tendría que transportar los restos áridos a la cripta Limantour para pulverizarlos y enlatarlos como cenizas.

—Si quieres puedo checar —dijo Silverio.

—No puedo creer que lo estoy considerando, pero es que no hay ninguna otra forma. Llevo un mes y medio buscando. Los detectives cobran una fortuna, no me alcanza, ni siquiera te aseguran nada. Mis tíos son unos... mierdas —se notaba que no tenía la costumbre de insultar—. Ya no sé qué más hacer.

—Pues es que no se vale que no te digan —agregó Silverio para ayudarla a convencerse.

—Ahorita nada más tengo trescientos pesos, pero cuando me depositen la beca te puedo dar más. Lo que pasa es que todo se me juntó. A mi abuela le dio cistitis, se descompuso la lavadora, invité a cenar a mis tíos —se rio sarcásticamente del último gasto que enumeró y luego sacó dos billetes de su bolsillo. Silverio, que conocía muy bien el suplicio de llegar a fin de mes sin presupuesto, rechazó la inoportuna oferta y miró a su alrededor para cerciorarse de que nadie la hubiera atestiguado.

—Luego me das. No te preocupes.

Había tenido tanto trabajo extraoficial recientemente que podía darse el lujo de ser magnánimo.

—Por favor, acéptame esto. Mañana seguro me depositan.

—¿Qué tal si no? Mejor después.

—Gracias, Silverio. De verdad.

—Para eso estamos. Mira, yo creo que este martes ya lo gestiono.

—¿El primero de noviembre?

—Sí. Es que hasta ese día me toca quedarme en la noche. Como estamos ayudando con la decoración, por eso estoy solo de día esta semana, si no pues regresaba antes.

—Está perfecto. Sí me urge saber pero no pasa nada. No ha pasado nada en tanto tiempo. Nunca…

Ella volvió a llorar copiosamente. Lo hacía de una manera quieta, contenida, como si el líquido que sus ojos derramaban no saliera de su cuerpo sino de una fuente más lejana, más profunda.

—Vas a ver que todo sale bien —dijo Silverio, desesperado por la falta de palabras para consolarla. Al menos el crimen que estaban por cometer era mucho menos grave que el anterior. No habría muerte ni sangre, sólo huesos. Al menos no tendría que remover diez, veinte, treinta cuerpos como hacían en la fosa común cuando exhumaban a un sujeto recién identificado por sus familiares.

Se marcharon de la tumba, cabizbajos. Hubiera querido distraerla contándole sobre el reino matriarcal de las ratas lampiñas, la fidelidad de las langostas, la abnegada gestación masculina de los caballitos de mar. O tal vez la hubiera serenado más saber sobre la dieta poscoital de la mantis religiosa, las fiestas lésbicas de las hembras de bonobo o la virginal reproducción de ciertas lagartijas nicaragüenses. Había mucho que aprender de otras especies.

43. Aúlla

Después de ver a los tigres de la India, Karina se enfrenta al desafío de rodear las montañas de Sichuan, donde la multitud se ha congregado para ver a las osas panda. Karina pasa junto a la gente que ya está a punto de llegar al bosque de bambú donde se encuentran las hermanas clonadas. Se nota el cansancio en sus rostros, en sus posturas, en su silencio manso. Para entretener a la concurrencia se instalaron pantallas afuera del exhibidor, de tal suerte que Karina puede ver de lejos el video de las cachorras que tratan de escalar con anárquica torpeza por el costado exterior de una resbaladilla.

—¿Y a Kevin quién le dijo que ya andamos? —pregunta un hombre en la fila justo cuando Karina pasa a su lado. No alcanza a oír la respuesta; se queda pensando en que el repudio que ha sentido por su nombre desde el año pasado no es fiel al viejo orgullo que sentía al escribir la letra K en su firma, la K de los grados Kelvin, ideales para medir las temperaturas extremas del espacio y las estrellas; K de la constante de Boltzmann, que vincula la temperatura absoluta de un sistema con su energía, y la K de los mesones-k, los kaónes que poseen una propiedad cuántica tan exótica que Kazuhiko Nishijima y Murray Gell-Mann la llamaron "extrañeza". Le gustaba pensar en la carrera que ella también tenía esa extrañeza que la separaba de las demás partículas normales. Tal vez pensando en eso se pueda reconciliar con ese nombre.

Más allá de la multitud, el recorrido la lleva al estrecho de Bering, que los primeros pobladores de América atravesaron siguiendo el rastro de sus grandes presas. El primer animal con el que Karina se encuentra en el nuevo mundo es un oso pardo de aspecto senil, un anciano retirado hace más de quince años de un circo itinerante. Se entretiene olfateando la orilla de una enorme roca artificial desde la que se precipita una cascada y forma un río alrededor de la pradera boreal. Para prevenir que la ciudadanía se ofendiera con ese uso decorativo del agua que tanta falta hace en las tuberías, junto a la ficha zoológica del *Ursus arctos middendorffi* hay una nota aclarativa que explica que el río forma parte del nuevo sistema hidráulico del bosque, basado en la captación y el almacenamiento del agua de lluvia que se utiliza para el riego y limpieza de las áreas verdes de Chapultepec.

La cascada surte un efecto relajante en Karina. Quisiera quedarse a mirarla más tiempo, esperando que salten los salmones, que remontan el caudal para poner sus huevos en los arroyos, pero debe continuar e incluso apresurarse, porque tiene que volver al departamento para darle de comer a su abuela.

—¡Bambis! —grita un niño mientras corre hacia el exhibidor de los ciervos canadienses.

Karina ha visto al gamo, el wapiti, el caracal y el venado cola blanca. Todos estos animales son préstamos de otros zoológicos. Se empeñan en repetirlo por doquier: no se capturó a ningún espécimen para el nuevo zoológico de Chapultepec.

Intrigada por el orden de la ramificación de las astas del ciervo macho, Karina vuelve a preguntarse, como lo hizo al salir de las praderas australianas donde vio canguros y koalas lastimados por los incendios, a dónde se habrán llevado al emú huérfano. Le entristece no saber su paradero. Si tuviera tiempo de sobra regresaría a buscarlo. Tal vez vive con los canguros pero estaba oculto cuando pasó frente a ellos.

—Es lo que comen allá en Oaxaca —comenta un hombre a su pareja.

—¿Quelites?

—No, venado.

—Ah —dice ella sin sobresalto—. Yo pensé que lo verde.

Atraviesa Aridoamérica y llega a los remotos bosques de Chihuahua, cuyos pinos juveniles parecen árboles de Navidad a los que todavía no les cuelgan esferas. Ahí vive una pareja de lobos mexicanos que no está a la vista.

—¿Ya vamos a ver a las panditas? —pregunta una niña indiferente al aburrido exhibidor de los lobos.

—¿No quieres ver a los lobos? —dice su madre.

—¿Dónde están? —protesta el hermano mayor de la niña que quiere ir a ver los pandas.

Las pequeñas jaurías de lobos mexicanos no tienen la fuerza suficiente para cazar venados adultos, pero si este macho se encuentra débil por una herida, será una presa fácil y abundante. La loba dominante acaba de parir cuatro cachorros y necesita carne para sacarlos adelante.

—Quiero mi selfi con las panditas.

—Ahorita vamos —le miente su madre, porque ya debe saber que la fila para ver a los pandas clonados es tan grande que no podrán hacerla—. Primero vamos a ver a otros animalitos.

—No veo al lobo —dice el niño con un tono de cliente insatisfecho.

—Aúlla para ver si te responden.

—¡Ya quiero ver a los pandas!

—Ahorita ya vamos a ir, pero si te ven hacer berrinche no van a querer salir a saludarte.

Con razón la gente cree en los fantasmas. La sociedad ceba a los niños con engaños. Santa Claus, los ángeles y el cielo al que se fue abuelito, el ratón de los dientes, el Coco, la media naranja y el accidente vehicular en el que fallecieron sus papás. Para que no abandonen la casa de mentiras de la civilización moderna, les amarran los pies con mitos necios.

Mientras tanto los lobos confían en el rastro de sangre que los lleva a remontar la sierra hasta la cresta a donde huyó el venado de sus otros cazadores.

—¡Auuuuuuu! —aúlla el niño.

—Más fuerte, Jordi, a ver.

—¡AAAUUU!

El venado se espanta y aprieta el paso. La cama de agujas pardas de pino que cubre el suelo amortigua el golpe de sus pezuñas. Su cornamenta es grande y el cazador, al apuntarle, alcanzó a contarle trece puntas. Si no estuviera herido, los lobos no tendrían oportunidad.

—Yo creo que están dormidos.

—Ya vámonos, papá.

—¡Ahí está! —grita el niño que estuvo aullando.

—¿Dónde? —pregunta su papá con entusiasmo.

—Lo acabo de ver que se asoma allá atrás.

Karina no vio nada. Tal vez se lo imaginó. O fue un lobo fantasma, espectro de uno de los cinco ejemplares —los padres y tres lobeznos— que murieron en el incendio. Para el nuevo zoológico trajeron a una pareja que capturaron en Arizona, justo antes de que los cazadores volvieran a exterminar a la variedad sureña del lobo americano.

—No lo veo —dice el papá—, aúlla a ver si sale.

Mientras el niño aúlla de nuevo, Karina piensa en los fantasmas animales. Bastó que se quemara el panteón para que todo mundo empezara a ver espectros en sus casas, pero a nadie se le ocurrió que los cientos de animales muertos en el zoológico pudieron haberse convertido en fantasmas. Frente a la jauría dormida de los leones, Karina se imagina sus espectros translúcidos vagando por la ciudad. Los árboles agitados por las jirafas invisibles, los osos y mapaches agitando los botes de basura, la tropa de las hienas en los prados de la universidad, cazando parejas distraídas. Los leones atravesando las puertas cerradas del hipódromo. Los ataques de pánico en las caballerizas. Los mimados purasangre romperían a coces los maderos de su establo. Se volverían ingobernables. Las cámaras de video no serían capaces de registrar la causa de esa locura. Llamarían a los veterinarios para que diagnosticaran a las preciadas bestias de carreras. Concluirían, después de muchos estudios con muestras de sangre, saliva y excremento, que los animales contrajeron una enfermedad desconocida de los nervios. Para evitar una epidemia los sacrificarían e incinerarían. Entonces, satisfechos, los leones fantasmas se comerían el humo de su carne.

La enorme población de perros y gatos de la ciudad se pasaría los días persiguiendo presas inmateriales. Con su característica soberbia, los perros chihuahua les ladrarían sin cesar a los elefantes. Las ratas, asustadas por el cascabel invisible de las víboras, habrían salido huyendo de las cloacas. Los gatos se lanzarían de los balcones tratando de atrapar a los tucanes del aviario de Moctezuma.

—¿Ya vamos a ver a las panditas?

—Vamos, pero deja de llorar.

—No estoy llorando.

44. El cocodrilo

La tormenta empezó a calmarse cuando Silverio llevaba casi dos horas atrapado con sus nuevas clientas en el coche de la señora Maru. La señora Rebe ya había creído ver un fantasma, su mamá ya le había marcado para preguntarle a qué hora iba a llegar a comer y la señora Maru ya le había contado su vida entera. La doctora era de pocas palabras, como su hija Daenerys.

—Yo solamente una vez amé en la vida —dijo la señora Rebeca cuando Maru terminó de relatar la historia de su segundo divorcio—. Mi marido fue el único hombre en mi vida. El único.

—Ay, Rebe —dijo la señora Maru—, ¿ni siquiera tuviste un novio en la escuela?

—Bueno, sí, pero se lo comió un cocodrilo.

La doctora Karina, que permanecía absorta en sus pensamientos, se alteró al escuchar el comentario de su abuelita.

—¿Qué? —le preguntó Karina, sorprendida—. Nunca me habías contado —lo decía como un reproche incrédulo.

—Uy. Es que hace mil años no me acordaba de él. Se llamaba Crisóforo Aguirre Puentes, pero le decíamos Cris. Era mi novio de juego. Nunca ni siquiera nos dimos un beso.

—Así era antes, de mano sudada —dijo la señora Maru.

—¿Pero cómo que se lo comió un cocodrilo? —preguntó Karina, intrigada por ese detalle macabro.

—Sí. Es que le encantaba buscar tesoros en el campo, cerca de San Antonio. Su papá trabajó en el equipo de los que sacaron esas cabezas enormes de piedra, ¿cómo se llamaban?

—Las cabezas olmecas —se apresuró a responder Silverio, como si estuvieran en un concurso de cultura general.

—Ésas —dijo doña Rebe—. Ay, estaba obsesionado con encontrar una. Pero él nomás hallaba chacharitas prehispánicas, puntas de flecha, muñequitos de barro. Platos rotos. Le encantaba enseñarme su colección. Ya sabíamos que no había que acercarse al río. Un día me acuerdo que llegó y me dice: ¡Rebe!, ¡Rebe!, me encontré un tesoro. Estaba lleno de lodo. Era una escultura de piedra verde muy bonita, pero llena de barro. Ahorita vengo, me dice, la voy a lavar al río. Se va corriendo. No regresaba. No regresó. Luego encontraron nada más un pedazo de él —Rebeca se barrió el torso con las manos y concluyó el relato con la voz cortada y los ojos rojos—, se lo había comido el cocodrilo por no hacer caso.

—Qué horror —dijo la doctora.

—Quién sabe, hija —dijo la señora Maru—, si no se lo hubiera comido capaz que tú no estarías aquí.

La doctora se quedó callada, seguramente imaginando el escenario de su inexistencia, que no parecía disgustarle tanto.

Silverio se preguntó qué habría sido del tesoro del muchacho. ¿Se lo habría tragado el cocodrilo? ¿Estaría enterrado en el fondo del río o escondido en el estómago del monstruo? ¿En cuánto podría venderse por Facebook una figura olmeca de jade?

—¿Será que ya nos podremos ir? —dijo la señora Maru, asomándose a un cielo gris claro del que ya solamente caían algunas gotas dispersas.

Silverio ofreció bajarse a limpiar el parabrisas. Usó el pañuelo de doña Rebe como trapo.

La señora Maru encendió el coche y emprendió la marcha hacia la salida. Las calles del panteón estaban cubiertas de lodo negro y piedras sueltas. La falta de vegetación entre las tumbas había dado carta blanca al agua para erosionar la tierra. La dirección tendría que mandar a los sepultureros, ociosos desde que se habían suspendido las inhumaciones en el panteón, a escombrar las calles.

La señora Maru se detuvo en la puerta norponiente para que Silverio se bajara del coche.

—Gracias por todo, joven —dijo la señora Maru—. Ya váyase rápido a su casa para que no lo agarre otra vez la lluvia.

—También ustedes —le respondió—. Cualquier cosa que se les ofrezca ahí me dicen.

—Espérame —dijo la doctora Karina mientras buscaba algo dentro de su mochila. Le ofreció un billete de quinientos pesos—, no es mucho pero, bueno, luego te pasamos más.

—Ah, no te preocupes —dijo Silverio, fingiendo una mínima resistencia antes de tomar el billete—, bueno, gracias. ¿Entonces me avisan cuando encuentren las actas de defunción para sacar la reposición del registro?

—Sí, yo te aviso —le dijo Karina sin darle mucha importancia.

—Sale. Se van con cuidado.

Una vez que se hubieron ido, Silverio sacó su cartera vacía y guardó el billete. La propina era decorosa, pero insuficiente. Si quería empezar a pagar la pensión alimenticia de Daenerys, aparte de la renta y de las cuotas de su hermano en el reclusorio, iba a necesitar muchos billetes como ése para compensar la falta de sobornos. Le urgía encontrar otras fuentes de ingreso. Limpiar tumbas no iba a ser buen negocio.

45. *Bon-dana*

En la sala de copias del instituto, la impresora expulsa con lentitud exasperante la fotografía de una rana que tiene la piel verde aceituna y los ojos azules. Karina espera frente a la máquina, lista para ocultar la impresión dentro de un fólder color manila. Entre más tiempo pasa, más altas son las probabilidades de que alguien entre a la habitación y la sorprenda desperdiciando los recursos de la universidad en imprimir la imagen de un anfibio extinto para colocarla en una ofrenda doméstica de Día de Muertos.

—*Hola, Karina, ¿cómo estás? ¡Muchas felicidades!*

El mensaje de Mario la tomó por sorpresa. No esperaba que se acordara de su cumpleaños.

—*¡Hola! Muchas gracias, bien, ¿y tú?*

Karina espejea la precisión neurótica con la que su exnovio usa los signos de puntuación en sus mensajes.

—*Todo bien. ¡Escocia ahorita parece Acapulco! Los nativos están muy confundidos con este tiempo, jajaja.*

—*Jajaja* —le respondió Karina—. *Me imagino.*

—*El otro día leí una noticia muy triste del zoológico. Me acordé que te gustaban mucho las ranas* —Mario anexó inmediatamente el enlace a una nota sobre la extinción de la rana arborícola de ojos azules, *Sarcohyla cyanomma*, cuyos últimos ejemplares perecieron al interior del Museo del Ajolote y Centro de Conservación de Anfibios del zoológico.

En la niñez, Karina jugaba a ser una niña anfibia, como Tsuyu Asui, un personaje de *Boku no Hero Academia* que tenía el superpoder de comportarse como una rana antropomorfa de respiración anfibia, patas adhesivas y lengua pegajosa de largo alcance.

—¡No! Estaba hermosa. :(

La rana de ojos azules provenía de los bosques nublados de Oaxaca, que debido al aumento de las temperaturas habían empezado a secarse e incendiarse. La destrucción de su hábitat, aunada a la proliferación de hongos nocivos para los anfibios en todo el mundo, había erradicado a las poblaciones silvestres del pequeño batracio.

—En las fotos no se ve que tuviera los ojos azules, pero me encantan esas manchas verdes que tiene en la espalda.

—Sí, estaba muy bonita.

—Perdón por darte la noticia en tu cumpleaños —Mario nunca se distinguió por su delicadeza; el único filtro que había entre su mente y su voz era la buena gramática—. *Mejor cuéntame cómo has estado, ¿qué tal pasaste el verano, vas a dar clases este semestre, ya está listo el modelo para tu tesis, el universo ya va a dejar de expandirse tan rápido?*

—Bien. Sí. No. Dentro de 13k millones de años —le respondió Karina—. *Hasta luego.*

Al bromear así también satisfacían la fantasía de que la comunicación verbal fuera menos ceremonial y laboriosa, más directa, compacta, transparente, parecida a la escritura lógico matemática con la que ambos se expresan fluidamente.

—Jajaja.

—Estoy como adjunta en cálculo para renacuajos de primer semestre —calificaría tareas y evaluaciones y daría asesorías en la biblioteca.

—Esperemos que no se extingan en el examen final.

Karina no había platicado con nadie sobre el pequeño drama burocrático de la tumba de sus padres, así que decidió aprovechar la oportunidad para compartírselo a Mario.

—El verano estuvo raro porque resulta que la tumba de mis papás está en el panteón donde empezó el incendio —agregó tres emoticones de fuego— *y no la encontrábamos.*

Karina ha decidido poner ofrenda de Día de Muertos porque la inquietud por lo que hará Silverio en el panteón le impide concentrarse en nada más complejo. Se trata de una terapia ocupacional con el valor añadido de los más atávicos y supersticiosos remordimientos que siente por haber dado permiso para que abran la tumba de su abuelo —ya no se atreve a pensar en ella como la tumba de sus padres—. En el centro de su altar estará una foto de estudio que se tomó el ingeniero Ramiro Miranda al concluir sus estudios.

—*¡Cómo! ¿En donde sacrificaron al obispo?*

Inspirada por las fotos de perros y gatos que Karina vio en la ofrenda montada por el personal del instituto, decidió rendir homenaje a la rana extinta en el altar sincrético de su sala. Karina ha decidido festejar de manera conjunta el Día de Muertos mexicano y el festival japonés equivalente, Obon. Cuando era adolescente colocaba a mediados de agosto, cuando se celebra la fiesta en Japón, un *bon-dana* para sus papás difuntos, con sus linternas de papel, esteras de bambú, dulces y *shoryo-uma*, los "caballos" que montan los espíritus difuntos para visitar el mundo de los vivos: un pepino con patas de palillos de madera representaba al caballo esbelto que los traía galopando al banquete familiar, con su afectuosa coreografía *bon-odori*, y una robusta berenjena para simbolizar la vaca que los llevaría sin prisa de regreso al más allá.

—*¿Era obispo? Yo sabía que fue un padrecito que llevaba años desaparecido. Pero bueno, ahí.*

En esta ocasión, las linternas caligrafiadas que consiguió en una feria del Liceo Japonés convivirán con el papel picado que adquirió afuera del Panteón Dolores hace dos días, cuando visitó a Silverio; los pepinos y las berenjenas psicopompos convivirán con las calaveras de azúcar; las flores de cempasúchil de Xochimilco, con los retoños de bambú.

—*Vi fotos de él vestido de rojo y me quedé con esa idea. ¿Entonces ya la encontraron?*

—*Ya. Hace como un mes fuimos y ya mi abuela se quedó más tranquila. Pero todo mundo sigue obsesionado con los fantasmas. Es impresionante. Parece que seguimos en la Edad Media. Aquí trajeron un padre a echar agua bendita en todos los edificios. Salieron los herejes y empezaron a pelearse a golpes.*

Ya se imprimieron las patas derechas de la rana, con sus dedos largos y robustos. El primer ojo azul apenas está emergiendo del anticuado aparato —las buenas impresoras están en las oficinas de los investigadores titulares—. Si oye los pasos de alguien que se acerca —la mayoría de los investigadores ya se fue a su casa a esta hora—, arrancará la hoja de la impresora y la ocultará en su cuaderno, aunque la pobre rana se quede sin las patas de la izquierda.

—*¿Te acuerdas de mi tía Gloria? Todo el tiempo manda al grupo de Whats de la familia trucos para ahuyentar a los espíritus. Vi que aumentó el consumo eléctrico porque ahora la gente deja las luces de su casa prendidas toda la noche.*

En el zoológico habían logrado reunir tres ejemplares de la rana, los únicos que pudieron capturar en su hábitat natural, después de una búsqueda constante a lo largo de dos meses por los arroyos de la sierra. Supusieron que el Centro de Conservación de Anfibios del zoológico sería el mejor lugar para rescatar la especie.

—*No sabía, pero no lo dudo. Está fuera de control. ¿Qué dirían los filósofos panpsiquistas al respecto?*

Para prevenir que un apagón de luz dejara sin calefacción, ventilación y filtrado a los criaderos de ajolotes y otros anfibios, había un generador eléctrico de gasolina instalado en el edificio. Cuando el incendio interrumpió el suministro eléctrico en el bosque, el generador debió encenderse automáticamente. El problema fue que no tenía gasolina porque la escasez de combustible había dejado al zoológico sin reservas.

—*No lo sé, pero el otro día leí una interpretación interesante de los fantasmas (aquí se ha vuelto a poner muy de moda el psicoanálisis). Dicen que la mente proyecta los aspectos de su propia personalidad con los que no logra identificarse, aquellos que no puede incorporar a su ego porque lo asustan o no corresponden a la idea que tiene de sí misma. Los demonios interiores se vuelven apariciones. Me pareció interesante para entender por qué hay TANTA gente que jura haberlos visto.*

Una de las ranas apenas había logrado poner huevos. Habían separado a los otros ejemplares para que no fueran a comérselos.

—Yo creo que simplemente es un tema de predisposición. El día que fuimos al cementerio, mi abuela juró que había visto un fantasma corriendo justo cuando estaba hablando de fantasmas con Maru, la vecina de junto. Debe haber tanto ruido neuronal en el procesamiento de los sentidos que cualquier glitch se vuelve algo así. Y más en la tercera edad.

La impresora ya expulsó ambos ojos de la rana extinta. Sólo quedan de ella fantasmas informáticos. ¿Por qué no la habían clonado como a los pandas, los hurones y tantas otras especies? Tardaron más de cuarenta y ocho horas en entrar al zoológico los bomberos. Los animales ya estaban cocidos al vapor y su material genético era irrecuperable.

—¿Y ella cómo ha estado?

—Bien. Anduvo nerviosa con lo de la tumba pero ya que la encontramos se ha vuelto a calmar. ¿Y tus papás cómo están? ¿Tienes planes de venir?

Ya casi termina la impresión. Falta nada más un dedo de la pata posterior de la rana. Cuando haya montado su altar *bondana-mex* le mandará una foto a Mario. No ha tenido comunicación con él desde el 5 de septiembre, cuando no se imaginaba lo que estaba a punto de suceder.

—No sé, estoy atrapado, los boletos de avión están carísimos y es muy difícil volar porque todo el tiempo sabotean los aeropuertos. Aquí la crisis climática es el único tema. Casi se siente absurdo estar en filosofía de la mente. Es muy difícil pensar en estas condiciones.

—Qué mal —le respondió Karina—. *Lo siento.*

—Luego pienso que quedarse allá no era tan mala idea. Al menos en la facultad no había fantasmas.

El comentario de Mario tocó una cicatriz sensible. Aunque la respetaba y comprendía, Karina había vivido su partida como un nuevo abandono. Se limitó a responder con una mueca de pesar ligeramente indiferente: dos puntos y una barra diagonal.

46. Pétalos de sol caen a la Tierra

En el bosque japonés vive un grupo de macacos rojos jubilados. El laboratorio donde los explotaban había sido clausurado y sus habitantes fueron regalados a México por la Universidad de Kioto. Una de las virtudes de la física es que no precisa experimentar con animales. Aparte del gato de Schrödinger, ningún otro animal ha sido sacrificado en el altar de la mecánica cuántica.

Los macacos le recuerdan una novela que leyó el año antepasado —lo recuerda con viveza, como si acabara de suceder y el tiempo transcurrido fuera una ilusión—. Se llamaba *Pétalos de sol caen a la Tierra*, de Miyamoto Nobuko. La protagonista era una niña huérfana llamada Yuriko que terminaba viviendo con macacos al norte de la isla de Honshu. El título aludía a la creencia de que las bombas atómicas que los estadounidenses lanzaron sobre Hiroshima y Nagasaki eran trozos del sol que se había empezado a desmoronar.

—Dice que estos son los primates que viven más al norte —una señora reseña la ficha de los macacos para su familia—, con la excepción del *Homo sapiens*.

—¿O sea que nos están diciendo primates? —se queja el esposo socarronamente—. Qué llevaditos.

La novela comenzaba con un sueño de Yuriko en el que madre le dice que debe viajar al norte para reencontrarse con ella y su papá. Yuriko despierta en un refugio para huérfanos en las afueras de Hiroshima. Antes de que amanezca, huye del orfelinato y comienza un viaje lleno de peripecias, convencida de que tiene que llegar a la punta norte de Japón para encontrar a sus padres. Karina recuerda que a ratos se le dificultaba mantener el interés en la novela porque le parecía difícil creer que una niña pequeña pudiera sobrevivir en el Japón de la posguerra ocupado por los estadounidenses. El colmo de la inverosimilitud se alcanza cuando Yuriko, perdida en los bosques de la península de Shimokita, y al borde de la muerte en una tormenta de nieve, es rescatada por una tropa de macacos japoneses que la llevan a un estanque de aguas termales para salvarla de la hipotermia. Yuriko concluye que un par de esos monos son sus papás, se queda a vivir con ellos y aprende a sobrevivir en el bosque como si fuera un macaco.

—¿Tú crees que les preparen sushi de comer? Como son japoneses.

Un día Yuriko y su nueva familia encuentran a un hombre de aspecto feral lavando papas en un estanque. Como luce tan macilento y desnutrido, ella le ofrece bayas silvestres y orugas de insectos.

—Un rollo Filadelfia sí se antoja.

Cómetelas —le dice Yuriko al vagabundo silvestre—, son sabrosas y nutritivas. ¿Cómo te llamas?

Mi nombre es Yoshie, Shiratori Yoshie —el personaje estaba inspirado en un criminal homónimo que se hizo famoso por haber escapado cuatro veces de las prisiones más seguras del Japón, antes de ser capturado por última vez en 1947—. ¿Y el tuyo?

Yuriko.

Agradecido por la ayuda de la niña, Shiratori le cuenta su historia, desde su nacimiento hasta su primer encarcelamiento en la prisión de Aomori, su tierra natal, por haber robado para pagar sus deudas de juego; después de que lo volvieran a capturar, él había escapado de la prisión de Abashiri, famosa por su estricta seguridad.

Yuriko se siente identificada con él porque ella también había escapado de una prisión, el orfelinato de Hiroshima. Le parece fascinante la historia de su fuga. A lo largo de varios meses, Shiratori se comía las algas y el tofu de la sopa miso que le daban y vertía el caldo sobre la cerradura de su celda. Esa agresión diaria con un líquido caliente y salado había oxidado el mecanismo y le había permitido romperlo una noche de tormenta eléctrica en la que pudo escapar gracias al enmascaramiento ensordecedor de los truenos.

—Yo creo que sí somos primates —dijo el adolescente a sus papás—, por eso dicen que tenemos las enzimas necesarias para digerir insectos.

Shiratori se ocultó en las montañas y vivió dos años en una cueva. Harto de la vida solitaria, había empezado a caminar hacia el sur, evitando los pueblos para que no lo capturaran.

No creo que te estén buscando, le dijo Yuriko. El imperio del sol naciente ya no existe.

¿De qué estás hablando, niña?, el imperio del sol naciente es eterno.

Lo siento mucho, Yoshie, pero el sol ya dejó de nacer y se está muriendo. En mi ciudad cayó un pedazo enorme y quemó muchas casas y personas. El espíritu de mis papás huyó al norte. Por eso llegué hasta aquí.

Estás loca, Yuriko, el sol sigue brillando, ¿no lo ves?

Pero cada día un poquito menos. Pon atención y te darás cuenta.

Si es verdad que vienes de Hiroshima, ¿cómo llegaste tan lejos?

Un pescador me trajo en su barca. Le ayudé a pescar el atún más grande que había visto —esa parte de la novela, en la que Yuriko contempla el mar y platica con los peces y cangrejos que devuelve al mar, era demasiado lenta para la premura de Karina por avanzar en la trama.

¿Y finalmente, dime, encontraste a tus papás?

A Karina le gustaría tener el recuerdo de haber visitado el zoológico con sus padres, o de haber emprendido un viaje épico para encontrarlos.

Claro que los encontré, le dice Yuriko a Yoshie mientras señala un árbol, como ahora son más pequeños, ellos pueden dormir en las ramas más altas de los árboles. Yo me tengo que quedar abajo, en las más gruesas. Una vez que me subí con ellos, la rama se quebró y nos caímos. Ellos se agarraron con la cola de otras ramas, pero yo me caí hasta el suelo. Por suerte había mucha nieve.

¿Y qué fue del emperador?, le preguntó Shiratori.

Lo vencieron sus enemigos, aprovechando la debilidad del sol.

Shiratori se despidió de Yuriko y de sus padres macacos y continuó su viaje hacia el sur. La incredulidad lo obligó a dejar los caminos desolados y acercarse a una población para confirmar si era cierto lo que le había dicho la niña. ¿Quién habría invadido el imperio? ¿Rusia? ¿China? ¿Quiénes eran los enemigos a los que se referiría Yuriko?

Junto al exhibidor de los macacos rojos había un jardín decorado al estilo japonés en el que vivía una familia de venados sika donados por la embajada japonesa.

Al entrar en Fukushima, Yoshie Shiratori se encontró con la bandera estadounidense izada en la casa de gobierno. Esa visión le desgarró el orgullo, porque, a pesar de haber sido encarcelado tres veces injustamente, Yoshie seguía amando su patria. Devastado por la humillación del imperio, fue a entregarse con los policías. Tan pronto como lo encerraron en la prisión, Shiratori comenzó a cavar un túnel para escapar.

La ternura de estos venados proviene de su pequeñez y de las redondas manchas blancas alineadas sobre el lomo de los adultos.

Karina les toma fotografías con el celular. Quisiera difundirlas en Twitter, pero le avergüenza que sus colegas se enteren de que vino al zoológico.

47. Noche de Muertos

El cielo de esa tarde parecía la espalda amoratada de un dios con hipostasia —así le llamaban los médicos forenses a la sangre sin oxígeno que se depositaba en las partes bajas de los cadáveres—. Fue un extraño Día de Muertos en el Panteón Dolores. Antes de la tormenta, el viento huracanado apagó las veladoras, derramó los vasos de refresco y licor, desgarró las hojas de papel picado y puso a rodar las calaveras de azúcar que la gente había colocado en las ofrendas para atraer a los fantasmas golosos.

—*Hola Silverio* —le había escrito Karina al mediodía—, *cómo estás? Te quería preguntar si puedes mandarme fotos. No importa la hora. Voy a andar despierta.*

Había esperado mucho para pedírselo. Tal vez desconfiaba de él y para creer en sus hallazgos necesitaría evidencia concreta.

—*Hola, sí, voy a salir como a las once, quieres fotos de todo?*

Estaba viendo la televisión en la caseta con Víctor Hugo, su compañero de turno. En el noticiero reportaban que los indicios encontrados en la guarida de José Guadalupe Pérez Berlanga, "el Profeta", capturado una semana antes, no dejaban lugar a dudas de que el líder de la secta narcosatánica Nueva Sangre era el principal responsable del asesinato ritual cometido en el panteón seis meses antes. Silverio sabía que esas evidencias habían sido plantadas por la fiscalía para resolver el caso antes del Día de Muertos, y que el Profeta y sus acólitos eran inocentes del crimen que les imputaban, pues al Tepo nadie lo había sacrificado. Trató de limpiarse la culpa pensando que la captura del Profeta era una injusticia benefactora y que la muerte del Tepo al menos había servido para combatir la devoción satánica en la ciudad.

—*Sí, por favor, de lo que encuentres.*

Silverio le respondió con una mano que alzaba el pulgar.

—Oye —le dijo Silverio a su compañero—, me encontré una caguama bien muerta en una ofrenda. ¿Nos echamos una chela? Para brindar por los difuntos.

—Nos la echamos.

Silverio en realidad había comprado la cerveza en una tienda, así como el vaso de plástico rojo en el que había pulverizado previamente tres pastillas de melatonina para que su compañero durmiera a gusto mientras él se iba a investigar el crimen de los Miranda.

Cuando Víctor Hugo salió al baño, Silverio espolvoreó su vaso con el medicamento antes de rellenarlo con cerveza. A su regreso lo invitó a brindar por los difuntos y apuró su propio vaso de cerveza para llenarse de las calorías que iba a necesitar más tarde, cuando empezara a cavar el agujero.

A las once de la noche sus planes empezaron a frustrarse. Víctor Hugo ya estaba roncando, pero afuera granizaba tan fuerte y caían rayos tan cerca que Silverio decidió retrasar su hora de salida.

Si encontraba pruebas de que el señor Carlos había matado a la señora Margarita, Silverio había pensado en pedirle a su hermano que lo pusiera en contacto con un rastreador de prófugos para encontrarlo. El trabajo iba a salir caro, pero valdría la pena para que ese sinvergüenza pagara por lo que había hecho.

—*Mira* —le dijo a Karina al enviarle un breve video de la explanada acribillada por los balines de hielo—, *está granizando bien fuerte, me voy a esperar un rato y si no voy a tener que salir otra noche.*

No iba a arriesgarse a que le cayera un relámpago cuando tuviera el pico alzado en el aire.

—*Chin, no me digas. Qué mal. Cuándo te toca otra vez?*

Karina debía de estar muy ansiosa por saber qué encontraría en la tumba, así que en vez de responderle que su siguiente turno nocturno sería dentro de tres días, la tranquilizó diciéndole que ya se estaba calmando la lluvia, así que el trabajo quedaría listo esa misma noche.

A punto de que terminara el 1 de noviembre, Silverio se animó a salir bajo la llovizna. Por segunda vez en ese año, Silverio salió corriendo rumbo a la cripta Limantour. En vez de fuego, lo que esa noche quemaba las plantas del panteón era una gruesa capa de hielo que le daba un aspecto nórdico bastante navideño y primermundista al lugar.

—Buenas noches —dijo, como siempre lo hacía al llegar a una tumba que estaba a punto de saquear.

—*Ya estoy empezando* —le escribió a Karina a las 12:26 de la madrugada. Ella le reiteró que estaría al pendiente. Una vez enviado el mensaje, puso una lista de reproducción de rap chicano para aliviar la atmósfera tenebrosa; colocó el celular sobre la lápida de la familia Buendía, se puso guantes para evitar las ampollas (no quería que las manos callosas delataran sus labores nocturna) y empezó a cavar al ritmo de un *beat* acelerado del Chueko de California.

Gracias a la técnica refinada y los músculos fortalecidos a lo largo de los últimos meses, Silverio ya tenía el rendimiento de un sepulturero con experiencia y a la 1:15 de la mañana ya tenía listo el agujero. Estaba empapado en sudor. Dejó la pala, se quitó los guantes y encendió la lámpara del celular para ver a qué tipo de emparedamiento se enfrentaba. La tumba tenía muros de ladrillo, lo cual facilitaba mucho el trabajo faltante.

Al empezar a abrir el boquete se encontró con la tapa de un ataúd a menos de cincuenta centímetros de profundidad. Su experiencia le permitió intuir que debajo de él seguramente había dos cajas más.

Mientras retiraba los ladrillos se puso a platicar con los residentes de la fosa.

—Ahora sí que perdón por las molestias, pero tenemos que averiguar qué pasó con ustedes, porque todo está muy raro. Ya ven que la señora Rebe, con todo respeto, es medio mañosa y quién sabe qué hizo, pero en el archivo es como si no existieran. ¿Cómo está eso? Ahorita me platican. ¿Qué música les gusta? A mí se me hace que a usted —le hablaba a doña Margarita— le ha de gustar Luis Miguel. Parece que sí lo van a traer a la rotonda, ¿cómo ven? Para que lo conozcan. Ya estoy acabando. A ver —debido a su experiencia con las exhumaciones, le bastó una rápida inspección para darse cuenta de que en la fosa había dos cajas contemporáneas, enterradas hacía no más de veinte años, encima del féretro deshecho del señor Ramiro; a primera vista, la presencia de los tres difuntos parecía refutar la hipótesis criminal de Karina, lo cual no dejaba de ser una decepción para Silverio—. Ya lo andábamos tachando de asesino, don Carlos, ¿cómo ve? Por eso los ando molestando, pero ya casi acabamos. Nada más los saco, les tomó unas fotos para que los vea su hija y ya estuvo, los devuelvo a su lugar y buenas noches.

48. La ofrenda

Karina termina de montar la ofrenda de Día de Muertos a las nueve de la mañana. Su abuela todavía no se levanta. Lleva tres noches soñando que ella misma abre la tumba de su familia y se encuentra a sí misma, gusanos y osamenta, su padre le apunta con un arma, se madre se ríe de ella, fugitiva. Ya que de todos modos la agobian esas imágenes atroces, decide recordarle a Silverio que le mande fotos del hallazgo verdadero. Nada de lo que encuentre puede ser peor que sus visiones.

Para complacer a su abuela ha puesto en la ofrenda una foto de sus bisabuelos y otra de sus tías abuelas, a las que nunca conoció. Aparte del retrato de su abuelo, colocó una foto de su padre posando con su Mustang amarillo y la foto de bodas de sus padres, la única imagen que sobrevive de su mamá —su abuela no se atrevió a destruirla por alguna razón inescrutable—. Para separar a sus papás, Karina apoya la imagen de la rana de ojos azules sobre la foto de bodas, de tal suerte que su madre queda sola, sonriendo en su vestido blanco con un ramo de flores en las manos.

A su abuela le parece que la ofrenda quedó muy bonita, pero no entiende por qué puso un pepino y una berenjena, considerando que su abuelo era alérgico a ese fruto morado tan insignificante en la cocina mexicana.

—¿Sabes qué deberíamos poner? Una copita de coñac. Le encantaba a Ramiro.

A Karina no deja de inquietarle que no proponga servirle una copa también a su hijo Carlos, como si asumiera que él no puede visitar la ofrenda.

—No vamos a comprar una botella de coñac nada más para eso.

—Le puedo preguntar a Maru, a ver si tiene. O brandy, ron, lo que ella tenga.

—Ya no pienses en eso. Así está bien. Al rato que prendamos las veladoras les podemos poner atole.

Por la tarde comienza la fastidiosa caravana de niños que rondan por la unidad habitacional desde el 31 de octubre mendigando golosinas con recipientes en forma de calabaza. Para alegrar a su abuela, que disfruta mucho interactuar con los niños, Karina le compró una bolsa enorme de paletas enchiladas de mango y sandía, y se la dejó colgada del perchero con la indicación de que sólo les debía regalar una paleta por cabeza. Quiso darle este gusto para compensarla por la falta de respeto que implica profanar la tumba de su familia. Aunque sabe que fue su abuela quien la orilló a tomar esa medida extrema al ocultarle la verdad sobre sus padres, no puede librarse de la culpa que siente por lo que Silverio hará en la noche.

Para matar el tiempo —sabe que no podrá concentrarse en sus estudios debido a la inminencia de la profanación y de la distracción constante del timbre—, Karina se dispone a leer los últimos capítulos de *Dr. Stone*, un manga que nunca le ha gustado mucho, pero que sigue por la curiosidad de saber si al final los héroes acabarán petrificados como el resto de la humanidad.

Cuando por fin deja de sonar el timbre en la noche, Karina sale de su cuarto y le pregunta a su abuela cómo le fue con sus visitantes.

—Bien, pero estoy muerta. Yo creo que me paré a abrirles como veinte veces —la cifra es una exageración característica de su abuela, porque solamente tocaron ocho veces.

—Te cae bien el ejercicio.

—Sí, pero no tanto. ¿De qué crees que llegó disfrazado un niño? ¡De tamal! Ay, no, chistosísimo. Le digo: ¿De qué sabor eres? Y el condenado me dice: De caca. Ay, no —Rebeca se carcajea de la respuesta escatológica del niño; el humor de su abuela, como tantos otros de sus rasgos de carácter, ha sufrido una involución cada vez más infantil.

Karina conserva su disfraz hechizo de Sin Cara, el espíritu de *El viaje de Chihiro* con el que se ella se identificaba.

—¿Se acabaron las paletas?

—Sí. Al final les tuve que dar cacahuates. Ni sabían qué era. Nunca habían visto un cacahuate con cáscara. Una niña me preguntó que si no teníamos esas pastillas, ¿cómo se llaman? Las que echas en agua para que se deshagan.

—¿Redoxon?

—Ándale. Imagínate. Yo creo que me vio cara de botica.

—Qué raro que una niña ande pidiendo vitamina C. ¿Y ella cómo estaba disfrazada?

—No me acuerdo. Yo creo que de doctora, ¿no? No sé.

Karina comienza a preparar la cena mientras su abuela sigue rememorando sus interacciones con los niños. Nada la anima tanto como interactuar con menores de edad.

—¡Buenas noches! —de pronto aparece Maru, asomada por el pasillo que entra al departamento—. ¿Se puede?

—Ay, hija, ¿qué pasó?

—Hola, Maru —Karina no entiende cómo llegó la vecina a su sala sin que nadie le abriera.

—Dejaron la puerta abierta. Yo vengo apenas llegando porque me invitaron a comer pan de muerto las compañeras del comité de vigilancia.

Rebeca se amonesta a sí misma y le da gracias a Dios porque su descuido no terminó en un asalto cometido por unos hipotéticos e improbables ladrones oportunistas. Después de una breve charla con la vecina, Karina la despide en la puerta y cierra con llave.

Cenan frente a la televisión. A las once de la noche, Karina acompaña a su abuela a la cama y le da las buenas noches con una calidez inusitada. Después se encierra en su cuarto y le escribe a Silverio para recordarle que se quedará despierta a la espera de noticias suyas.

Para distraerse entra a la cuenta de Netflix que le comparte Mila. Ve una película sobre la vida de Erwin Planck, el hijo de Max Planck que atentó contra la vida del Führer. Detiene la película justo antes de que lo fusilen para responder el mensaje de Silverio en el que le avisa que ya dejó de granizar. En El Altillo ni siquiera ha llovido.

La película termina con el regreso de Max Planck a su casa de Berlín, destruida por el bombardeo de los Aliados. La angustia se apodera de ella mientras pasan los créditos y Netflix le propone que vea otra película sobre la Segunda Guerra Mundial.

Cierra la computadora y trata de controlar la respiración. Esta noche probablemente descubra que sus padres están vivos o, por lo menos, que no están enterrados donde siempre ha creído.

Se levanta de la cama y va a lavarse los dientes. Su abuela ya está acostada. Si supiera lo que Karina ha organizado tal vez se lanzaría por la ventana con tal de conseguir una botella de vodka.

Karina regresa a su cuarto, enciende la lámpara de su escritorio, mira su pizarrón, los grabados japoneses en el muro, ¿qué puede hacer mientras espera el veredicto de la exhumación? Se distrae en Twitter, revisa las cuentas de físicos y físicas que admira, ve un video de YouTube en el que Sabine Hossenfelder discute acaloradamente con un físico estadounidense, vuelve a Twitter y mientras lee un hilo sobre los protocolos en Asia para modificar genéticamente seres humanos, escucha una avalancha de golpes sordos en el piso de la sala, al otro lado de su pared. Piensa que su abuela se levantó y acaba de sufrir una caída.

Al salir de su cuarto escucha los ronquidos apacibles detrás de su puerta cerrada. La invade el miedo al percatarse de un rechinido aterrador: la mecedora se mueve. Hay alguien en la sala.

—¿Maru? —Karina le dio copia de las llaves del departamento después del incidente del 15 de septiembre.

Le responde un papeleo desordenado. Alguien tomó asiento en la mecedora para ver las fotos que ella puso en la ofrenda. El problema es que la luz está apagada.

—¿Papá? ¿Ya llegaste? —lo dice para despistar al ratero que se metió al departamento y darle tiempo de escapar antes de confrontarlo.

Nadie responde. No se oyen pasos. La mecedora sigue rechinando. Su mente no reprime las conclusiones sobrenaturales. Se trata del fantasma de su padre que volcó el cuenco de frutas de la ofrenda mientras buscaba algo de beber —está furioso porque las veladoras están llenas de cera en vez de mezcal—. Se trata de su madre, viva, que la ha estado siguiendo desde septiembre y acaba de volver al departamento para revelarle la verdad antes de que Silverio la contacte. Se trata de sus padres enojados porque la traviesa Kari los despertó de su descanso eterno.

Karina se asoma a la sala. La mecedora se mueve, vacía. Antes de que el terror la paralice, pega la mano a la pared y enciende la luz. La ofrenda está deshecha. Las frutas y las fotos yacen desperdigadas sobre la alfombra. La mecedora oscila todavía. Necesita grabarla con su celular para conservar la evidencia de esa manifestación.

Antes de girarse para ir a su habitación por el aparato nota de reojo que algo se mueve sobre el cortinero. Es una ardilla. No es Maru ni un fantasma ni un ladrón sino una ardilla. La conjetura es fácil: su abuela dejó la puerta del departamento abierta durante horas. La ardilla se acercó a saquear la ofrenda y para llegar al cortinero saltó sobre la mecedora y le imprimió el impulso necesario para que se moviera. Karina siente un gran alivio. El mundo recupera su consistencia natural.

El miedo le ha causado unas potentes ganas de orinar, pero no puede dejar sola a la ardilla en la sala. Tiene que sacarla antes. Se trata de un ejemplar esbelto, de pelaje castaño con plata. ¿Dónde se habrá escondido tantas horas? ¿Por qué esperó hasta ahora para atacar la ofrenda?

Algo se mueve en el techo de la vitrina: otra ardilla. No hay una sino dos ardillas en su departamento. Tal vez haya más. La ardilla de la vitrina es más robusta y tiene los morrillos llenos de alimento. Seguramente llevaban un buen rato comiéndose la ofrenda. ¿Y si ellas fueran sus padres? Se ríe de sí misma, de lo fácil que cayó en el animismo por culpa del miedo.

Karina se desplaza con cautela hacia la puerta del departamento. La abre de par en par. Si entraron por ahí, por ahí deben marcharse. Regresa lentamente y comienza a acercarse a la ventana, cercando a la ardilla más pequeña, con la esperanza de que esa aproximación baste para que ambas salgan corriendo.

La miran. Karina teme que al sentirse acorraladas le salten encima y le transmitan enfermedades infecciosas al morderla. Son pequeñas, pero también muy ágiles. ¿Las ardillas serán portadoras del virus de la rabia? Debe evitar que se vayan por el pasillo hacia su cuarto. No se mueven. Parecen empeñadas en quedarse quietas, como estatuas, hasta que el humano que las vigila se retire.

¿Cómo pudo considerar que el fantasma de su padre estaba en la sala? La ocasión es la culpable: es Día de Muertos y Silverio está abriendo la tumba donde supuestamente está enterrado. Las ardillas son roedores temerarios y la campaña para exterminarlas en la unidad habitacional las debe estar orillando a tomar medidas desesperadas.

Nadie se mueve. No parece haber una tercera ardilla en el departamento. Lucen pícaras, traviesas, irrespetuosas. Es imposible conocer su sexo. Tal vez son madre e hija; la madre no emprende la huida porque teme que su hija no sea capaz de seguirla, paralizada por el miedo a ese animal enorme con una playera tan holgada.

Tanto las ardillas como Karina se asustan cuando se enciende el motor del refrigerador. El ronroneo mecánico del aparato parece el gruñido barítono de un depredador que petrifica a las ardillas.

A Karina le gustan los refrigeradores desde pequeña. Recuerda la fascinación precoz que le producían —síntoma sutil de su inteligencia anómala—: esos armarios helados le parecían espacios mágicos, dignos de caricias y experimentos. Le gustaba meter objetos inertes para luego extrañarse al acariciar su textura enfriada: lentes de sol, calcetines, los celulares de sus papás, las revistas de sociales que leía su madre. Cuando llegaba la Navidad, Karina se empeñaba en decorarlo con dibujos. Estaba convencida de que, a falta de chimeneas en los departamentos mexicanos, era lógico que Santa Claus llegara del Polo Norte a través del congelador.

El refrigerador de su infancia se llenaba de escarcha, por lo que era necesario desconectarlo periódicamente para que todo ese hielo indeseado se derritiera. Su padre a veces catalizaba el proceso con un picahielos. Dejaba la tarja de la cocina llena de lajas turbias de agua congelada. Karina se paraba de puntas delante del fregadero para verlas derretirse. Su desaparición era un milagro físico que los demás no sabían valorar.

Una vez le preguntó a su abuela por qué flotaban los hielos en el agua. Ella le respondió que los hielos flotaban porque eran más pequeños que el agua que los contenía, pero esa respuesta no la satisfizo. Tenía el instinto prodigioso para darse cuenta de que no era algo tan ordinario que la densidad del agua congelada fuera menor que la del agua líquida. Le encantaba meterse hielos a la boca y sentirlos derretirse contra su lengua. Mientras que la piromanía infantil no era tan infrecuente, la glaciomanía de Karina resultaba totalmente excepcional.

Una vez que se han acostumbrado al ronroneo del refrigerador, la ardilla que está sobre el cortinero deja de mirar fijamente a Karina con sus diminutos ojos negros y empieza a avanzar en dirección del comedor. Tiene que saltar alrededor de un metro y medio para reunirse con su compañera en el techo de la vitrina. Karina se acerca para animarla y el roedor le hace caso, brinca sobre el vacío y apenas alcanza la orilla del mueble con las patas delanteras. Por fin están juntas, ahora sólo falta que se animen a saltar hacia la puerta y salir del departamento.

Como no parecen interesadas en marcharse, Karina va por la escoba a la alacena. A pesar de la crisis en curso, toma nota mental de que sólo queda un cartón de leche de soya. "Ya se pasó esta leche", le dijo su abuela cuando la probó por primera vez. Karina estaba esforzándose por minimizar su consumo de lácteos, afectada por el video de las ubres purulentas de una vaca lechera sobreexplotada. "Es que compré otra marca con menos grasa", prefería ocultarle a su abuela que no había comprado leche de vaca. "Está horrible —dijo la anciana—, parece agua con tierra." "A mí sí me gustó", le dijo Karina. "Ay, no, sabe espantoso."

Karina levanta la escoba y la acerca lentamente al mueble, tratando de acorralar a las intrusas del lado más cercano a la salida. La operación funciona, pero en vez de saltar, las ardillas comienzan a bajar por la esquina de la vitrina, aferrándose con sus diminutas garras a la madera. A un metro del suelo ya se atreven a saltar y emprenden la carrera hacia el pasillo.

Cierra la puerta, temblando de nervios. La ofrenda está deshecha. Los caballos de los espíritus cayeron de costado y la foto de la rana yace sobre el suelo, por lo que sus papás vuelven a posar para la foto afuera de la iglesia donde se casaron.

Karina regresa a su habitación y revisa el celular. Todavía no hay mensajes de Silverio. Se acuesta a esperar en la oscuridad. Mira el ardor cuántico de las estrellas fosforescentes adheridas al techo. Los electrones del aluminato de estroncio, excitados por la luz acumulada durante el día, experimentan transiciones cuánticas que liberan fotones de un color verdoso. Karina intenta recordar la ecuación que describe ese proceso. La estudió cuando su abuela le regaló la bolsa de estrellas para que decorara su habitación en la casa de Clavería. Karina decidió formar las constelaciones de Virgo, Tauro y Sagitario, sistemas correspondientes a los signos zodiacales de sus padres y de ella. De esa forma ellos la acompañaban antes de descubrir que en realidad no sabe quiénes fueron y dónde están. Al abrir la tumba, Silverio tal vez encuentre huesos fosforescentes que titilan, como estrellas, acusando sin cesar a su verdugo.

Por fin el celular vibra sobre la mesa, en ráfagas, activado por un tumulto de mensajes simultáneos. Antes de abrir WhatsApp Karina lee la notificación en la pantalla: "Silverio Panteón" acaba de enviarle sesenta y cuatro archivos.

49. Veneno de serpiente

La separación continental de la fauna se interrumpe en el pabellón de los reptiles. Karina titubea antes de entrar. Su abuela le inculcó la fobia a las serpientes. Rebeca ya se ponía de pie en la cuna cuando su madre, al acercarse, gritó desaforadamente como si su hija se hubiera convertido en un monstruo. "No te asomes." Había una víbora enroscada en una de las patas. Es el recuerdo más remoto de su abuela: el rostro de su madre, que teme por su vida y llama con terror para que todos vengan a ayudarla. Al fin entró un cañero con su machete y la niña creyó que iba a matarla. "No te muevas", le rogaba su mamá a la niña. ¿Por qué iban a matarla de esa forma? Lloraba. El hombre alzó su arma y le dejó una cicatriz enorme en la memoria. Nueve décadas no la han borrado.

—Cuántas víboras —dice un hombre con acento norteño—, parece el *baby shower* de tu hermana.

Su abuela confunde los años, meses, días, mañanas y tardes, los parentescos, las medicinas, pero ninguna de estas equivocaciones la perjudica tanto como el terror a las mangueras, los cinturones y los cables que reptan por el suelo para morderla.

—Pendejo —le dice su esposa con cariño.

De acuerdo con el letrero de bienvenida, todos los reptiles alojados en el pabellón fueron decomisados en tiendas ilegales de mascotas, aduanas aeroportuarias, domicilios cateados por las autoridades.

—¿Te acuerdas que Britney Spears bailaba con una de ésas? —el sujeto se refiere a una pitón albina.

—Güey, sí es cierto. ¿Cuál era la canción?

—La de Ups, ¿no?

A Karina no le tocó el apogeo de Britney Spears, por lo que no puede responder en su fuero interno.

—No, una más cachonda.

—Quién sabe, pero eso sí es prehistoria.

El horror de su abuela no distingue culebras inofensivas de serpientes ponzoñosas. Su aversión es a la forma sigilosa, la falta de variedad anatómica entre la cabeza y la cola, la piel dura, la lengua bífida, el mito bíblico. El veneno es lo de menos. Los alacranes, las arañas y las abejas nunca le han dado miedo. Los aguijones del alcohol tampoco.

—¿Qué es eso? —le pregunta un adolescente tatuado a su pandilla.

—Ahí dice —lo reprende una amiga—, ¿no sabes leer? Es el monstruo Godzilla.

—Ah, está bien chiquito.

Karina nunca había visto un monstruo de Gila, uno de los pocos lagartos venenosos que existen, pero sabe que la etimología japonesa de Godzilla involucra al gorila y la ballena.

—Es que no está radiactivo.

Recuerda una conferencia de Al-Anon que vio en YouTube: de acuerdo con el expositor, el alcohólico se envenena porque no soporta estar consigo mismo; anestesia sus angustias, inhibiciones, los ardores de su inmadurez y apocamiento.

—Está bien bonita su piel para tatuarme todo el brazo, ¿que no?

—Tsssss.

Karina se ha vuelto la víbora que anestesia a su abuela con gotas de sedante. De otra forma no podría cuidar de ella. Las víboras rodearían su cama a todas horas y la encontraría gritando al regresar del instituto. "Antes que irme a un asilo tomo veneno", solía decir cuando pasaban por afuera del albergue para ancianos que estaba junto a la parroquia de San Lucas en Azcapotzalco. Su nieta se lo da.

50. Necropsia

Como la tormenta había convertido el agujero en un resbaloso lodazal, Silverio tuvo que maniobrar con extrema cautela para sacar los ataúdes sin sufrir percances. Una vez que ya había sacado los primeros dos —el que se encontraba en el fondo de la fosa no requería inspección porque le pertenecía al señor Ramiro—, procedió a apagar la música ranchera —no quería que lo distrajera del núcleo de su misión— y encendió la lámpara del celular.

El féretro acomodado arriba contenía la osamenta de un hombre vestido de traje y corbata. Como tenía la indicación de inspeccionar los huesos en busca de fracturas, Silverio le pidió permiso a don Carlos para desvestirlo. Debajo de la camisa había una bolsa que indicaba que le habían hecho una autopsia —los órganos se guardaban de esa forma dentro de la caja torácica después de examinarlos—. Con una mano sostenía el celular y con la otra manipulaba los huesos: tibias, peronés, fémures, costillas, vértebras, ninguno tenía fracturas.

El temor al contacto íntimo con las calaveras hizo que dejara la inspección de la cabeza para el final. Los dientes frontales superiores estaban rotos, lo cual le daba un aspecto desgarbado, de vagabundo chimuelo o niño al que se le están cayendo las piezas de leche. Silverio levantó el cráneo y al girarlo descubrió un boquete en el extremo posterior. Silverio había visto muchos cráneos así en la renovación de las fosas comunes, por lo que no tenía dudas de que ese orificio había sido producido por un impacto de bala.

Volteó a ver el féretro que todavía no exploraba, preguntándose si la señora Margarita habría también muerto por un disparo. Karina había mencionado que en el edificio donde vivían se rumoraba que ella había matado a su esposo y huido, pero eso no era compatible con el hecho de que su féretro se encontraba debajo del de don Carlos, por lo que ella tenía que haber fallecido antes o al mismo tiempo que él.

Silverio dejó el cráneo sobre la almohadilla de su lujoso féretro y se dirigió a la otra caja, de factura mucho más modesta que la de don Carlos. El panorama era muy distinto: en vez de una osamenta elegante se encontró con una bolsa gruesa de lona con cierre, igual a las que usaban en el Servicio Médico Forense. Adentro no había ropa y Silverio carecía de los conocimientos de medicina forense necesarios para distinguir el sexo de la calaca sin la ayuda de corbatas, aretes, faldas o zapatos. Asumiendo que se tratara de la señora Margarita, ¿por qué la enterrarían de esa forma? El esternón estaba fracturado. El radio y el cúbito del antebrazo izquierdo estaban rotos y astillados. Se le ocurrió buscar cabellos largos en la bolsa para confirmar la identidad femenina del cuerpo. No encontró ninguno, pero sí notó que había restos negros, carbón pulverizado, señales de combustión. Por eso no había ropa: el cuerpo se había quemado.

Sonó una alarma preocupante en su celular: el aparato ya tenía menos de veinte por ciento de energía. Entre la música y la lámpara —no estaba acostumbrado a iluminar tanto tiempo los restos que extraía—, habían consumido casi toda la batería y aún le faltaba levantar el registro fotográfico que Karina le había pedido esa mañana.

Se puso a trabajar en ello. En las fotos de cuerpo completo alcanzaba a salir el granizo que cubría el suelo todavía. Brillaba como un tapete de diamantes. Procedió con el mismo profesionalismo de los peritos que fotografiaron al Tepo. La mala calidad de la cámara y la poca intensidad de la lámpara del celular hacía que se perdieran los detalles de los huesos fracturados. Cuando terminó con las fotos de la señora Margarita, quedaba ocho por ciento de pila. Se apresuró a trabajar con don Carlos. Aunque las fotos no aportarían suficiente información para suplir una necropsia, la forma del agujero craneal era suficiente para saber que se encontraba frente al producto de un crimen. Tomó más de diez fotos del hueso parietal y la dentadura rota.

Quedaba un tres por ciento de pila. Como sabía que Karina estaba despierta, ansiosa por conocer los resultados de la necropsia, decidió mandarle las fotos en ese momento, antes de que se apagara el aparato. La faltaban varias horas de trabajo —reacomodar los féretros, cerrar la fosa, tapar el agujero, ir a cambiarse a la cripta Limantour— y no quería dejarla esperando toda la noche. Entró a WhatsApp y seleccionó todas las fotos que acababa de tomar. El tamaño de los archivos hizo que el proceso de cargarlos fuera lento y se acabara la poca pila que quedaba en el celular. Estaba tan atento al ícono rojo de la batería que no vio si las fotos habían logrado enviarse antes de que se apagara la pantalla y cundiera la oscuridad. Por suerte el cielo se había despejado y la luz de la luna lo ayudaría a terminar el trabajo. Tenía que darse prisa para volver a la caseta y revivir el aparato.

51. Hospital

La vida se parece en sus extremos. Los niños y los ancianos se parecen de muchas formas, acaso porque se encuentran a la misma distancia de la inexistencia. En un caso la identidad empieza a formarse; en el otro a disolverse. Karina lo ha pensado muchas veces en el trato con su abuela. Ahora lo confirma al atravesar el hospital zoológico donde se encuentra un área de incubadoras —tortugas, cocodrilos, gansos, teporingos— y otra de ejemplares seniles —osos negros, tigres, un chimpancé canoso y chimuelo—. La indefensión, la torpeza, el desamparo.

A Mila le quedan tres meses de embarazo. Su amiga le informó que esperaba a una hija con un mensaje en el que le decía: "Vas a ser tía". Gracias a la fertilización *in vitro* de un óvulo de su esposa, ambas compartirán la maternidad de la niña —Mila no quería seleccionar el sexo del embrión implantado en ella, pero su esposa se empeñó en hacerlo para no tener un hijo que llegara a sentir la necesidad viril de ir a buscar a su padre biológico.

Más allá de los neonatos y los moribundos se encuentran las jaulas de recuperación quirúrgica. A Karina la incomoda que hayan despojado de privacidad a los animales más vulnerables, en sintonía con el espíritu exhibicionista de su tiempo.

Aquí está, con el cuerpo vendado y la cabeza aislada por un collarín cónico como el que le ponen a los perros recién operados, un águila harpía que sufrió una "fractura en la articulación escapulo-humeral del flanco derecho" al impactarse con la pala de una turbina eólica en el municipio de Juchitán, Oaxaca. "Colocamos exitosamente una prótesis de titanio construida específicamente para este ejemplar y esperamos que esto le permitirá volar de nuevo." Es un depredador enorme, perchado con sus enormes patas sobre un tubo grueso de madera a unos diez centímetros del suelo. La inmovilización de las alas debe ser un suplicio para ella. Sin embargo, mantiene una sospechosa calma, acaso propiciada con calmantes inyectados en la carne de los conejos que le dan de comer.

Esta ave convaleciente le despierta el recuerdo del águila pescadora que invernaba cada año en el lago de Chapultepec antes del incendio. Armaba su nido temporal en las ramas de los ahuehuetes que rodeaban el agua y pescaba las carpas engordadas por los visitantes del parque con pan Bimbo. Se compadece de esos pescados que el águila arrancaba de su medio turbio y se consuela pensando que después de ver el mundo desde los aires, de sentir el sol en las escamas, ellos morían en éxtasis mientras el ave los destripaba.

A pesar de que ya volvieron a sembrar peces en el lago, el águila no ha vuelto. Karina envidia su vida migratoria, la abundancia de horizontes que transita, de un hemisferio a otro, sin fronteras.

En la siguiente jaula hay una tortuga sinaloense de matorral atropellada. Su caparazón reconstruido con pasta amarilla es una obra de *kintsugi* veterinario, la tradición japonesa de reparar piezas de cerámica rota con pasta de oro. Hubo una época en que Karina guardaba los pedazos de las tazas rotas por su abuela con el proyecto de hacer *kintsugi* en el futuro. Los tiró al mudarse al departamento.

En la última jaula del hospital hay un mono sentado en el piso de espaldas a la vidriera. El mono había sufrido quemaduras en un incendio forestal y estaba en una cápsula aséptica para que no se le infectaran las heridas. Al verlo, Karina se acordó de una ocasión en que subió a la azotea del edificio para descolgar las sábanas que había puesto a secar al sol —su abuela había tenido un accidente urinario la noche anterior—. En una jaula de tendido vio a un hombre de espaldas que fumaba sentado en una cubeta. Se preguntó si no lo dejarían fumar en su departamento o si subiría a enjaularse por su propia voluntad, huyendo de otra forma de cautiverio.

52. Fulgor

En caso de que hubiera recibido las fotografías, Karina debía de estar ahogándose en preguntas. Tal vez ya había despertado a su abuela y la estaba interrogando sobre el asesinato de sus padres; tal vez ella había urdido la historia del choque para ocultar su propia culpa. Mientras Silverio terminaba de acomodar a oscuras los restos de la señora Margarita, especulaba sobre la posibilidad de que ella le hubiera disparado a don Carlos y que la señora Rebeca vengara de forma contundente el homicidio de su hijo.

Silverio empujó el austero féretro metálico hasta la boca del agujero, levantó un extremo hasta formar un ángulo de cuarenta y cinco grados y escuchó cómo los huesos se amontonaban abajo mientras él lo deslizaba hacia el interior de la fosa. Cuando la orilla golpeó la tapa del ataúd de don Ramiro, Silverio bajó la caja lo más que pudo y tuvo que empujar con fuerza para vencer la resistencia de la madera astillada. Tuvo que bajar a la fosa para terminar de acomodarlo.

Antes de salir escuchó una serie de golpes escarchados, como si alguien caminara sobre el granizo cerca de la tumba. Se asomó a la oscuridad y no vio nada sospechoso. Se convenció de que debía haber sido una corriente de aire que tiraba al suelo los montones de hielo acumulado sobre los brazos de las cruces sepulcrales.

El otro féretro era mucho más pesado y le costó trabajo levantarlo, abrazándolo por la parte media, para retirarlo de la lápida donde lo había colocado y acercarlo a la fosa. Lo colocó en el piso y antes de empezar la maniobra de inhumación volvió a abrirlo —a diferencia de la caja de su esposa, ésta tenía la tapa dividida en dos partes, con una cubierta interior de vidrio para exhibir el cuerpo durante el velorio— y sacó el cráneo para tocar de nuevo el agujero, como santo Tomás al encontrarse con Jesús después de la resurrección. Metió el dedo índice en la cabeza hueca del señor Miranda y consideró la posibilidad de llevarse el cráneo con él para someterlo a un peritaje extraoficial que pudiera incluso determinar el calibre de la bala y el tipo de arma que la había disparado.

Por desgracia no podía consultar a Karina al respecto, por lo que tenía que decidir unilateralmente si se llevaba el cráneo a la cripta Limantour para continuar la investigación o si lo devolvía a la caja. Optó por la primera opción, pues era más práctica que guardarlo en el féretro y volver a abrir la tumba en caso de que Karina quisiera examinarlo. Con el dedo metido en la calavera como si fuera una bola de boliche, cerró la tapa del féretro y se quedó petrificado con lo que descubrió detrás. Un par de ojos atentos flotaban en la oscuridad, brillantes, mirándolo con una fijación caníbal.

Era ella. Lo sabía porque su presencia le inspiraba una temerosa devoción. Era la muerte que venía, con anuencia del panteón, a reclamarlo. No tenía sentido gritar ni denigrarse tratando de huir. Su incredulidad se convirtió en una entrega absoluta. No se iba a mover hasta que ella se lo ordenara. La miraría a los ojos hasta el último instante, hipnotizado por su fulgor sobrenatural. Las piernas, sin embargo, le temblaban y, como tenía los pies plantados a la orilla del agujero, su movimiento rítmico aflojó la tierra y provocó un pequeño derrumbe que lo hizo resbalar hacia el interior de la fosa. La finta enardeció a la muerte y la caída rompió el hechizo que paralizaba a Silverio. La muerte pasó volando sobre el agujero, confundida por la repentina desaparición de su festín sagrado. Silverio escuchó su protesta gutural y se apuró a buscar una guarida. Levantó la tapa del féretro metálico y el rechinido de los goznes oxidados se confundió con un chillido de hambre traicionada. Saltó a la oscuridad y la puerta del inframundo se azotó detrás de él.

53. Sin filtros

Karina ve la televisión con su abuela. Las fotografías de sus padres, el silencio de Silverio, la privación de sueño la hacen sentirse catatónica. Lleva tres días sin salir del departamento, protegida por la armadura de su pijama. Le escribió a su tutor y a la secretaria académica del departamento de gravitación para avisarles que está muy enferma y tendrá que guardar reposo una semana. ¿Debería ir al cementerio a buscar a Silverio, llamar a la policía, confrontar a su abuela? A pesar de que la atormentaba la idea de que alguno de sus padres la hubiera abandonado y comenzado otra vida al margen de ella, la confirmación de su muerte ha puesto en marcha un nuevo duelo, el primero de su vida adulta.

—Mauricio Garza Sada, gracias por acompañarnos esta noche en *Sin filtros*.

—Gracias a ti por la invitación, Adela, me da mucho gusto venir a tu espacio y compartir con tu auditorio lo que estamos haciendo.

—¿Te gusta venir a la Ciudad de México o preferirías quedarte en tu rancho en Nuevo León, adonde tengo entendido que te has prácticamente retirado después de ser gobernador del estado?

—Sí, cómo no, tiene muy buenos restaurantes, la ciudad, muy buen pozole, sobre todo.

—No es ningún secreto que apenas te acabas de reunir con el jefe de gobierno para ofrecerle reconstruir el Zoológico de Chapultepec, el zoológico cuyo nombre oficial es Alfonso L. Herrera, si te dan la concesión y te dejan traer animales de tu rancho y administrarlo como tú quieras, por decirlo claro. Antes de que nos digas qué te respondieron, cuéntanos, para quien no te conozca, quién es Mauricio Garza Sada.

—Está muy guapo este señor —dice Rebeca—, es norteño, ¿verdad?

—Sí. Dijo que fue gobernador de Nuevo León.

—Primero, mira, yo antes que político, empresario, coleccionista, filántropo, lo que tú quieras, soy cazador. Mi padre, que fue uno de los pilares del Grupo Monterrey, me llevó a mi primera cacería cuando tenía cinco años. Yo no le tiré al venado, pero sí salí en la foto, ¿verdad? Desde entonces yo aprendí que en esta vida hay que andar tras una presa. Veo que la raza anda tan deprimida, tan desubicada, con adicciones, ¡claro!, en su vida se han comido algo que ellos encontraron en la naturaleza y lo cazaron. Una cosa es trabajar y ganar un sueldo y pagarse los gustos y otra es salir a buscar lo que tú y tu familia se van a comer porque si no se mueren. Yo he cazado en todos los continentes menos la Antártida, porque la verdad es que mi mujer no sabe cocinar pingüino.

—Pingüino —repite su abuela, divertida por el chiste y encandilada con el viejo cazador. A Karina le repugna el machismo autocomplaciente del personaje, pero no tiene la fuerza de voluntad necesaria para cambiar el canal o levantarse de la sala y meterse a su cuarto a mirar de nuevo, por nonagésima vez, el tenebroso álbum de fotos que tiene en su celular.

—Bueno —recapitula la entrevistadora—: tú te formaste en las empresas de tu familia, fuiste alcalde de San Pedro Garza García, senador por el estado de Nuevo León y luego gobernador. El crimen disminuyó tanto en tu sexenio que ya te querían reelegir o lanzarte para la presidencia. ¿Cómo le hiciste y por qué no quisiste seguirle? El país vaya que necesita alguien que le ponga un freno a este gobierno feudal que tenemos del narco.

—¿Cómo le hice? No te puedo decir porque me agarran antes de subirme al avión que me está esperando. Nada más te repito que yo no soy burócrata ni maestro de ceremonias, yo soy cazador. Bueno, ¿por qué no quise seguirle? Porque me di cuenta de que tenía que hacer algo mucho más urgente. Acabando mi gobierno me fui a Tanzania a cazar a una reserva que me gusta mucho. Llevaba años sin ir y lo que me encontré fue devastador. Un desierto. Las tribus, con hambre, ya no respetaban y se metían a cazar. ¡Pues claro! En Nuevo León tenemos un problema muy serio de sequía pero no se compara con lo que tienen allá. Y por todos lados estaba igual. Entonces dije: yo tengo que hacer un santuario y salvar a estas bestias maravillosas. Ni pude cazar. Me fui a hablar con los dueños y a comprar animales vivos. Ya son diez años y afortunadamente tenemos animales de todos lados, hasta saigas tengo, que son unos antílopes de las estepas de Asia, muy chistosos.

—¿Cómo dijo que se llaman? —le pregunta su abuela, que se devora al personajes con una atención muy inusual.

—Se me fue —le responde Karina, cuya atención parpadea entre la televisión y la nuca de su padre frente al cañón de un arma.

—Diez años de hacer crecer este santuario —dice la entrevistadora—, diez años lejos de los reflectores, buscando animales, trayéndolos a México, sembrando las plantas que comen, haciendo presas, y de repente empezamos a oír declaraciones que haces, muy fuertes, culpando al gobierno de ecocidio y de administrar campos de la muerte, comparando los zoológicos con los campos de concentración nazis. Aquí estamos en *Sin Filtros*, pero allá afuera, ¿cómo esperas que te den la concesión después de hacer esas declaraciones?

—A mí no me interesa quedar bien, Adela. Si no me la dan es muy su bronca. Pero el gobierno ya no puede con el paquete. Tú dime. ¿Cómo es posible que se metan a quemar a un sacerdote en el panteón donde tienen la Rotonda de las Personas Ilustres? ¿Tú crees que a mi rancho se pueden meter así tan fácil? Porque no creas que no me han tratado de tumbar elefantes para llevarse el marfil. El Edén mide fácil cien veces más que todo Chapultepec y si unos pelados se meten sin permiso en quince minutos ya tengo el helicóptero encima de ellos.

—¿Pero cuánto dinero se necesita?

—No es un tema de dinero. Se van a gastar una barbaridad en pagarle a China por los derechos de tener a sus osas de peluche clonadas. ¿De qué sirve si ni los van a dejar que las reproduzcan? A mí nadie me va a decir qué puedo hacer con mis animales.

—¿Entonces cuál es el tema, si no es el presupuesto?

—Mira. En mi rancho tengo unas sesenta avestruces, o sea que huevos grandes no me faltan.

La entrevistadora se carcajea del burdo chistorete.

—Estamos con Mauricio Garza Sada, empresario, político, cazador de fieras, algunas de ellas con nombre y apellido. Vamos a una pausa y regresamos con él para que nos cuente cómo sería el zoológico que él haría en Chapultepec.

Karina silencia la televisión y de manera impulsiva le dice a su abuela que Silverio acaba de avisarle que encontró una copia de las actas de defunción de sus papás. Dice que de acuerdo con las actas ellos no murieron en un accidente sino en un hecho violento.

—No es cierto —dice la anciana—. ¿Quién te dijo eso?

—Silverio, el vigilante que nos ayudó a encontrar la tumba. Siguió buscando los papeles para conseguirnos el título de propiedad de la fosa.

—Ay, hija, no seas ingenua. Te quiere sacar dinero —la anciana frota el índice contra el pulgar como si hubiera un billete entre ellos.

—¿Para qué inventaría lo de las actas? Dice que a mi papá lo mataron.

—¡Es un canalla! —grita su abuela—. Te quiere extorsionar, te quiere... —Karina nunca la había visto tan furiosa—. Son trampas. ¡Ah! —abre los ojos como si acabara de tener una iluminación—. ¿También te dijo que un día vino a emborracharme?

—¿Qué?

Evidentemente su abuela está dispuesta a decir lo que sea para distraerla de la verdad.

—Sí. Ese muchacho. Ya ni me acordaba de él, pero un día llegó con una botella y me empezó a servir. Quería dinero. De milagro no nos robó. Yo creo que, no sé, ya no le dio tiempo o qué. Es un criminal.

—¿Cuándo pasó eso? —a Karina no se le había ocurrido que Silverio, tan comedido a la hora de ayudarlas a cambio de una propina, fuera el visitante que había embriagado a su abuela el 15 de septiembre.

—No sé. Un día que te fuiste de fiesta. No le creas una palabra. Es más: ya ni le contestes. Dile que ya encontramos los papeles, que muchas gracias. Se vuelve a parar por aquí y lo meto a la cárcel.

Si lo que dice su abuela es cierto, ¿cómo va a confiar en él?, ¿cómo saber si las fotos que le envió son legítimas? Podría haber sacado huesos de otro lado y abierto el agujero con un taladro.

—¿Pero cómo supo dónde vivíamos? ¿Por qué no me dijiste? Te rogué que me contaras quién había venido y juraste que no te acordabas.

—Ya no me regañes. Por favor no le creas nada de lo que diga. Seguro fue a Santo Domingo a que le hicieran los papeles.

Los anuncios comerciales ya habían terminado y la entrevista con el magnate norteño siguió con la televisión en silencio.

—¿Cómo le pagaste la botella?

—No me cobró. Te digo que algo quiere. No dudes que se obsesionó contigo y te quiere hacer algo. No vayas a ir al panteón. Te lo suplico. Eres lo único que tengo, hijita, por favor, júrame que no vas a ir.

Karina cierra los ojos y respira profundamente para recuperar la calma. Pasó más de una hora con Silverio en el panteón y no percibió ninguna actitud sospechosa. ¿Por qué había venido a visitar a su abuela y luego se lo había ocultado? ¿Planeaba citarla de nuevo en el enorme mausoleo abandonado de la otra vez para violarla?

—Voy a hablarle ahorita mismo para que me diga si es cierto que vino a verte.

Karina sabe que Silverio no va a contestarle porque su celular ha estado fuera de servicio desde que le envió el paquete de fotografías por mensaje. Si tan solo hubiera estado presente en la exhumación se habría librado de estas incertidumbres. Lo pensó cuando estaban frente a la tumba: tal vez podría ocultarse dentro del Panteón antes de que cerrara y atestiguar en persona la apertura de la fosa. La cautela se impuso, el miedo a quedarse sola por la noche con un desconocido en ese lugar tan propicio para la agresión sexual —cuando se divulgaron las irregularidades en la administración del cementerio, Karina leyó que también existían denuncias de violaciones—. De haber sido hombre, o Silverio mujer, la situación tal vez habría sido distinta —no puede descartar que aun en esas circunstancias la hubiera intimidado la perspectiva de andar por un panteón de madrugada—.

—No, hija, te lo suplico, si se entera de que ya lo cachamos quién sabe qué sea capaz de hacernos para que no vayamos a la policía. Nos puede hacer mucho daño, mejor déjalo así, ya no le llames. Júramelo, por favor —Karina asiente—. Ya. Olvídate de sus cuentos. Mira, ya empezó el programa, súbele para ver qué está diciendo este señor.

Ella sabe muy poco sobre Silverio, pero él ya sabe mucho sobre ella: dónde y con quién vive, qué estudia, que es hija única y tiene muy poca familia, cómo se llamaban sus padres, en qué año se supone que murieron. Dadas las circunstancias, su abuela tiene razón: lo más prudente es no volver a buscarlo. Tal vez su teléfono desactivado es un anzuelo para obligarla a ir al panteón, decirle que tiene que mostrarle algo, llevarla a una guarida y antes de que pudiera gritar cerrarle la boca con cinta adhesiva.

—De todos los animales que tienes —pregunta la entrevistadora justo cuando Karina activa el volumen de la televisión, enmudecida por el coraje y la desesperación—, ¿cuál es el favorito de Mauricio Garza Sada?

La frustra haber sido tan cándida. No dudó en ningún momento de la honradez de Silverio ni de la veracidad de las imágenes que le envió. Al confiarle sus temores y sospechas, le dio todas las herramientas necesarias para manipularla.

—Pues mira, tengo muchos, pero si tuviera que escoger... el Dalai Lama. Es un macho de yak, un toro lanudo de tonelada y media, impresionante. Me lo traje yo mismo del Tíbet. Cada cuerno es de este vuelo —mide lo mismo que su brazo entero—.

El canijo es peligroso, pero a mí no se me pone bronco porque sabe quién soy.

Tampoco debería aceptar sin reparos lo que le acaba de revelar su abuela. El 15 de septiembre por la noche Karina encontró una botella de whisky costosísimo en la mesa del comedor. Si estaba tan ávido de dinero como parecía, ¿cómo había conseguido una botella así y por qué la había desperdiciado tomando con una anciana que a todas luces no tenía mucho dinero? Podía haber robado esa bebida refinada para noquear a la abuela y emboscar a la nieta en su propia casa. Se pudo haber asustado cuando el teléfono empezó a sonar con insistencia. Tal vez seguía dentro del departamento cuando el guardia de la entrada, atendiendo a la solicitud telefónica de Karina, subió a tocar el timbre y a llamar el nombre de Rebeca detrás de la puerta. Pensar en lo que pudo haberle pasado esa noche le produce un escalofrío. El ansia por averiguar un secreto que ni siquiera sabe si existe —su principal indicio es el delirio de una anciana ebria— ha arruinado su salud mental y la ha llevado a ponerse en peligro físico.

—¿Quién eres? —le pregunta la entrevistadora, embelesada con el ranchero megalómano que se cree el elegido para salvar a la megafauna del planeta.

—Un cazador, Adela, nada más.

—Mauricio, muchas gracias por hablar con nosotros *sin filtros*.

—Encantado.

54. Abeja, sombra, fuego

Al saltar dentro del ataúd, Silverio se salvó de las filosas puntas de los huesos rotos de doña Margarita gracias a la bolsa de hule grueso en la que habían aislado su cadáver. Cayó boca abajo y al darse la vuelta empujó el paquete óseo hacia un costado y los huesos resonaron como las teclas de la marimba que esa mañana había llegado, junto con los mariachis y tríos de boleros, a musicalizar el Día de Muertos en el panteón.

La pieza de marimba ósea concluyó con un fuerte golpe de cajón, producido por el salto de la muerte sobre la concha metálica de la caja. Al retumbo sordo del aterrizaje le siguió el estrépito chillante de sus guadañas tratando de perforar la tapa de zinc. El ruido era semejante al de trescientas uñas rascando un pizarrón. Como tenía la cabeza hueca, a la muerte no se le ocurrió que el peso de su propia encarnación depredadora oprimiría la tapa contra la caja y le impediría llegar al premio que contenía. Por suerte la fosa era demasiado estrecha para que embistiera el ataúd desde un costado. Silverio estaba a salvo mientras su agresora permaneciera encima de la tapa.

La muerte luchó contra el metal hasta quedar exhausta. Un ruido amortiguado y fricativo le indicó a Silverio que ella se había echado a descansar encima del ataúd. Se quedó muy quieto para no alterarla y al cabo de un periodo incalculable de oscuridad viscosa, Silverio llegó a creer que estaba muerto.

Había llegado la hora de creer en la inmortalidad del alma. Su cuerpo ya se estaba agusanando —¿cómo explicar si no la comezón y el hormigueo que sentía en cada centímetro de la piel?—. Nunca se imaginó que descomponerse iba a ser tan incómodo. Deseó que hubiera topos carroñeros, buitres subterráneos que vinieran a acicalarlo y dejarlo limpio hasta los huesos.

Había llegado la hora de rezar, pero no se sabía ninguna plegaria. Estaba tan sarnoso y aterrado que para desahogarse consideró cantar el himno nacional o la letra de algún reguetón que pudiera dirigirse a lo divino —Te quiero llevar al cielo, beibi, ponte de ladito, venga, duro y suavecito—. Pero tuvo una mejor idea.

—*Tina Modotti, hermana, no duermes, no, no duermes:*
tal vez tu corazón oye crecer la rosa
de ayer, la última rosa de ayer, la nueva rosa.

Un día, platicando con Daenerys sobre los pros y contras de sabotear las centrales termoeléctricas de carbón, Silverio le dijo que ella se habría entendido muy bien con una artista revolucionaria que estaba enterrada en el panteón. Se llamaba Tina Modotti y oficialmente había fallecido por un infarto el 5 de enero de 1942. Las mujeres de su edad —tenía cuarenta y seis años— no se morían de eso.

—¿Qué le pasó?

—Yo creo que la mataron porque era comunista. Era bien acá, bien aguerrida. Yo creo que estaba muy adelantada para su tiempo —tanto así que posaba desnuda para la cámara de sus amigos fotógrafos—. Anduvo en la URSS, España, Nueva York, por todos lados. Primero mataron a su novio, un cubano al que también enterraron en el panteón —ya no existía la tumba de Julio Antonio Mella, pero su nombre sí figuraba en el registro de 1929.

—Malditos. ¿Crees que la envenenaron?

—Seguro. Ya no se quisieron arriesgar como con Trotski. ¿A él sí lo topas?

—Sí —dijo Daenerys con la mirada gacha de una mentirosa novata. En la escuela ya no les enseñaban nada de historia.

—Él anduvo en la Revolución rusa. Primero se lo trató de echar David Alfaro Siqueiros, el muralista que está en la rotonda. Antes no se andaban con que "yo soy artista, paz y amor", no, ellos le entraban. Le echaron bala fría pero no se murió. Tuvieron que mandar a otro sicario para que se lo echara a la antigüita, con un piolet.

—¿Qué es eso?

—*La nueva rosa es tuya, la nueva tierra es tuya:*

te has puesto un nuevo traje de semilla profunda
y tu suave silencio se llena de raíces.
No dormirás en vano, hermana.

—Un pico que usan los que escalan.

—¿Y ella también está en la rotonda?

—No, ¿tú crees? A ella le tocó hasta atrás, en quinta clase —Silverio se acordaba: lote cinco, línea veintiocho, sepultura veintiséis—. En su tumba tiene un poema bien chido que le hizo un poeta chileno al que también mataron por comunista —los peritos que exhumaron los restos de Pablo Neruda no pudieron confirmar que lo hubieran envenenado, pero descartaron que hubiera muerto de cáncer como se dijo—. ¿Quieres que te lo diga?

—¿A poco te lo sabes?

Silverio chifló con arrogancia.

—A huevo de dinosaurio. No creas que nada más me sé los raps del Morro.

—A ver.

No quería que los esbirros del poder mataran a Daenerys por ser una vegetariana sediciosa. No quería que las alas se le quemaran por volar demasiado cerca de los hornos donde fundían el oro de sus joyas.

—*Puro es tu dulce nombre, pura es tu frágil vida,*
de abeja, sombra, fuego, nieve, silencio, espuma...

Al mismo tiempo que se preocupaba por su hija, la envidiaba. Él no tenía ideales, sólo deudas y vicios, el karma, la cultura general, el rap llanero, una jefa viuda, un carnal malvado y una hija demasiado alta y combativa.

—*En las viejas cocinas de tu patria, en las rutas*
polvorientas, algo se dice y pasa,
algo vuelve a la llama de tu dorado pueblo,
algo despierta y canta —cantaba en el silencio frío de la ultratumba—.

Son los tuyos, hermana: los que hoy dicen tu nombre,
los que de todas partes, del agua, de la tierra,
con tu nombre otros nombres callamos y decimos.
Porque el fuego no muere.

55. Tótem

El tótem de Karina está dormido. Lo acaba de encontrar y ya lo sabe. De haber sido otra especie, ella sería armadillo. Su cuerpo está cubierto por un caparazón articulado que combina ternura con rigidez, grandes orejas con ojos pequeños y una trompa rosada que hurga en la hojarasca para comer insectos. No le interesan los osos panda porque su ternura es demasiado suave, obvia. A ella no le gusta que la toquen demasiado y el peluche blanquinegro de los pandas es una escandalosa invitación al abrazo.

Cuando el mundo la agrede, Karina se refugia en la esfera indestructible de las ciencias exactas. Cada signo matemático es una placa ósea que protege sus afectos contrariados —una abuela enferma, una mejor amiga supersticiosa, un exnovio frío—, sus pasatiempos demasiado juveniles —sigue viendo animé, no va a dejarlo— y su autoestima herida por un abandono elevado al cubo. Para compensar su inseguridad sentimental eligió el camino temerario de la física teórica en vez de la cordial astronomía. Le encanta ver estrellas y analizar *big data*, pero asumió sin cuestionarlo que sólo el triunfo de crear una teoría cuántica de la gravedad podría ser suficiente para llenar sus profundas carencias emocionales. Ahora sabe —demasiado tarde para estudiar galaxias— que nada podrá llenarlas.

Al doblarse sobre sí mismo el armadillo se queda con un hueco en el estómago. El aire encapsulado huele a miedo, carne, tierra. El cazador lo huele pero no puede alcanzarlo. Para sobrevivir es suficiente.

—Mamá, ¿por qué está llorando la señora?

Nunca la habían llamado así, señora. Su abuela siempre hizo la distinción entre señora y señorita de acuerdo con el estado nupcial de la mujer aludida. En su mundo había señoritas octogenarias y señoras de veinte años.

—Shhh —amonesta la madre a su hija—, no seas metiche. Vámonos.

—Pero quiero ver el armadillo.

—Está dormido.

Creyó que esta catarsis le iba a suceder frente al emú que no encontró en Australia. Como suele suceder, se equivocó al prever sus propias lluvias.

—¿Por eso llora?

—Vamos a ver las guacamayas. Vente.

Al igual que el armadillo, Karina ha dormido mucho el último año. El antidepresivo la ha convertido en un ejemplar doméstico de *Dasypus novemcinctus*, mamífero placentario del orden Cingulata que habita en bosques tropicales de América; es pariente de los osos hormigueros, come hormigas, orugas, frutas, tubérculos, y en ocasiones carroña; también se le conoce como tatú, toche, mulita grande y quirquincho.

La dureza es necesaria. Sin los mecanismos de defensa que la psicóloga entiende como impedimentos, ya se la habrían comido las decepciones. Para vivir sin costra hace falta demasiada suerte y privilegio.

En el pasado hubo armadillos gigantes. De acuerdo con la digresión prehistórica de la ficha informativa, *El armadillo gigante holmesina rondaba los 200 kg de peso, 2.4 metros de longitud y 1 metro de altura en la parte más alta de su coraza, la cual era flexible en la zona central gracias a sus bandas transversales. No se ha encontrado evidencia de interacción entre este animal y los primeros humanos llegados a América pero al ser una criatura relativamente lenta por su gran volumen, debió ser una víctima fácil para nuestros ancestros.*

Tampoco debe hacerse la víctima. Su vida no ha sido tan ardua. Nunca tuvo que abandonar la escuela. Le ha hecho falta paz, pero no cariño. Sus órganos funcionan perfectamente. A pesar del silencio inducido por la niebla mental, sabe que su cerebro está bien afinado y volverá a tocar la música de las esferas cuánticas. Aunque le falta algo, tiene lo suficiente.

El sueño del armadillo le produce un optimismo raro y lacrimógeno. Ya es tiempo de marcharse —antes de que empiece a fantasear con vestidos de novia y ropa de bebé—. Le queda mucha selva por delante.

56. Asfixia

Silverio empezó a sofocarse, a bostezar, a confundirse. El aire viciado se quedaba sin oxígeno y lo arrullaba para que nunca volviera a despertar. Trataba de resistir, despabilarse, orientarse en medio de esa total privación de estímulos. No sabía dónde estaba ni desde cuándo. Se levantó de la cama loca de su mareo —tal vez se había drogado y no lo recordaba—. Estiró los brazos en busca del interruptor de la luz pero al tocar el muro se despertó una bestia al otro lado y comenzó a golpear con mazos demoledores la concha acústica de su cráneo vacío. Boqueaba para no desmayarse. Empujaba el techo de lámina con todas sus fuerzas. Cuando logró abrir una rendija, la caja se inundó de gruñidos y barro húmedo. Buscó la brisa y encontró el dolor. Los huesos crujieron cuando Silverio se empezó a revolcar desesperado por arrancar la punta de los dedos machucados por la tapa y el aliento de la muerte que se excitó al sentir la carne cerca.

Logró zafar la mano de la trampa y sintió que se quemaba en una flama negra. Gritó sin reservas, desollado, y empezó a marearse, borracho de cansancio celular. El ataúd flotaba por un río subterráneo rumbo a las cataratas del vómito —la vanidad lo hizo reubicarse y temer que cuando encontraran su cuerpo tendría el rostro quemado por sus propios jugos gástricos—. Aunque tenía la sangre envenenada de carbono, seguía vivo y consciente. Trató de serenarse. Imaginó el futuro. Mañana encontrarían el hoyo, la pala, el ataúd afuera, su celular sin pila, repleto de calacas y mensajes que incriminaban a Karina como autora intelectual de ese crimen fallido. La metían a la cárcel y ella descubría el origen del universo tras las rejas. Su abuela se embriagaba a solas en su departamento con el licor naranja que preparaba el Tepo.

Daenerys llegaba al panteón y le lanzaba un hueso de Silverio a la Pancha.

Mientras tanto a Silverio le estallaba la cabeza y la bestia furiosa de la muerte resoplaba con el hocico metido en el resquicio donde sintió la mano fresca de su presa. Tenía que ser un sueño. La muerte no era así. Podía seguir durmiendo, durmiendo para siempre hasta que sonara la alarma. Cerró los ojos, apretó los párpados y en medio de una lluvia de fosfenos centelleantes oyó que su Panchita le ladraba. Déjame dormir, perra sarnosa, callejera, Ana Francisca. Pero la Pancha seguía ladrando, venía corriendo por debajo de las tumbas, sin miedo a echarse un tiro con el monstruo. Un tumulto de zarpazos apagó el eco de los ladridos y se alejó de prisa. La muerte había salido de la fosa. Tal vez se fue corriendo tras la Pancha sin percatarse de que ya estaba muerta.

Silverio temía que la quietud fuera una trampa, pero la falta de aire lo obligó a empujar la tapa del ataúd y ver el techo de la fosa mojado por la luz del alba.

57. Tiburón

La rabia de Karina solamente grita en sueños. Después de pelear con su abuela, con sus tíos, con los alumnos más tontos y arrogantes, se despierta con taquicardia y se levanta con la sensación de no haber descansado. Prepara café y se sienta a leer resúmenes de artículos de revistas arbitradas, atenta a novedades que podrían servir a su teoría.

—*Hola, Karina* —le escribe Mario—, *¿cómo estás? Mira cómo amaneció Edimburgo, ¡un metro de nieve!*

Rebeca se levanta cada día más tarde. Desayuna un par de plátanos dominicos —su aversión al plátano Tabasco es digna de psicoanálisis— y se sienta a ver el mismo canal de siempre en la televisión.

—*Bien, ¿y tú? ¡Qué impresión!*

Karina trata a su abuela con la fría paciencia de costumbre. No ha vuelto a confrontarla desde hace mes y medio. El fin de semestre se acerca y ella prácticamente se ha olvidado de su tesis, los seminarios y las clases de licenciatura. Cumplió con sus tareas sin que nadie se diera cuenta en el instituto de que estaba funcionando en modo automático.

—*Pues yo llevo tres días encerrado en mi departamento. Mi roomie está metido en su videojuego, pero yo me estoy volviendo loco.*

La inminencia de las fiestas navideñas la obliga a pensar de nuevo en la posibilidad de que Silverio le haya enviado fotos verdaderas. Su abuela en ese caso asesinó a su madre. Probablemente Margarita, después de dispararle a su esposo en la madrugada, se dirigió a la casa de su suegra para recoger a su hija, que se había quedado a dormir en casa de su abuela, y huir del país con ella —si lograban cruzar la frontera, su hermano y su madre las podrían recibir en las lejanas planicies de Minnesota—. Pero algo salió mal. Su suegra de algún modo se enteró de lo que había hecho y cobró venganza impunemente.

—*¿Cuándo podrás salir?*

Karina ya empezó a ahorrar para contratar a una investigadora privada —ya no quiere caer en manos de un rufián—. Tendría que haberlo hecho desde un principio. Se habría evitado muchos tragos amargos.

—*El Polar Vortex se volvió completamente loco. Nunca se había estacionado de este lado del Atlántico. Nadie sabe qué va a pasar. Pero va a seguir nevando.*

Maru las visita con una olla de ponche. Mientras ella platica en la sala con su abuela, Karina se encierra a trabajar en su cuarto. Aunque no tiene que subir calificaciones hasta el siete de enero, prefiere llevar a cabo la masacre antes de que termine el año.

—¿Y *tienen comida suficiente o cómo le hacen?*

El aroma dulce del caldo de frutas invernales se filtra por la puerta de su cuarto. Karina sabe que el ponche despertará el antojo de su abuela por el alcohol, lo cual por primera vez no la mortifica.

—*Tenemos latas como para sobrevivir un mes. Ya no recuerdo a qué sabe el aguacate. Sale más caro que mis antidepresivos.*

Mario lleva medicado desde los doce años, cuando tuvo una crisis nerviosa durante el juicio de divorcio de sus papás. A Karina siempre la inquietó que no intentara dejarlos. Lo juzgaba con severidad injusta, equiparando su medicación con el alcoholismo de su abuela.

—*Si te sirve de consuelo, a mí tampoco me alcanza para comprar acá. Aparte exportan los mejores y nos dejan los defectuosos. Lamento mucho que estés atrapado.*

—¡Hija! ¡Kari!

—¿Qué pasó?

—¿Cómo que ya estamos a veintiuno de diciembre? ¿Por qué no me habías dicho?

—Sí te dije.

—Le pregunté a tu abue que por qué no habían puesto arbolito y me dijo que lo acababan de quitar. Le digo: no, Rebe, si apenas va a ser Nochebuena.

Karina detesta la decoración navideña. Le recuerda las peores borracheras de su papá. Una vez se cayó sobre el nacimiento y destruyó el pesebre. Su madre le dijo a Karina que los renos de Santa Claus habían causado el estropicio. Una de sus pezuñas había aplastado al Niño Jesús. Tenían mucha hambre y se acercaron a comer algo de musgo. La pequeña ciudad de Belén amaneció en ruinas. Para evitar que los animales de los reyes magos causaran una destrucción semejante, Karina les dejó agua y comida en varias cubetas. ¿Sería suficiente para saciar a un elefante, un camello y un caballo?

—Por lo menos no estoy como una amiga neurobióloga que se quedó a dormir en el laboratorio para darle de comer a sus liebres de mar.

—¿Y no ha hablado Paco para invitarnos a la cena en su casa? ¿A qué hora voy a hacer el bacalao?

—¿Liebres de MAR? —Karina trata de ignorar el piquete de celos injustificados que le produce la mención de esa neurobióloga. No sabe si debería contarle a Mario el drama que ha vivido los últimos meses. Teme que sus investigaciones y sospechas lo ahuyenten por ser demasiado sórdidas para un sofisticado filósofo de la mente.

—¿Sabes quién hace muy rico el bacalao? —pregunta Maru retóricamente—. La señora Pepa, del edificio once. Su abuelo era español. A ella le encargan desde noviembre, porque siempre compra el mejor bacalao, pero si quieren le puedo preguntar si tiene algo que les pueda vender para que lo lleven.

—¡Sí! El género se llama Aplysia. Creo que allá les dicen babosas borrachas. Son extrañas, y tienen unas neuronas enormes, por eso las usan mucho para investigación. Es una especie súper importante para la neurofisiología, casi todos los mecanismos de la memoria se han investigado con ellas.

—Te dije que me mandó un mensaje la tía Celia. Nos esperan el veinticuatro en la noche como siempre —pero esta vez la cena no será como siempre.

Karina y Rebeca siempre se visten igual en Nochebuena: la nieta usa pantalón gris y blusa blanca con un abrigo de lana negra y su abuela un vestido tinto de franela con motivos florales y botones de concha nácar. Rebeca se pone además guantes negros de encaje para ocultar sus manos deformes y cubiertas de manchas de sol. "Parezco jirafa", solía quejarse.

—¿Y *qué opina tu amiga del sufrimiento animal en los laboratorios?*

—No podemos llegar con las manos vacías. Yo siempre hacía el bacalao.

—*De hecho ella está investigando eso. Quiere probar que los moluscos son animales sintientes con un modelo interior de sí mismos, lo cual es un requisito para poder atribuir capacidad de sufrimiento a un organismo.*

—Me pidió que llevemos un postre. Voy a comprar pan de elote.

—Yo nunca he probado tu bacalao —se quejó Maru.

Ni lo va a probar: Rebeca ya no puede cocinar y Karina no está dispuesta a pasar una semana con cubetas de pescado salado en el piso de la cocina. Además ha leído que la mayor parte del bacalao y el marlín que venden en pescaderías y restaurantes en realidad es carne de tiburón pescado clandestinamente.

—¿Cómo vamos a llegar con pan de elote? —dice Rebeca escandalizada—, ni que fuera la criada que invitaron por caridad a la cena.

Pasado mañana por la noche Karina fingirá que se alegra de ver a sus tíos Paco y Celia, los pusilánimes que se negaron a ayudarle cuando ella los buscó para averiguar la verdad; tendrá que responder con amabilidad las preguntas de sus primos sobre medicina cuántica y señales astronómicas de vida extraterrestre y tendrá que fingir que le divierten las majaderías de sus sobrinos ferales.

—*Qué interesante* —responde Karina, celosa de la afinidad temática entre los estudios de Mario y los de su amiga neurobióloga.

—¿Te sirvo una tacita de ponche? —le pregunta Maru.

Karina le reprocha a su familia que nunca abordara el alcoholismo de su abuela como una enfermedad que ponía a ambas en peligro. Hicieron todo lo contrario: celebraban con carcajadas las ocurrencias y torpezas de la tía Rebe cuando ya se había tomado unas copitas. Lo que más aplaudían eran sus indiscreciones políticamente incorrectas: los chismes de incesto, las insinuaciones homófobas, las reseñas clasistas de la vida social tabasqueña.

—Gracias, Maru, ahorita yo me sirvo. Voy a terminar de calificar y regreso, ¿sale?

Antes de que se mudaran a Coyoacán, el tío Paco las invitaba a comer todos los domingos en su casa de Ciudad Satélite, al norte suburbano de la ciudad. Karina detestaba el olor a carbón que los asados le dejaban en la ropa, las interminables sobremesas y la paulatina transformación de su abuela en una viejita sádica. Cuando lograba zafarse de los compromisos familiares, Karina disfrutaba de quedarse sola en casa pero en la noche pagaba ese privilegio cuando su tío llegaba a dejar a su abuela completamente beoda. Rebeca se embriagaba mucho más cuando no estaba ahí su nieta para fiscalizarla. Esta vez será distinto: Karina no planea impedir que su abuela se alcoholice; espera, por el contrario, que beba mucho, lo suficiente para responder las preguntas del fantasma que la visitará esa noche al volver a su casa.

58. Mordida

El sol ya estaba a punto de asomarse cuando Silverio salió de la tumba. Debían de ser las seis y media de la mañana. Tenía que apurarse para llegar de vuelta a la caseta antes del cambio de turno. Aunque había dejado su celular sin pila sobre la parte seca de una lápida, al derretirse el granizo había formado un charco que empapó el aparato. Silverio lo sacudió tan fuerte como pudo con la esperanza de que el agua no lo hubiera descompuesto.

Al caer dentro del agujero había golpeado sin querer el cráneo de don Carlos contra la peaña de la tumba Miranda, por lo que la evidencia principal del crimen se había roto en pedazos. No dudaba de que pudiera reconstruirse, pero no sabía cómo iba a explicarle su estado a Karina, por lo que prefirió devolver los trozos cóncavos de hueso al interior del féretro que yacía sobre el lodo.

Se acordó del susto que le había dado la bestia agazapada detrás de la caja y dedicó un minuto a buscar señas de ella. En la tapa del féretro de zinc de doña Margarita había dejado un caos de rasguños, pero alrededor de la tumba no había huellas de sus pasos, lo cual podía deberse a que hubieran desaparecido con el granizo que tapizaba el suelo cuando lo atacó, o a que la bestia pudiera desplazarse levitando como el fantasma negro —no había pensado en él hasta ese momento— que la señora Rebeca había visto pasar sobre las tumbas la tarde que convivieron dentro del coche de la señora Maru mientras esperaban a que pasara la tormenta.

Una vez que hubo devuelto el féretro a la fosa, empezó los trabajos de clausura con la seguridad que le daba la buena iluminación del día.

Karina no iba a creerle que lo había atacado una bestia enviada por la muerte mientras se disponía a concluir la necropsia. Apiló los ladrillos contra la base de los ataúdes y se precipitó a llenar el agujero de tierra, la apisonó con la pala y luego saltó encima en círculos para nivelarla con el suelo circundante. Su cuerpo estaba eufórico, dichoso de estar vivo.

Corrió a la cripta Limantour para esconder la herramienta y cambiarse de ropa antes de que notaran su desaparición nocturna. Cuando volvió a la caseta de vigilancia, su compañero de turno seguía roncando. Conectó su teléfono al cargador y esperó a ver si se encendía. Estaba muerto.

Se sabía de memoria el teléfono fijo de Karina y su abuelita, pero no quería arriesgarse a llamar y que su abuela contestara. Prefirió esperar a ver si su teléfono encendía después de meterlo a secar en arroz.

Salió a lavarse la cara. El contacto con el agua fría lo volvió a extasiar. Se había acabado su negocio de exhumación. No volvería a meterse con la muerte. Tenía que aprovechar la segunda oportunidad que le había dado la milagrosa intercesión de Pancha.

Al regresar a la caseta despertó a su compañero Víctor Hugo. Temía que las pastillas de melatonina que había disuelto en su cerveza le hubieran provocado una sobredosis.

—Ya levántate, cabrón.

Al vigilante le costó mucho trabajo abrir los ojos.

—¿Qué horas son?

—Las siete, muñeco. ¡Ya párate! Apúrate a firmar la hoja de rondas.

—¿Qué te pasó ahí? —le preguntó Víctor Hugo.

Silverio tenía las uñas de la mano derecha moradas. Le dijo que se había machucado con la puerta del baño y que el celular se le había caído al escusado. Por eso le había quitado la batería y lo trataba de secar con papel de baño.

Mientras caminaba hacia el local de reparación de celulares bajo el sol de la mañana, Silverio fantaseaba sobre la nueva vida que llevaría. Iba a empezar a ir al templo de los aleluyas con su madre. Le propondría a Daenerys que se quedara en su casa en las vacaciones de Navidad y Año Nuevo. Dejaría de comprar mariguana y otras pastas para ajustarse al presupuesto de su ingreso legal. Le ayudaría a Karina a resolver el asesinato de sus padres. Iría a Almoloya a avisarle a su hermano que ya no pagaría sus cuotas de la cárcel. La vida podía ser muy sabrosa aunque no tuviera novia ni dinero. ¿Qué transa, pinche Jaiba? Nada más vine a decirte que ya no te voy a dar ni un varo. Hazle como quieras, pero no tengo miedo. ¿Ves estos moretones? Ya me chupó la muerte, pero no le gusté.

59. Nochebuena

—¿Qué te sirvo, tía? —le pregunta a Rebeca su sobrino Paco.

—Lo que tú estés tomando.

Ella sabe que su sobrino es un bebedor de whisky con Coca-Cola, así que de esa forma elude la responsabilidad de pedir un licor fuerte.

—Salud, tía, por el gusto de estar juntos en familia.

Es el tercer vaso de whisky que pide. Karina lleva toda su vida contando —una cuba, dos tequilas, cuatro whiskys—, midiendo la correlación entre el número de copas y los efectos perceptibles en el sistema nervioso de su abuela. Ha desarrollado una tabla informal de equivalencias: la tercera copa afloja los músculos de la cara, la cuarta pervierte la mirada con una picardía desagradable, la quinta afecta el equilibrio y atrofia la lengua, la sexta induce una soñolencia caprichosa.

—Salud, mi hijo. Qué gusto estar con ustedes. No se les olvide que sigo viva.

—¿Cómo se nos va a olvidar? —protesta la tía Celia.

—Bueno. Yo nomás digo.

La cena de Navidad es un despilfarro de platos y vasos desechables. Como se trata de un bufet informal, Karina se levanta para servirle a su abuela pequeñas porciones de los platillos menos irritantes. No quiere que la comida le caiga pesada y el malestar estomacal le impida interrogarla cuando vuelvan a casa. Para evitar que la venza el sueño, plantea ofrecerle una taza de café al terminar la cena.

—Oye, hija —le pregunta Rebeca a la novia de su sobrino nieto Tadeo—, ¿no tienes frío?

Su abuela ya está desinhibida. Karina voltea a ver a la tía Celia, que siempre se incomoda con las preguntas de su tía política.

—No —responde la joven de minifalda con una sonrisa deslumbrante—, estoy bien, gracias.

—Es que te veo muy destapada. En Tabasco, de donde somos los Sánchez, allá sí hace un calor, pero no creas que se puede andar así como tú, casi en calzones.

—¡Abue! —la reprende Karina.

—¿Qué? Allá entre más enseñas más te pican… —el albur no pasa desaparecido y todos menos la novia de su primo, la tía Celia y Karina se carcajean—. Los mosquitos, no sean malpensados —los regaña con malicia—, bola de cochinos. Es guasa, mi hija —le dice a la joven humillada—. Te ves muy guapa. Ojalá mi nieta se arreglara tanto como tú, porque así nunca va a salir. Yo se lo digo.

—¿Quién quiere pan de elote? —pregunta la tía Celia para salvar a Karina de ese trance incómodo—. Se ve muy sabroso, tía.

—No me digas a mí. Yo quería traerles bacalao pero no quisieron, está bien. Ustedes se lo pierden.

—¿Te traigo una rebanada, tía? —le pregunta su sobrino Paco.

—No. Ya estoy muy llena. Mejor sírveme otra copita. Pero sin refresco.

—¿Puro whisky?

—Tantito.

Por primera vez en su vida, Karina se complace en vez de angustiarse con cada copa que pide su abuela.

La conversación familiar deriva hacia el tema de la clonación humana. De acuerdo con las fuentes confiables de la hermana de la tía Celia, en Corea ya tienen soldados transgénicos a los que han agregado genes de animales salvajes para aumentar su rendimiento bélico. La Iglesia católica les ha prohibido a sus feligreses que coman transgénicos como los nuevos pollos modificados para inhibir el estrés.

—¿A poco ustedes nunca han ordeñado una vaca? —pregunta su abuela de pronto, tratando de llevar la conversación hacia un terreno que domine.

—No, tía, ¿a poco tú sí?

La comitiva se ríe mucho cuando ella empieza a demostrar con mímica cómo hay que manipular las ubres bovinas.

—¿En serio se tomaban la leche bronca? —pregunta el concuño del tío Paco.

—Ah, claro, es buenísima. Nunca me he enfermado. Mucho más nutritiva que la leche de ahora. Qué horror.

—A mí se me hace que tú te desparasitabas con aguardiente —bromea el tío Paco.

—Aunque lo digas de broma, condenado, sí funciona para el estómago una copita de anís con Coca-Cola. Con eso te compones.

—No ma —dice el primo Tadeo con aversión—, no me imagino cómo sabe.

—Riquísimo.

—Oye, tía, platícale a Tadeo de cómo era su abuelita. Él ya casi no se acuerda de ella.

—Guapísima. Ella tenía los ojos verdes del pirata Lorencillo. ¿Ya les conté que él era nuestro antepasado holandés? Sí, él se enamoró de nuestra tatara, tatarabuela. Las Culebro eran muy guapas. Y tu abuelita… híjole, ella era bonita pero yo era la coqueta. Ni modo. Tenía que compensar. Cuando llega al rancho el ingeniero geólogo de Pemex yo luego, luego me apunté. Ella se daba a desear, porque hacían fila. Un libanés hasta le ofreció otro rancho a mi papá, con tal de que se la diera para su hijo.

—Lástima —dijo el tío Paco, a quien el whisky ya había desinhibido también—, ahorita estaríamos multimillonarios, me cae.

—¿Y qué hiciste para conquistar al ingeniero, tía? —su primo ya se sabe la historia y sonríe divertido por la anticipación de la respuesta que ya conoce.

—¡Se las di! ¿Qué iba a hacer? Yo quería que regresara. Lo dejé picado.

—Qué bárbara, tía —dice su sobrino Paco—, eres tremenda.

—Yo qué hubiera dado por tener más hijos de él. Pero no se pudo. Fue culpa de todas las porquerías que respiraba cuando iba a supervisar los pozos. El petróleo es un veneno. Años yo pensé que algo estaba mal conmigo, porque no me embarazaba. Dejé de fumar, dejé de tomar, hasta que por fin pegó. Y ya. Nada más uno… Nada más…

—Pero mira qué preciosa nieta te dejó —le dice la tía Celia para halagar a Karina.

Rebeca voltea a ver a su nieta.

—Salió muy lista —responde, como si fuera un consuelo por no haber tenido una nieta más guapa—, gracias a Dios. Le acaban de dar un premio, ¿verdad, mi hija?

—¡Felicidades, Kari!

—¡Qué orgullo, prima!

El premio al que se refiere su abuela fue la mención honorífica que obtuvo al titularse de la licenciatura hace cuatro años. Karina prefiere ahorrarse la aclaración y les agradece sus felicitaciones.

Un niño sonrojado aparece en la sala y pregunta si ya van a abrir los regalos.

—Hasta que den las doce —le dice su madre, cuyo parentesco con sus tíos no le queda claro a Karina.

—Yo no pude traerles nada porque he estado muy mal de salud —miente Rebeca.

—¿Qué has tenido, tía? —pregunta la tía Celia.

Karina sabe que si la reunión se prolonga demasiado, Rebeca podría alcanzar el pico de alcoholemia antes de que vuelvan al departamento, lo cual arruinaría sus planes.

—Noventa años —responde Rebeca—. ¿Te parece poco?

—Pero muy bien vividos, tía. ¡Salud!

Rebeca levanta el vaso vacío que tenía en su regazo.

—Ya se me acabó. Sírveme tantito más. Es de mala suerte no brindar.

—Sírvele a tu tía —le ordena el tío Paco a Santiago, su hijo, el bebedor taciturno.

—Ahorita yo le sirvo —dice Karina.

La reunión culmina en el reparto de los regalos. Como siempre, el hermano de la tía Celia ha llevado baratijas para todos:

relojes de arena pintada de colores, esferas de cuarzo, estuches de incienso. El año pasado le regaló a Rebeca un portavasos de hule espuma para mantener las latas de cerveza frías en el calor. A Karina le tocó una pantalla reflejante para proteger del sol el tablero del coche que nunca había tenido.

—Ah, caray. Esto no sabe a nada —se queja la anciana al probar la copa que le preparó Karina.

—Te lo hice ligerito como me dijiste.

—¿Cuándo te dije eso? Mentirosa. A ver, niño —le dice a Santiago con su espíritu tirano al descubierto—, sírveme tú porque esta zonza me quiere ver la cara de penitente.

Su primo se levanta del sofá y se acerca a la tía Rebe con la mirada puesta en Karina, esperando su permiso. Karina asiente. Si su abuela sigue en la fase iracunda de la borrachera, todavía soporta un par de copas más.

60. Vida submarina

El celular empapado de Silverio ya no tuvo reparación. No le quedó más remedio que esperar al pago de su quincena para comprar otro. Tan pronto como recuperó sus contactos, le escribió a Karina por WhatsApp para justificar su desaparición y preguntarle si había recibido las fotografías. Como ella no le contestaba, decidió llamarla por teléfono. La línea estaba ocupada.

La compra del nuevo aparato lo dejó sin recursos para comprarle a su hija un regalo de cumpleaños. Por suerte Daenerys no era materialista. Estaba en contra de la ropa desechable de temporada, de la minería a cielo abierto, de los perfumes que hacían con bilis de ballena. Planeaba regalarle un libro de fotografías de animales, pero los que encontró en las librerías de viejo del Centro estaban fuera de su presupuesto.

Silverio salió del apuro con una idea genial de la que empezó a arrepentirse cuando ya llevaba una hora de pie en el metro, cargando el pesadísimo regalo que le llevaba a su hija en la mochila.

—Cierra los ojos —le dijo en la heladería vegana que visitaron.

Le costó trabajo sacar el paquete de la mochila. Se lo había envuelto en papel periódico para que fuera ambientalmente sostenible. En vez de moño le pegó una flor que le regaló la dueña de la florería.

Colocó el regalo sobre las piernas de su hija. Ella abrió los ojos de inmediato.

—¿Qué es?

—A ver si te gusta.

Daenerys rompió el papel periódico con una curiosidad pueril que se transformó en confusión cuando vio que su regalo de quince años era un pedazo de piedra rosa sin pulir.

—Chin — dijo Silverio—. Está al revés. Voltéalo.

Del otro lado Daenerys se encontró con el patrón de una concha espiral, teñido de un color rosado más oscuro que la piedra circundante.

—¡Un fósil!

—Simón —Silverio sintió un gran alivio al ver la reacción entusiasta de su hija—. Es una amonita de hace ciento ochenta millones de años, o sea que le tocó andar con los dinosaurios —mencionó ese detalle porque sabía que a su hija le fascinaban esos animales cuando era más pequeña.

—Es enorme. Está hermoso, ¿de dónde lo sacaste?

Silverio no planeaba confesarle que desde hacía años sabía que en uno de los mausoleos del Cimitero Italiano había una loza de piedra con un fósil enorme. El monumento estaba recubierto con una piedra caliza conocida como brocatel de Arzo, que al parecer era la tierra natal del señor italiano al que le había robado un pedazo de tumba.

—No vas a encontrar un fósil de este tamaño en ningún lado, pero tu papá sabe dónde buscar. ¿Sí te gustó?

—Demasiado.

Por la noche, después de dejar a su hija en casa de sus abuelos, Silverio se acordó de Karina y volvió a llamarle por teléfono. Llevaba una semana intentando contactarla sin éxito.

Pasaron varias horas. Llegó a su casa y como no tenía sueño decidió entretenerse con videos de YouTube. El algoritmo le propuso uno que se llamaba "Amazing Sea Turtle Mating Footage!", en el cual un buzo había capturado una escena íntima entre dos tortugas marinas. Para mantenerse acoplado con la hembra —los caparazones eran obstáculos realmente incómodos para la cópula—, el macho debía agitar las aletas sin parar. A pesar de las dificultades impuestas por la inestabilidad acuática y la rigidez de sus corazas, la pareja copulaba con gracia en el espacio azul hasta que llegaban tres intrusos y empezaban a hostigar al macho con mordiscos en la cola y las aletas, tratando de apartarlo de la hembra para aprovecharse de ella.

Mientras el macho luchaba por no ser separado de su amante, el celular de Silverio le notificó que había llegado un mensaje. Detuvo el video al ver que se lo había mandado Karina.

—*Te escribo para pedirte por favor que ya no tengamos contacto. Mi abuela ya me dijo que tú viniste a verla el 15 de sept. Me sorprendió mucho que no me lo dijeras. No te estoy pidiendo explicaciones, sólo creo que lo más sano para nosotras es ya no tener contacto. No te preocupes, no voy a reportar nada con la administración del cementerio. Igualmente te pido discreción y que por favor no intentes buscarnos. Te lo pido por favor.*

Cuando Karina lo buscó a finales de octubre para que la ayudara a encontrar al licenciado Hernández, Silverio se dio cuenta de que la señora Rebe no le había dicho nada sobre su visita. La anciana le había pedido que no dijera nada y al ver que Karina no se había enterado prefirió guardar el secreto.

—*Hola Karina, perdón, lo que pasa es que tu abue me hizo jurarle que no te iba a decir. Si me dejas que te llame puedo explicarte bien cómo estuvo.*

El mensaje ya no llegó a su destinatario. Karina lo había bloqueado inmediatamente después de mandarle esa petición con tintes de amenaza, advirtiéndole que no iba a reportarlo, siempre y cuando él no la buscara y fuera discreto.

Marcó su número y una grabación automática lo rechazó de inmediato. El contacto estaba fuera de servicio.

Tal vez Karina no había recibido las fotografías y pensaba que Silverio había inventado el pretexto del celular descompuesto para no enviárselas. Otro escenario posible era que ella sí hubiera recibido las fotos y optara por encubrir a su abuela. Además de confesarle que Silverio la había visitado, la señora Rebeca pudo haberle revelado algo tan macabro a su nieta que ella prefirió no volver a saber nada de ello.

Poco a poco se apoderó de él la indignación. ¿Cómo era posible que Karina no le diera derecho de réplica después de todo lo que había hecho por ella? Casi había perdido la vida por su culpa, se le descompuso el celular y se le iban a caer las uñas de la mano derecha y ella ni siquiera le había pagado por el trabajo.

Para distraerse del coraje Silverio continuó viendo el espectáculo del sexo subacuático. A pesar del asedio de los machos pendencieros, la pareja de tortugas había triunfado y seguían nadando al unísono, acopladas en medio de la inmensidad.

Ni modo. Con su pelada ingratitud le estaba haciendo un favor. Si su abuela y su madre eran asesinas pasionales, no sabía de qué sería capaz Karina. Mejor así. Ya tenía suficiente con un asesino en su vida.

Estaba a punto de cerrar YouTube para meterse a una página pornográfica cuando el algoritmo lo distrajo con una descripción irresistible: "Delfín se masturba con un pez muerto". El video había sido grabado en un acuario, frente a la ventana de una piscina verdosa de varios metros de profundidad. El delfín era blanco —le tomó un buen rato averiguar que se trataba de un delfín rosado de Hong Kong, *Sousa chinensis*—. Al parecer le había arrancado la cabeza a su almuerzo y después lo había usado como funda para masturbarse contra el piso del tanque.

Los cuarenta y dos segundos del video bastaron para mejorar el humor de Silverio, maravillado por el ingenio necrófilo del mamífero acuático. Daenerys le había platicado mucho sobre la inteligencia de los delfines, su habilidad para usar nombres propios y herramientas —había un grupo que se colocaba esponjas en el hocico para protegerse la piel cuando escarbaban en la arena buscando alimento—. Sin embargo nunca se hubiera imaginado que alcanzarían ese grado de sofisticación tecnológica. Le habría gustado compartir el video con su hija, pero ya era demasiado tarde por la noche y Yadira podía enojarse al ver que le mandaba material obsceno, sin entender que se trataba de un video documental de la naturaleza.

Después de masturbarse convencionalmente, Silverio apagó la luz. Le costaba trabajo cerrar los ojos y relajarse en la oscuridad porque inmediatamente comenzaba a revivir su estancia en ultratumba y sentía que debajo de los dobleces de la sábana había pelvis y cráneos, y que estaba a punto de ahogarse por falta de aire. Volvió a encender la lámpara —una antigüedad que había sacado de la basura con la pantalla de vitrales rotos— y regresó a YouTube para seguir ilustrándose sobre la vida sexual de los delfines.

61. El secuestro

Su abuela interroga sin recato al conductor que las lleva de vuelta a su edificio en la madrugada del 25 de diciembre. ¿Qué edad le calcula? ¿De dónde es su familia? ¿Está casado? ¿Cuántos hijos tiene? ¿Qué religión practica? El hombre le responde que es católico y ella se inflama contándole de la persecución que los católicos sufrieron en Tabasco; está demasiado lúcida para caer en la trampa que su nieta ha preparado. Se equivocó al bajarle la dosis de whisky. Al llegar a su departamento tendrá que compensarla.

—El bacalao me dio muchísima sed —le dice Leonor a Rebeca—. Me voy a servir una taza del ponche que nos trajo Maru. ¿Quieres una?

—Les quedó espantoso —dice Rebeca—. Ni lo lavaron bien ni le pusieron el chile que lleva.

—Ahorita acostamos al Niño Dios. ¿Te parece?

La tradición, descontinuada hace años, consistía en sacar de su caja al Niño Dios al regresar de la cena de Nochebuena y colocarlo en su cuna de paja en el Nacimiento. Karina disfrutaba mucho levantar el pequeño bebé de cerámica e introducirlo al pesebre donde ya lo esperaban sus padres, los pastores y los ángeles.

—Claro —dice Rebeca, haciendo un esfuerzo por articular con claridad y ocultar la torpeza alcoholizada de su sistema neuromotor.

Leonor saca la olla del refrigerador, sirve dos tazas y mientras sus moléculas de agua se excitan en el microondas, busca la botella de brandy Presidente que escondió en la alacena. Vierte un generoso chorro de licor en cada una. Es la primera vez que beberá con Rebeca.

—¿Qué haces? —se la encuentra tratando de desabotonarse el vestido en su mecedora.

—Zonza —le responde la anciana; a Leonor no la lastima ese blando insulto.

—Ahorita te ayudo —le dice al ofrecerle la taza de ponche.

A pesar de que los sentidos nonagenarios de Rebeca ya están muy defectuosos, su olfato de inmediato reconoce el perfume ácido del etanol. Le da un trago a la taza sin decir nada. Si actúa con naturalidad tal vez su nieta no se dará cuenta del milagro: el Niño Dios convirtió el ponche en vino.

Karina preparó una lista de Spotify para la ocasión. Sube el volumen de su celular y empiezan a sonar los villancicos que le enseñó su abuela.

—¿Te sirvo más? —le pregunta Leonor a la anciana.

Rebeca se ha acabado su ponche en dos minutos, mientras Leonor iba al baño, tal vez apurada por el temor de que su nieta se diera cuenta de que le estaba dando una bebida con piquete.

—¿Y ahora qué mosco te picó? —le pregunta a su nieta mientras el coro de voces blancas las invita a mirar cómo beben los peces en el río por ver a Dios nacido.

—¿Sí o no?

Los párpados de Rebeca ya están más relajados y sus ojos titubean al mirar la taza de ponche. Una fuerza más poderosa que su voluntad dice que sí. Leonor toma la taza y se va a la cocina para servirle media taza de ponche y media taza de brandy.

—Voy por el Niño Dios a tu clóset. Ahorita vengo.

Deja a la anciana a solas con la bebida. Se dirige a su propio cuarto, donde ya tiene preparada la caja de zapatos donde el Niño Dios pasa el año envuelto en papel de China.

—Aquí está —coloca la caja de la finada zapatería El Borceguí en las piernas de su abuela—. Si quieres quítale el papel en lo que prendo las luces del Nacimiento.

Leonor le da la espalda a Rebeca y se hinca frente a la isla de heno a las afueras de Belén. Busca la clavija de las líneas de focos y la conecta al enchufe de la pared.

—¿Qué es esto?

La voz de Rebeca se agudiza con la escandalosa sorpresa. En lugar del Niño Dios, Rebeca ha encontrado dos fotos: una de su hijo y otra de Margarita. Karina le escribió al hermano de su madre en Minnesota para preguntarle si no tenía fotos infantiles de ella. Se la mandó por WhatsApp y ella la imprimió en el instituto —lo hizo en la misma impresora de papel fotográfico que usó para la rana de ojos azules que incluyó en su ofrenda de Día de Muertos.

—¿Qué? —pregunta Leonor.

A pesar de que nunca la vio de niña, Rebeca parece reconocer a su nuera.

—¿De dónde sacaste esto? ¿Dónde está el Niño?

—No sé. A ver.

Leonor finge que nunca había visto las fotos.

—¿Son mis papás? ¿De dónde salió esta foto de ella? —le pregunta a Rebeca.

Ella maltrata el papel de China buscando la figura del Niño con sus manos deformes.

—¿Dónde lo pusiste?

—Lo acabo de sacar de tu clóset. ¿No está ahí?

Leonor sabe que la única manera de disolver el cochambre de la mentira es con otra mentira más abrasiva.

—No es posible. ¿Tú no lo agarraste?

—No.

Rebeca intenta disipar los vapores destilados que le impiden pensar claramente. Busca alrededor de su mecedora para descartar que el Niño Dios se haya caído al piso. Leonor habría preferido no tener que recurrir a la tortura psicológica, pero Karina parecía resignada a dejar el misterio sin resolver indefinidamente. Tenía que hacer algo, no podía estar segura de que las fotos que le envió Silverio son espurias.

—Ya, niña. Déjate de jueguitos. Trae al Niño.

De niña, Karina organizaba velorios para sus muñecos y los enterraba en el jardín de Clavería.

—¿De qué hablas? ¿Qué hacían ahí esas fotos? —Leonor se las pone enfrente de nuevo—. ¿Por qué escondiste las fotos de mi mamá? ¿Dónde tienes las demás?

Rebeca las toma y niega con la cabeza. Mira la imagen sonriente de su hijo y acaricia su rostro.

—¿No vas a traer al Niño? —pregunta Rebeca con hostil impotencia—. Bueno —echa las fotos dentro de la caja de zapatos y cierra la tapa—. Quítame esto de encima.

Los términos parecen haber quedado claros. Si quiere rescatar al Niño Dios, Rebeca tiene que decir la verdad.

—¿Por qué no hay fotos de mi mamá?

Los delgados labios de la anciana tiemblan de coraje. Sería muy desafortunado que le diera un infarto en este momento. Leonor tendría que llamar una ambulancia mientras Karina le pide perdón a su abuela.

—Si supieras…

—¿Si supiera qué?

—¿Qué le hiciste al Niño?

Aunque sabía que su abuela siempre ha sentido una ternura enorme por esa antigua figura de barro, le sorprende cuán efectivo ha sido raptarla.

—¿Si supiera qué?

—¿Tú tenías estas fotos?

—Abuela. Dímelo, por favor. ¿Si supiera qué?

—Todo lo que he hecho por ti.

Karina había escondido una hipótesis bajo la alfombra. Si su madre mató a su papá como le dijeron en el edificio de Ayacucho, ¿quién mató a su madre?

—¿Tú la mataste?

—¿Qué? —el alcohol sigue haciendo efectos en la anciana y cada vez le atrofia más las vocalizaciones—. ¿Por quién me tomas? Dios los castigó y te va a castigar a ti también si sigues…

—¿Cómo los castigó?

—Se fueron juntos al precipicio. Más obvio es imposible.

No tiene sentido. Si sus padres se fueron a la barranca, Karina ya sabía la verdad y la foto del cráneo de su padre era falsa.

—¿Quiénes? —pregunta, Leonor y Karina se acuerdan de la foto mutilada en la que un hombre abrazaba a su padre.

—Pedro y ella. Era el hermano que nunca tuvo mi hijo. Yo se lo dije. Ten cuidado. ¿Cómo está eso de que su esposa iba a trabajar con él? Don Pedro Rodríguez de Llano. No, le dije, deja la botella y sal a proveer a tu familia. No, pagan muy poco, no me respetan, ¿qué les pasa? Hijo. Están viviendo de arrimados en un departamento que él te presta. ¿Ahora los va a mantener? Nadie te va a poner alfombra roja. Carlos siempre quiso ser como él, pero no pudo.

—¿Quién lo mató?

—La muy cínica le dijo que se iba a ir a ver a su mamá a Estados Unidos, pero se fue con él a Acapulco. Sí, le digo, déjame a la niña. Es que Carlos anda tomando mucho. Pues sí. Yo se lo advertí. O te compones o te va a dejar. Ya no es como antes. Hasta que le habló Regina para decirle que los habían encontrado. Tenemos que ser muy fuertes, le dije, tenemos que estar muy unidos. Yo me quedé cuidándote mientras él arreglaba todo —por eso tenía la tarjeta del licenciado Hernández Sacristán con su número escrito atrás—. Deja de tomar para que veas a tu hija. Yo no quería que lo vieras así. Por eso no lo podía cuidar y no aguantó.

Leonor se acuerda de que la señora Betty le dijo que en el edificio se escuchó un disparo en la madrugada. Nadie vio salir a la asesina.

—¿Qué hizo?

Rebeca alza la mano y la convierte en una pistola. Leonor teme que le apunte con ella, pero en vez de eso la anciana abre la boca y acerca el cañón artrítico a los labios. El agujero en el cráneo de su padre no lo causó un disparo por la espalda sino una bala que entró por el paladar. Se había suicidado porque su ego tirano e inmaduro —el niño rey del que hablan en Alcohólicos Anónimos— no soportó que la ofensa contra él quedara impune.

—Él no tuvo la culpa —lo dice con la serenidad de quien se ha repetido las mismas palabras miles de veces—. Ella lo mató.

Karina quisiera defender a su madre de esa calumnia fría que su abuela ya había insinuado la noche del 15 de septiembre.

A pesar de la indignación furiosa, la amordaza la sensata convicción de que no tiene sentido discutir con una anciana que además de ser muy necia está borracha. Karina jamás ha buscado la confrontación violenta que a veces montan sus sueños, pero Leonor no comparte sus represiones.

—Repítelo —la desafía con ansias de pleito.

—Pelada —la insolencia de esa desconocida no amedrenta a Rebeca.

—Repite lo que dijiste.

Leonor quisiera que los villancicos se callaran para que sus acordes chabacanos no ensucien la percusión de su bofetada. A punto de jalar el gatillo de sus músculos la interrumpe la chicharra del teléfono.

—Ahí está —dice su abuela como si llevara años esperando la llamada de su enemiga.

—Ha de ser mi tía Celia —responde Karina, convencida por el hecho de que se le había olvidado avisarle que llegaron bien al departamento.

Son las dos de la mañana. Karina se acerca al teléfono con la mano tiesa y levanta el auricular.

—¿Bueno? —No responden. El ruido estático es una fogata que se aviva y apaga como si le echaran aire con un fuelle de angustia—. ¿Bueno?

62. Tezcatlipoca

Los perros llegaron por la barranca. Venían siguiendo el rastro desde las Lomas. Las cámaras de seguridad de una mansión habían captado la presencia nocturna de lo que parecía ser un jaguar negro con un perro muerto en el hocico. El video se hizo viral y las autoridades de la Secretaría del Medio Ambiente emprendieron la búsqueda del animal. Como todos los perros rastreadores de la capital estaban entrenados para olfatear sustancias ilegales y cadáveres humanos, tuvieron que traer a un escuadrón canino del sureste, especializado en rastrear felinos silvestres para organizaciones de conservación y hoteleros de la Riviera Maya.

Silverio se enteró de la operación por el radio. En ese momento estaba vigilando la descarga de material de construcción en el crematorio que empezaban a reconstruir. Aunque no tenía permiso de dejar su puesto, decidió acercarse a ver qué sucedía cuando anunciaron en el radio que los perros y la gente que los seguía estaban concentrándose en el antiguo lote porfiriano de panaderos y trabajadoras domésticas Unión y Amistad. Al fondo de ese jardín secreto había una capilla clausurada desde hacía muchos años, debajo de la cual había un sótano al que se entraba desde afuera y que alguna vez fungió como osario.

Era la guarida perfecta para un depredador nocturno. Los perros ladraban con furor al borde de la escala que se hundía en la oscuridad. Mientras un hombre cargaba un rifle de dardos, otro sacó de una hielera portátil una pechuga de pollo y la aventó al sótano.

—¡Tezca! —gritó el sujeto—. ¡Tezca, ya te traje tu pollito!

No hubo respuesta. Se llevaron a los perros para que dejaran de ladrar y le permitieran a los humanos escuchar qué sucedía al interior del escondite. Todos se quedaron callados, aguardando. Pasó cerca de media hora antes de que se oyera movimiento, un chapoteo que ganó ímpetu y luego desapareció.

La pechuga había sido inyectada con sedantes. Se calcularon cuarenta y cinco minutos para dar tiempo a que el animal la comiera y la sustancia surtiera efecto.

Con un brazo extensible para selfis, uno de los rastreadores introdujo un teléfono celular al osario y grabó el interior. Ahí vieron que el animal estaba dormido dentro de un amplio nicho construido para guardar huesos de panaderos y trabajadoras domésticas. Un hombre preparó un bastón de aluminio con un aro de alambre grueso en la punta. Otro empuñó el rifle y un tercero preparó una manta de lona gruesa color caqui. Los tres bajaron al sótano. La comitiva aguardaba nerviosa. Si el sedante no había hecho suficiente efecto, la captura sería una lucha peligrosa.

Salieron del agujero con un animal negro en brazos. Cuando lo colocaron en el suelo para tomar sus signos vitales, Silverio lo reconoció. Era la bestia que había enviado la muerte para atacarlo en la madrugada del 2 de noviembre. Sus captores la llamaron Tezcatlipoca. Estaban exultantes. Se trataba de un jaguar melánico del Zoológico de Chapultepec. No entendían cómo había sobrevivido al incendio. Como los militares se habían encargado del manejo de los ejemplares fallecidos en el desastre, los veterinarios asumieron que la ausencia de Tezcatlipoca en los registros era producto de un descuido y no de una heroica fuga.

—Así que éste es el que se estaba comiendo a los perros de las casas —dijo un funcionario de la alcaldía que acababa de llegar en camioneta al lote Unión y Amistad—. ¿Cómo es posible que nadie lo viera en tanto tiempo?

Silverio no sólo lo había visto, sino que había pasado una noche entera debajo de él. En retrospectiva se daba cuenta de que la señora Rebeca también lo había visto cuando se quedaron en el coche de la señora Maru mientras pasaba la tormenta.

—Está bien pesado —dijo el cuidador del zoológico que lo había sacado en brazos de su guarida—. Es un milagro que se enseñara a cazar solito. Toda la vida con *room service* y, de repente, vámonos, a la calle. Pobre.

Silverio reconocía el mérito del jaguar, que debió de haber pasado mucha hambre, miedo y confusión antes de convertirse en el azote de los perros.

—Allá abajo en la barranca encontramos dónde tenía su comedero. Está lleno de huesos.

Posteriormente Silverio averiguó que el jaguar melánico se llamaba Tezcatlipoca en honor del poderoso dios mesoamericano que velaba por los guerreros y regía la destrucción creadora. Su nombre significaba "el espejo que humea" y su espíritu animal era precisamente el jaguar.

Lo que había persuadido a Silverio de que se había enfrentado con una fiera sobrenatural era el brillo de sus ojos, pero ese rasgo de Tezcatlipoca se debía al tejido natural llamado *tapetum lucidum*: un espejo cóncavo al fondo del ojo que devolvía la luz a la retina para mejorar la visión nocturna de muchos animales como los murciélagos, los tiburones, los caballos, los cocodrilos e incluso las vacas.

Antes de que lo encerraran en una jaula transportadora, Silverio y otros trabajadores del panteón preguntaron si podían tomarse fotos con el jaguar. Cuando Silverio se acercó al animal inconsciente y puso la mano sobre su lomo, sintió una poderosa conexión con él. No le guardaba rencor. Lo había atacado porque ése era su destino, porque la muerte lo había mandado a darle un susto.

Cuando le contó a Daenerys sobre la captura del animal ella reaccionó de forma previsible. Le pareció un horror que no se lo llevaran a la selva de donde lo habían robado y lo dejaran en libertad. Silverio le explicó que el animal era un peligro para la gente porque se había acostumbrado a traspasar la propiedad privada y comer mascotas. Tal vez habría logrado convencerla si le hubiera dicho que el animal lo había atacado el año pasado, y que estuvo a punto de dejarla huérfana. Sin embargo no lo hizo para no explicarle por qué se hallaba en una fosa abierta a medianoche.

—Me contaron que le dan de comer pescado, pollo, res. De todo. Y aparte luego les meten su comida dentro de calabazas o de cocos amarrados con mecate para que se entretengan hasta llegar al premio.

—¿Y eso qué? —le replicó su hija—. ¿Tú aceptarías vivir en una jaula a cambio de que te den de comer así?

Silverio estaba a punto de bromear diciéndole que sí lo aceptaría gustosamente, siempre y cuando hubiera barbacoa, pero se acordó en ese momento del oscuro e interminable cautiverio que sufrió en la tumba y se quedó callado con la vista perdida en el vacío.

—¿Pa? —lo reclamó Daenerys.

—¿Qué pasó?

—Te fuiste.

—Sí —se había ido, y había descubierto que el infierno era un lugar muy aburrido—, pero ya regresé.

63. Descaro

Leonor sabe que mientras tenga un acertijo que resolver no tendrá que detenerse a sentir nada. Una investigación electrónica la trajo a este lugar para averiguar si Pedro Rodríguez Winter sabe cómo falleció su padre. Leonor ya descartó la incómoda perspectiva de confesarle al médico que es hija de Margarita López, la amante de su difunto padre. No tendrá que disculparse por engañarlo ni por robarle su valioso tiempo en plena temporada alta de cirugías estéticas. Seguirá siendo Leonor hasta el final de la consulta, pero eso no le impedirá concluir su investigación.

—Le quería comentar una cosa —dice Leonor con un tono pudoroso que le habría quedado mejor al verbo *confesar*.

—Cuéntame —le dice el doctor con benévola indiferencia.

Karina no se lo ha contado nadie. La faceta morbosa de Mila encontraría demasiado suculento el chisme como para ser comprensiva y al psiquiatra del servicio médico de la universidad no parecía interesarle en absoluto la razón por la que Karina había acudido a su consultorio con un cuadro depresivo típico. Tampoco había vuelto a tocar el tema con su abuela, pues temía que ella volviera a negarlo todo y que eso lastimara más su frágil relación. Han pasado dos meses desde que Rebeca pagó el rescate del Niño Dios diciendo la verdad sobre la muerte de su hijo y su nuera. Hasta ahora la versión es congruente con las evidencias.

—La razón principal por la que me quiero operar es porque mi papá murió hace diez años —Carlos Llorente, padre de Leonor, falleció de un disparo cuando se encontraba en la Antártida luchando contra los barcos balleneros japoneses. Se había especializado en estudiar el canto de las ballenas para descifrar su lengua, y movida por su ejemplo ella había estudiado ingeniería de sonido.

—Okey —dice el doctor, que no alcanza a entender por qué alguien se querría hacer una rinoplastia debido a la añeja muerte de su padre—. Platícame más.

Leonor pudo encontrar al médico gracias a que en una vieja revista de sociales aparecía un pie de foto con los nombres que Rebeca había mencionado: Pedro Rodríguez de Llano y Regina Winter de Rodríguez —el obituario digital de Regina Winter Malagón le informa que murió el 29 de diciembre de 2028—. Bastó googlear la combinación Rodríguez Winter para dar con el cirujano plástico, su foto, cédula profesional y datos de la clínica en donde da consulta.

—Yo me llevaba muy bien con él y siento que… Suena horrible, pero quisiera parecerme más a él que a mi mamá, porque me identificó mucho más con él. De hecho parezco el retrato de mi mamá —la madre de Leonor se llama Luisa y es maestra de canto—, pero somos como el agua y el aceite y eso me pesa, me cuesta mucho trabajo.

El cirujano sonríe con empatía profesional.

—No está horrible, está bonito que te identifiques con él y quieras parecerte más —lo bonito es la forma más dócil e inocua de la belleza. A eso se reduce la coartada que Leonor preparó en caso de que Karina no se atreviera a sacrificarla en el consultorio del doctor—. ¿Tienes fotos de él?

—Sí —descargó de internet varias fotografías de su padre imaginario—. Qué pena… Usted… perdón, ¿tú te pareces a alguno de tus papás?

—De hecho sí, a mi padre —hay una frialdad significativa en ese término.

—Wow —dice Leonor con acento fresa—. ¿Y ustedes cómo se llevan?

El doctor frunce el ceño y aparta la mirada de la pantalla en la que está analizando los datos fisionómicos extraídos por el sistema a partir de las fotografías de la paciente. La mira con incredulidad. Al igual que él, Karina está desconcertada por el abuso de confianza de Leonor.

—Falleció hace mucho —le responde con una ligera molestia en la voz.

—Lo siento.

Karina está apenadísima por el descaro de Leonor.

—No te preocupes. ¿Ya encontraste las fotos?

—Sí. Aquí están.

—A ver.

Mientras el doctor analiza los rasgos faciales del físico portugués João Magueijo, Leonor carga de nuevo.

—Si no es indiscreción —ella sabe que lo es—, ¿qué edad tenías cuando murió tu papá?

El doctor parpadea y la mira, sorprendido por la desfachatez de su paciente, que no parece tener capacidad de leer el estado anímico de las personas.

—Ya estaba grande.

—¿Y te afectó mucho?

Pedro alza las cejas y mira hacia un lado. Esa respuesta es suficiente. No hay señas de luto en ella, sólo decepción y hastío. Karina está segura de que él sabe.

—Fue difícil —le dice sin darle tiempo a seguir hurgando en su vida—. Mira. Lo que siempre les digo a mis pacientes es que yo no opero narices, ni barbillas ni pómulos. Yo opero personas. A mí lo que me interesa es que tu persona esté en armonía. En este caso —dice el cirujano, mirando alternativamente a Leonor y al físico portugués en la pantalla de su computadora—, los rasgos de tu papá son todos rectos, aunque no tan afilados, pero tú tienes líneas mucho más redondas. Si nada más operamos la nariz y te queda como la de él, no vas a tener un buen resultado, porque el resultado de tu cara es diferente. Lo que podemos hacer es lo siguiente…

Mientras el cirujano le explica a Leonor las sanguinarias intervenciones que se requieren para lograr que se parezca más a João Magueijo —involucran limar hueso, extirpar grasa, cortar párpados—, Karina sufre una pena imprevista: Pedro debe de tener una pésima opinión de la amante de su padre. Así como ella se imagina a Pedro Rodríguez de Llano como un seductor ególatra, inmoral y codicioso, el médico se debe imaginar a Margarita López de Miranda con todo un repertorio de etiquetas misóginas —ninfómana, arribista, rompehogares—. Quisiera impugnar esa imagen injusta de Margarita, pero no puede hacerlo sin convertirse ante el médico y su asistente Patricia en una impostora desequilibrada, tramposa y manipuladora como su propia madre. De tal palo, tal astilla, diría su abuela.

—Si quieres te podemos mandar estas imágenes a tu correo —Karina no tuvo la precaución de crear la cuenta de leonor.llorente@gmail.com, que apuntó en su historia clínica—, para que puedas ver cómo te sientes con estos rasgos en lo que regresas a consulta para programar la intervención. ¿Cómo ves?

—Perfecto —si Patricia le envía las imágenes antes de que salga del consultorio el sistema notificará automáticamente que la cuenta no existe y Leonor no sabrá cómo zafarse de la situación—. Pues muchas gracias, doctor —Leonor se pone de pie con una prisa que desconcierta al médico—, mucho gusto.

Creyó que conocer al hijo de Pedro Ramírez de Llano iba a hacerla sentirse acompañada, que sería como encontrarse con un paisano de la orfandad vergonzosa, pero este embuste inofensivo agudizó la soledad y le agregó otra dosis de vergüenza por no haberse atrevido a confrontarlo. Lo cierto es que su madre fue deshonesta. Aunque solía ser muy juiciosa e intransigente, Karina ya no se apresura a condenarla porque ha probado el oscuro fermento de la culpa y el rencor, la soberbia y la prisión de sentirse imprescindible, el ansia de escapar y la certeza de que hacerlo sería equivalente al asesinato porque el otro depende de su noble sacrificio para seguir viviendo.

—Igualmente Leonor —le responde el cirujano sin rastro de la cordialidad con la que la recibió.

Leonor camina hacia la salida de la clínica. Margarita nunca la encontró. El hecho de no tener familia en México, la responsabilidad de criar sola a una hija cuya aguda timidez confundía a los psicólogos, la ineptitud total de su marido, la santidad del matrimonio, todo eso conspiró para encerrarla.

—¿Con quién fue su consulta? —le pregunta la recepcionista antes de cobrarle.

—Con Pedro —se corrige—, con el doctor Rodríguez Winter.

Aunque no descarta que su madre se haya enamorado del mejor amigo de su esposo, sospecha que en el fondo de ese romance ilícito había un deseo inconsciente de revancha.

—Muy bien. Serían tres mil quinientos pesos, por favor.

Leonor paga la consulta con efectivo para no dejar rastro bancario de su verdadera identidad. La recepcionista le recuerda que las consultas subsiguientes tienen un precio más bajo; luego le pregunta si el 2 de marzo por la mañana le queda bien para volver con los resultados de sus estudios preoperatorios. Leonor le dice que no está segura, que mejor se comunicará después para confirmar. La recepcionista le advierte que hay pocos horarios disponibles el mes siguiente, por lo que le recomienda apartar de una vez uno. Aunque Karina sabe que Leonor Llorente no volverá a levantarse de su tumba en el Panteón Dolores para venir a ver al cirujano plástico, acepta que su próxima consulta quede programada para ese día.

64. La selva

La selva americana es una región compacta del zoológico. Los ambientes tupidos son mucho menos extensos que los de los bosques templados, las estepas y desiertos, como si la vegetación exuberante compensara la falta de superficie. Los animales viven ocultos en la jungla y la misión de los zoológicos es exhibirlos. Al tapir no le queda más opción que dormir la siesta junto a la vidriera. Los monos aulladores se columpian a lo largo de un estrecho dosel de árboles podados —los machos parecen empeñados en mostrar sus genitales—. El tucán se desplaza a brincos por las ramas —Karina nunca había reparado en el tamaño desmedido de su vistoso pico.

En un claro del bosque, la noche toma el sol. La pantera negra descansa como la esfinge de Giza. Sobrevivió al incendio. Se llama Tezcatlipoca. Karina se enteró de su captura cuando no tenía cabeza más que para mirar las fotografías macabras que le había mandado Silverio y que eligió borrar cuando empezó a ir a terapia.

El jaguar parpadea con soñolencia, alza la cabeza, se relame la nariz y olfatea el aire. Parece descubrir un aroma conocido. Sus bigotes brillan contra el pelaje negro. Se levanta y camina hacia la vitrina. La media docena de personas que están mirándolo se emociona y empieza a tomar fotos y videos. Karina sospecha que el jaguar reconoce el olor de sus mascotas y se despierta su apetito al recordar los perros que cazaba en las Lomas. Añora su sabor, la cacería —el encierro de un cazador tan poderoso es una aberración contra natura—, la fuerza de callar a los caniches arrogantes que se atrevían a ladrarle como si sus colmillos domesticados pudieran intimidar a un dios.

El jaguar fue el más peligroso de todos los fantasmas que asolaron la ciudad tras el incendio. Karina se pregunta qué tan lejos quedaría su guarida de la tumba de sus padres. Se acuerda de que en las redes sociales se hizo viral una nota con el encabezado "Atrapan al demonio de las Lomas". Se había comido a más de veinte perros finos y al cerdo vietnamita que la hija del embajador de Brasil trataba como a un rey.

—Yo un día vi un video de un jaguar que se peleaba con un cocodrilo —dice un niño.

—¿Y quién ganó? —le pregunta su padre.

—El jaguar.

—Pues sí.

La fuerte luz del sol revela un juego de tonos negros en el pelaje de Tezcatlipoca. El exceso de melanina no lo ha privado por completo del patrón moteado de su especie. Según la ficha descriptiva, alrededor del cinco por ciento de los jaguares tienen la mutación de un gen dominante que los convierte en panteras. La piel anaranjada con rosetas negras es un camuflaje idóneo en el sotobosque iluminado por pequeñas monedas solares, pero la condición melánica no es una desventaja suficiente para disminuir el éxito reproductivo de los mutantes.

Karina siente que el jaguar la mira. Ha tenido la misma experiencia paranoica en otras ocasiones —no se ha logrado deshacer por completo de la ilusión de que sus padres viven—. Se aleja del ventanal y lo sigue mirando de reojo parada frente al pequeño jardín del ocelote. Tezcatlipoca va a echarse afuera de su cueva, cerrada con candado para que no se oculte durante el día.

La entrada de la cueva se parece a la del bosque de una serie alemana que le gustaba a Mario —no ha sabido de él en mucho tiempo, tal vez debería aprovechar el pretexto de la visita al zoológico para mandarle una foto y saludarlo; podría compartirle la ridícula escultura de la entrada, las paletas de sangre de los leones o el estanque de los clones albinos de cocodrilo que criaban para obtener su cuero blanco—. La serie se llamaba *Dark* y a través de la cueva podían viajar al pasando, saltando periodos de treinta y tres años.

Si ella pudiera cruzar ese portal que vigila Tezcatlipoca, viajaría al final de siglo XX para frustrar el cortejo de sus padres.

Podría haberlos seguido en su primera cita y haberse acercado a su mesa para que Leonor Llorente le reclamara a su esposo Carlos esa infidelidad. "Eres un maldito desgraciado; aparte de borracho, ¿me estás poniendo el cuerno? ¿Con qué vas a pagar la cuenta si no tienes trabajo? ¿Ya le contaste que perdiste todo en el hipódromo? ¿Te dijo que era soltero —le preguntaría Leonor a Margarita—, o eres una de esas zorras a las que no les importa destruir un hogar? ¿Ya te dijo que estoy esperando a su hija? Le quiere poner Rebeca a la niña, porque como nunca se ha cortado el cordón umbilical, no puede vivir sin su mamita. Cuéntale, Carlitos, cuéntale a tu novia."

—Imagínate que vas caminando un día por el Parque Hundido y te encuentras a este animal.

—No, pues ya, me mata.

Se imagina a su padre confundido, sonrojado, desesperado por entender cómo es posible que esa desconocida de rasgos tan familiares sepa su nombre y el de su madre. Le rogaría a la joven Margarita que no le creyera a esa mujer, pero Karina está segura de que esa simulación habría bastado para sabotear la relación y salvar a ambos —también a ella misma— del penoso desenlace que tuvieron.

—Mejor eso que un cáncer. ¿No? Más rápido.

La fantasía es absurda. No se puede viajar al pasado porque el pasado no es un lugar sino la parte más profunda de la realidad presente. Volver a él implicaría autodestruirse. Esta imposibilidad resulta obvia en el caso con el que Karina fantasea frente a la cueva del jaguar. Sabotear el encuentro de sus padres implicaría que ella nunca naciera, lo cual impediría a su vez el sabotaje. No se puede matar al propio padre antes de haber nacido. Por eso el pasado es la parte indestructible de la realidad. Atentar contra él, como hace tanta gente al reprimirlo o adulterarlo, es una misión suicida. Los viajes de Karina a su pasado la han dejado maltrecha, decaída, sin la mentira vertebral que sostenía su cuerpo.

—Yo prefiero que me coma un oso polar —dice el niño con abnegado espíritu conservacionista.

Ella prefiere que el tiempo la evapore lentamente, como a un agujero negro. La noche en que su abuela la confrontó con su ignorancia —"la niña no sabe nada"—, Karina perdió de golpe muchos años de vida sin saber quién era. Ahora vuelve a comenzar.

—¿Le tomaste foto a la pantera? —pregunta una señora a su hija.

Karina lo intentó pero el ángulo de la luz a esta hora del día convierte la vidriera en un espejo ahumado y la foto del jaguar resultó ser un autorretrato fantasmal.

Ella también debe apurarse para volver a casa. Rebeca tiene que tomar pastillas, hidratarse, cambiar de posición para que no se le hagan escaras en la piel.

Continúa su camino hacia el sur y llega a un afluente del río Amazonas. A un par de metros de la orilla, un ave familiar picotea la grava. A pesar de que sólo lo había visto una vez, cuando salió del huevo, está segura de que es el emú huérfano que sobrevivió al incendio gracias a que su padre no dejó de empollarlo mientras ardía el corral.

Lo confirma al leer la ficha del exhibidor. El emú se encuentra aquí porque una hembra de capibara, el roedor más grande y amistoso que existe, lo adoptó cuando las avestruces lo rechazaron.

Junto con el emú y la capibara vive una familia de tortugas charapas, cinco monos ardilla y diez cotorras de la Patagonia. Los monos y las tortugas son un regalo del gobierno colombiano. Las cotorras provienen de un albergue de especies exóticas en Castilla.

—Qué ruido hacen los pericos.

—¿Sí viste el video del loro poseído?

—No. ¿Cuál?

—Un perico al que se le metió un fantasma y empezó a hablar como si fuera abogado.

—No mames, qué cagado.

La ecuanimidad del capibara y las tortugas contrasta con el escándalo de los pericos, el ir y venir nervioso de los monos y el picoteo constante del emú, que parece estar mandando mensajes en código morse a través del suelo hasta su patria. S.O.S. Vengan por mí.

—Qué ganas de meterse a la alberca con este pinche calor.

—¿Se te antojó ese charco?

De golpe Karina se da cuenta de que está sedienta y acalorada. Es hora de irse. Ya se cansó de andar tan lento por el mundo, mirando nada más, sin refrescarse. La exhibición de tantos animales desgraciados le deja un sabor amargo.

Pasa de largo frente a la tienda de suvenires y, al doblar hacia el pasillo que conduce a la salida, se topa con un embotellamiento peatonal. Lo primero que piensa es que ha terminado sin querer entre las personas que esperan para ver a las clones de panda.

—Disculpe —le pregunta a una señora de pinta cordial y acongojada—. ¿Para qué es esta fila?

—Para nada. Llevo parada desde las seis de la mañana que nos formamos afuera para ver a las pandas y ahora resulta que hay huelga y no nos dejan salir.

—¿Por qué? ¿De qué es la huelga?

—Quién sabe. Pero no se vale.

65. Portavoz

Silverio contemplaba con horror el espectáculo: las sobrinas del Calacas bailaban reguetón sobre las tumbas de la Rotonda de las Personas Ilustres, en donde los vigilantes nocturnos habían organizado el convivio de Navidad. Una de las profanadoras acaparaba los aplausos de la concurrencia porque se había subido al pedestal del general Carlos Pacheco y perreaba sensualmente con la escultura de bronce tamaño natural del mutilado prócer chihuahuense —el artista plástico había aprovechado los pliegues de la capa del general para disimular la ausencia del brazo derecho y de la pierna izquierda, miembros perdidos en la heroica batalla del 2 de abril de 1867, cuando los liberales comandados por don Porfirio tomaron la ciudad de Puebla, y apresuraron la caída del Segundo Imperio Mexicano—. Gracias a la conveniente rampa de un fresno derribado sobre la tumba del periodista y diplomático Vicente Riva Palacio, la joven pudo alcanzar de un salto el monumento de su vecino.

Al general Pacheco no parecía importarle que la joven restregara sus nalgas frenéticamente contra la parte baja de su abrigo cruzado, pero a Silverio sí le indignaba que le faltaran al respeto de esa forma a un héroe de guerra. Indiferente a su propio dolor, Pacheco había alcanzado las trincheras enemigas con la pantorrilla y la mano deshechas. Ya en la Plaza de Armas de Puebla había recibido un tiro en el fémur que lo había derribado, y mientras los soldados lo llevaban en brazos, otro disparo le había arruinado el brazo derecho, que, al igual que la pierna, le tuvo que ser amputado en tiempos en los que la única anestesia era el aguardiente. Sin hombres como él, México habría quedado en manos de los Habsburgo y, en vez de ser museo, el castillo de Chapultepec sería casa de campo de la realeza.

Desde la silla plegable de jardín en la que tomaba ponche con coñac Luis XIII, Silverio ponderó la buena suerte de que la pierna y el brazo perdidos no hubieran sido del mismo lado. De esa forma, el brazo izquierdo intacto podía controlar la muleta que suplía el apoyo de la pierna ausente —muleta que la muchacha usaba como tubo para realizar piruetas de *table dance*—. Aunque debió haber sido engorroso aprender a escribir y firmar con la mano zurda, perder el brazo derecho seguramente lo había exentado de estrechar la mano de la legión de hipócritas y lambiscones con los que tuvo que tratar en su larga carrera como gobernador de Chihuahua, Morelos, Puebla y el Distrito Federal, así como secretario de Guerra y Marina, y secretario de Fomento, Colonización e Industria, puesto que ocupó catorce años y desde el que fue responsable de la modernización tan celebrada por los admiradores del porfiriato.

La joven ya besaba en la boca al general Pacheco, y sus primos degenerados grababan el show necrófilo con sus aparatos. Unas cuantas tumbas al norte, el general y expresidente Manuel González, otro héroe mutilado de la toma de Puebla, debía de estarse revolcando de la envidia. El presidente González fue famoso por mantenerle caliente la silla presidencial a Díaz durante los cuatro años que precedieron su segundo y larguísimo periodo como presidente de México. Aparte de ser compadre del dictador, González era conocido por su insaciable lujuria, despertada según la leyenda por la pérdida del brazo derecho en batalla. Era tan grande su apetito carnal, que había mandado traer a una amante de Circasia, región del Cáucaso célebre por la belleza de sus mujeres. Sus huesos debían de esta temblando de furor al ver el vientre desnudo de esa muchacha que se embarraba contra Fomento Pacheco, como apodaban al norteño por su talento ministerial.

Qué mala Nochebuena le había tocado. En vez de consentirlo por haber sido el único vigilante que enfrentó el incendio de mayo en carne propia, su jefe le había asignado el turno de vigilancia más odiado después del Año Nuevo: la noche de Navidad.

Aprovechando que el invierno estaba rompiendo récords de calor y que la rotonda seguía en ruinas, sin cámaras de vigilancia ni trabajos de restauración, los compañeros de Silverio habían organizado una cena navideña al aire libre que, gracias al alcohol y a las bocinas, se había convertido en una parranda demencial sobre las tumbas de las personas ilustres de la patria —el sarcófago de mármol verde de Amado Nervo servía como barra de bar y el enorme pedestal del monumento de Guillermo Prieto, como mesa de bufet.

Sus tres compañeros del turno de esa noche habían acudido con sus familias extendidas a celebrar en el panteón. Silverio estaba solo. Daenerys pasaba la fiesta con la familia de Yadira —estaba furiosa porque su abuela se había empeñado en cocinar un pavo— y su madre estaba en su casa, rezando por el alma de los que celebraban la fiesta del Anticristo —porque en ningún lugar del Evangelio decía que el buen Jesús hubiera nacido en diciembre; lo que se celebraba en diciembre era otra cosa: una fiesta satánica de los romanos.

Al menos el ponche estaba sabroso. Le quedaba muy bien el coñac Luis XIII que él había llevado, la última y más lujosa botella de la colección espirituosa que había sacado del departamento que rentaba el Jaiba cuando lo encarcelaron. El apodo de su hermano era una deformación crustácea del original "Jaibol" que le pusieron por el gusto extravagante de mezclar los licores más finos con refresco y tomárselos con hielo en un vaso jaibol. El Jaibol se hizo Jaiba cuando empezó a arrancarle los dientes a sus víctimas con sus tenazas. Silverio no era aficionado al alcohol, así que fue deshaciéndose poco a poco de las botellas. Había llevado una de whisky a casa de doña Rebe —creyendo que con eso se ganaría el aprecio y las remuneraciones periódicas de la señora— y había traído los últimos tres pomos a la fiesta de Navidad.

Harto del acoso lascivo que sufría la escultura del general Pacheco, Silverio desvió la mirada hacia el poniente de la rotonda y se encontró con una escena aún peor: el suegro de Toño, un mecánico automotriz septuagenario, estaba orinando de pie contra el monumento de cristal del ingeniero y diputado socialista Heberto Castillo Martínez.

El instinto vigilante de Silverio ya no pudo soportar ese atropello. Se puso de pie y se dirigió al otro lado de la rotonda. Pasó entre las tumbas de Melchor Ocampo y su yerno, el cirujano constitucionalista José María Mata Reyes, e increpó al señor, que oscilaba como péndulo frente a la esquina de vidrio del monumento.

—Oiga —dijo—, ¿por qué no fue al baño?

—A eso vine, pero no encontré la puerta —le respondió el sujeto cuya confusión estaba justificada por el aspecto sanitario de la tumba, que estaba recubierta de un vidrio lechoso que parecía cancelería de baño público.

—No es baño, es una tumba.

—¿De quién? —le preguntó el señor sin cerrar la válvula de su vejiga.

—De Heberto Castillo. ¡Ya párele!

—Espérese, ya casi acabo.

En eso se había convertido la república: borrachos que meaban sobre los héroes y ninfómanas que se restregaban contra la historia de bronce.

De regreso hacia su silla, el Calacas lo llamó a unirse al grupo de hombres que platicaban sobre las tumbas de Mariano Escobedo y José Juan Tablada. Tomó asiento sobre el libro de piedra que fungía como lápida del escritor.

—Entonces qué, Chiquinerd, ¿no has sabido nada del Teporocho?

—Nel —le mintió, inmediatamente arrepentido de haber ido a sentarse con sus compañeros.

—Ya era hora de que hubiera vuelto —dice Toño—. Si llevaba aquí toda la vida.

A Silverio no dejaba de sorprenderlo que a nadie se le ocurriera que el sacerdote encontrado en la fosa del terremoto fuera el propio Tepo. Las autoridades tampoco habían sido capaces de resolver el caso y para cerrarlo habían identificado el cuerpo con el de un sacerdote secuestrado y desaparecido muchos años antes.

—Yo estoy seguro de que no la libró —dijo el Calacas—. O andaba tan pedo que explotó de tanto alcohol que había chupado o lo mataron esos cabrones narcosatánicos cuando los cachó quemando al padrecito.

Recordar la ausencia del Tepo era lo último que le faltaba a Silverio para amargarse la noche.

—¿Saben por qué le pasó eso? —dijo el Calacas—. Porque le faltaba el respeto a la Flaca —el Calacas se había ganado su apodo extrayendo cráneos de la fosa común para hacerle veladoras a la Santa Muerte, cuyo altar cuidaba con más devoción que el resto de los trabajadores del cementerio—. Yo lo vi con estos ojos escupir cuando pasaba frente a su altar. ¿Cómo así? Se la estaba guardando mi Chatita. Ahí te encargo, Chiquinerd, ya tú sabrás si no te caes para la ofrenda que le estamos planeando.

Silverio asintió lentamente, sin comprometerse. Desde que se levantó de la tumba empezó a ir los domingos al templo de los aleluyas con su madre. Aunque no creía como ellos que el mundo fuera a terminar dentro de dos años, el domingo de resurrección de 2033, asistir al culto le había ayudado con el estrés postraumático del encuentro con la muerte.

—Lo que más me emputa —intervino el Toño— es que por culpa de unos pinches narcosatánicos se quieran desquitar con nuestra Flaca. ¿Ella qué culpa tiene? ¿Por qué le quitan sus altares? Yo hasta he llegado a pensar que a ese bato lo quemó la propia Iglesia para hacerse la víctima y que la banda se caiga con más limosna.

—Mi teoría es que fue el propio gobierno —dijo un sujeto de cabeza rapada al que Silverio no conocía—. Nos querían distraer del pedo de la falta de agua y de los precios, los activistas que están matando, el derrame de petróleo, todo eso, pero les salió el tiro por la culata.

La mención de los activistas hizo que Silverio se acordara de su hija con aprehensión. Decidió llamarle para ver cómo estaba pasando la Navidad.

—¿A dónde vas? —le reclamó el Calacas cuando Silverio se levantó del sepulcro.

—¿Qué te importa, güey?

Se alejó por la calzada que conectaba la rotonda con el sitio del nuevo crematorio ecológico en construcción. Cuando se apagó el escándalo blasfemo de la fiesta sacó su celular y marcó el contacto de Daenerys. Siguió caminando hacia la barranca mientras esperaba la respuesta que no tuvo.

La vista de la ciudad lo hizo sentir muy solo. Diez millones de mujeres y ninguna estaba con él. Pensó en una muchacha que había visto en el templo con su pañuelo blanco en la cabeza, la blusa de camelias, la falda hasta los tobillos. Ella nunca perreaba sucio con los muertos. Debía tener cuidado. Las apariencias eran engañosas. La señora Rebeca, por ejemplo, parecía una abuelita inofensiva pero bebía como barril sin fondo y al parecer había matado a su propia nuera.

No quería regresar a la rotonda mancillada. Lo acompañaba su vaso de ponche con piquete de coñac. Los reyes magos brillaban en el cielo. Se dirigió a la tumba donde nació de nuevo.

—Buenas noches —les dijo a los tres ocupantes de la tumba Miranda—. Feliz Navidad.

Le contó a la señora Margarita que el monstruo que tuvieron encima resultó ser una pantera que vivía de okupa en el panteón.

—Yo ya perdoné a su hija por la grosería que me hizo. No se vale, pero yo ya me desparasité de rencores. Algún día quisiera hablar con ella para que sepa que de mi parte nunca hubo mala fe y que a mí no me ofendió lo que me hizo. Lo malo es que me bloqueó, pero todavía me acuerdo del número de su casa —hizo una pausa para considerar la travesura—. ¿Le llamamos? Para que vea que su amenaza no me afecta. Yo ya no vivo en mí. Con Cristo estoy crucificado —se persignó con el vaso de coñac en la mano—. ¿La quieren saludar?

Sacó su celular y marcó los diez dígitos de su teléfono. Pensó que no tenían identificador de llamadas —a menos que ya hubieran cambiado el teléfono viejito que tenían—. Uno, dos, tres tonos de espera. Le estaba dando frío.

—¿Bueno?

Silverio contuvo la respiración al escuchar la voz de Karina. Al otro lado de la línea se escuchaba una musiquita boba de centro comercial. Quería desearle feliz Navidad pero el aire se le quedó atorado en los pulmones como si una mano fría le apretara la garganta.

—¿Bueno? —insistió Karina con una voz impaciente y arenosa.

Silverio exhaló junto con una ráfaga de viento que removió el polvo de las tumbas. Volvió a tomar aire mientras buscaba las palabras para justificar su llamada antes de que ella se aburriera y le colgara.

—¿Mamá? —la pregunta de Karina fue casi inaudible, un susurro avergonzado, clandestino.

Si él mismo le había mandado fotos de la osamenta de la señora Margarita, ¿cómo podía creer que su madre estaba viva y le llamaba por teléfono? No se atrevió a decepcionarla. Su madre estaba ahí, efectivamente, y tal vez ella había hackeado las sinapsis de Silverio para hacerlo llamar no obstante que podía perder su empleo si Karina lo denunciaba tal como se lo había advertido. Se quedó callado. Temía que de su boca no saliera su voz sino la de esa presunta homicida con la que pasó una noche bajo tierra. Perdón, quería decirle a Karina, quería pedirle perdón por abandonarla. Hija, te quiero mucho, estoy muy orgullosa de ti, sé feliz, vibra muy alto.

—¿Quién es? —escuchó que preguntaba la señora Rebeca.

Su voz alcoholizada lo remontó a la tarde que pasó bebiendo whisky con ella. Le presumió los logros académicos de su nieta. Le dijo que estaba muy orgullosa de sus estudios y que ya no quería que se distrajera con el tema de la tumba. Aunque no lo pareciera por ser tan serie e introvertida, ella era muy sensible. "Si se entera que usted vino a emborracharme, se va a enojar. Mejor no le decimos. ¿Para qué la molestamos? Yo cargo mi cruz y ella la suya." Brindaron varias veces. "Júremelo que no le va a decir." Silverio besó la cruz para convertir su boca en una tumba. Salió del departamento a las ocho y media de la noche, totalmente borracho.

—Nadie —le respondió Karina justo antes de que Silverio escuchara un golpe seco y el timbre de la llamada interrumpida. Había colgado.

Antes de retirarse de la tumba le juró a los padres de Karina que no la volvería a molestar. Esperaba encontrársela algún día en un meme, famosa por haber descubierto que dentro de los agujeros negros había otros universos mejor tuneados que éste. Aleluya.

También podía volver a verla en persona algún día, de lejos, cuando ella regresara al panteón para inhumar el cuerpo de su abuela junto al de su marido, su hijo y su nuera. Al sacar los féretros para hacerle espacio a la señora, los sepultureros notarían que la tapa de zinc del más austero estaba muy arañada. Le divirtió pensar que sus miedosos compañeros le atribuirían las marcas a un ser más oscuro que el jaguar melánico que las había dejado. Una vez que se hubieran marchado los asistentes al entierro de doña Rebe, Silverio se acercaría a la tumba para darle la bienvenida.

66. Funeral

Ha pasado un año desde que Karina empezó la psicoterapia. Su investigación doctoral progresa más lento de lo que ella quisiera. Sigue desalentada, el alma adolorida por el duelo. Los antidepresivos acolcharon el dolor de la sorpresa, pero no lo disiparon. Dedicó las primeras tres sesiones con la psicóloga a despotricar contra su abuela. La reconciliación también es lenta.

La terapeuta insiste en que necesita pasar más tiempo al aire libre, moverse, despejarse. Al parecer confía más en el poder curativo de las nubes y los fotones que en los psicofármacos.

Al salir de la Facultad de Psicología, Karina se demora en los jardines de la universidad. Admira las calles de Copilco como si se tratara de un pintoresco pueblo medieval y no de un decadente barrio de imprentas y cantinas estudiantiles. Se detiene en un puesto de revistas afuera del metro y lee las primeras planas de los periódicos. Hay cadáveres, modelos, políticos, dos osas pandas. Se acaba de reinaugurar el zoológico.

Entre las pocas revistas impresas que sobreviven al imperio digital está la favorita de su abuela. Mira a su alrededor para asegurarse de que ningún alumno de la Facultad de Ciencias atestigüe lo que está a punto de hacer. Le pide al vendedor un ejemplar del *¡Hola!*, que se apresura a guardar dentro de su mochila como si fuera un adolescente comprando pornografía. Con el corazón apresurado, Karina se aleja de ahí.

Si llevara prisa podría tomar el metro y bajarse en la siguiente estación. Prefiere caminar por la avenida. Por primera vez en mucho tiempo no siente que la persigue una necesidad insatisfecha. Llega a su edificio, revisa el buzón, sube las escaleras y en vez de abrir su puerta toca el timbre de Maru.

—¡Voy! —grita su vecina.

Maru la saluda efusivamente.

—Se me había pasado pagarte los doscientos pesos que me prestaste el otro día para la farmacia.

—Ay, hija, no te preocupes —dice Maru al tiempo que acepta el billete y se lo guarda en uno de los bolsillos del delantal—. ¿Cómo sigue tu abue de la infección? La he visto muy apachurrada.

—Ya está mejor. Gracias por el caldo que le llevaste, le cayó súper bien.

—Mañana que vaya al mercado voy a comprar chayote con espinas. Ya me di cuenta de que es el que más le gusta.

Se despiden. Maru cierra su puerta y Karina abre la suya. El silencio prevalece en el departamento. Su abuela ya no enciende la televisión por iniciativa propia. Se queda sentada en la mecedora acariciando el bordado de alguna servilleta, como si la estuviera tejiendo.

—Abue, ya llegué.

Pasa un segundo incierto.

—¿Dónde fuiste? —le pregunta con la voz ronca de quien no ha dicho nada en muchas horas.

—A la universidad. Te traje un regalo.

—¿Qué?

Karina le responde poniendo la revista en su regazo.

Rebeca sopesa el enorme y desgarbado códice como si fuera un melón.

—Cada día la hacen más flaca —se queja de lo mismo desde que Karina tiene memoria—. ¿Cuánto te costó?

—Cincuenta pesos.

A pesar de que redujo el precio a una cuarta parte de la cifra real para no escandalizarla, su abuela juzga que está carísima. Eso le pasa con todas las mercancías porque su mente, para mantenerse a flote con recursos limitados, ha ido echando por la borda todas las actualizaciones de su saber del mundo, de tal suerte que espera que las cosas cuesten lo mismo que hace setenta años.

—¿Quién es? —pregunta al ver la imagen de portada, tan cerca de su rostro que casi se toca la nariz con ella.

—Casandra Peñafiel —lee Karina en el pie de foto.

—Qué bárbara. Parece de quince años, ¿cómo le hace?

La respuesta seguramente involucra una clínica de cirugía estética como la de Pedro Rodríguez Winter.

—Te voy a traer tu lupa para que puedas leerla.

Cuando regresa a la sala, su abuela ya abrió la revista y encontró su artículo más sombrío. "El temido reencuentro familiar en el funeral de María Josefa Borbón-Dos Sicilias." A Karina le sorprende la velocidad con la que los ojos nublados y las manos deformes de su abuela encontraron a la muerte entre tantas páginas de vital frivolidad. Rebeca hace un gran esfuerzo para leer el encabezado y averiguar la identidad de los aristócratas que visten de luto.

—¡Pepita! —se lamenta, como si hubiera muerto una prima lejana.

Rebeca ha fantaseado toda su vida con pertenecer a la nobleza. Al igual que ella, su hijo ansiaba ser otra persona y bebía para aliviarse de sí mismo.

Karina ajusta el mango de la lupa entre los dedos de su abuela, pero la mano le tiembla tanto que en vez de ampliar las imágenes las revuelve como si estuvieran cayendo en el horizonte voraz de un agujero negro. Le aprieta la mano para aquietar el lente. La anciana se inclina para ver mejor mientras su nieta lee la pomposa descripción del funeral. Rebeca se deleita criticando a los asistentes que no llevan corbata negra o que eligieron una blusa con demasiado escote.

—Los restos de doña María Josefa serán incinerados y depositados en un nicho al interior de la capilla familiar en la Iglesia de las Carmelitas Descalzas. A la luz de los muchos juicios promovidos por herederos bastardos de la nobleza española, se ha vuelto bastante ordinaria la cremación de los restos de los Grandes de España, cuyas familias ya no quieren enfrentar amargos trances como el de la exhumación de José Miguel Zamoyski Borbón y Borbón, que nuestros lectores recordarán se realizó con el propósito de confirmar su paternidad a los setenta y dos años de edad, de una hija procreada con una joven de origen venezolano que laboraba en su palacete de Madrid.

—Qué ingratos —dice su abuela—. A mí no me vayas a quemar como si fuera un bote de basura.

Si su abuela hubiera suspendido sus prejuicios contra la incineración, seguramente habría podido sobornar a los empleados del crematorio para que convirtieran los cadáveres de su hijo y de su nuera en un montón de polvo irreversible. Al no tomar ese atajo hacia el olvido, dejó el camino abierto para que su nieta lo remontara de regreso al pasado.

Rebeca actúa como si la confesión de Navidad nunca hubiera pasado. Cuando la llevó a consulta con el urólogo, la anciana volvió a contar la versión ficticia de su vida. Karina no la contradijo. A pesar de esa constancia nota un cambio en ella muy abrupto. Se volvió más dulce y más paciente. La muerte la dejó de obsesionar con tanto empeño. Ya no se queja de que Dios se haya olvidado de ella y, aunque su deterioro no claudica, la senectud parece torturarla cada día menos.

—El gran ausente en el funeral de la duquesa fue su hijo mayor, heredero de sus principales títulos, el conde de las Torres de Alcorrín, que se encuentra hospitalizado en Pretoria, Sudáfrica, debido a una embestida que sufrió en un safari de caza, cuando falló el tiro para derribar a un gran elefante. El conde se encuentra fuera de peligro, pero no se sabe si recuperará la capacidad de andar por sus propios medios

—No fue al funeral, qué sinvergüenza —lo censura la anciana.

—¿Qué querías que hiciera si lo pisó un elefante?

—Qué bueno que lo pisó. Lo felicito.

Karina se ríe de la severidad de su abuela y se acuerda de que el Zoológico de Chapultepec acaba de ser reinaugurado. Tal vez vaya a visitarlo pronto, en compañía de la niña huérfana a la que sus padres nunca llevaron a Chapultepec.

67. El regreso

El aquelarre navideño en la Rotonda de las Personas Ilustres tuvo grandes consecuencias. Uno de los videos de la sobrina del Calacas bailando con la escultura del general Carlos Pacheco se viralizó en las redes y se convirtió en la prueba irrefutable de que los rituales satánicos continuaban realizándose en el Panteón Dolores. Debido a la mala iluminación y a la omisión del audio reguetonero, se identificó el lascivo perreo de la joven —a la que vieron como bruja posesa— con un acto necrófilo orientado a la fertilización. El escándalo alcanzó las más altas esferas del poder, de tal suerte que el 2 de enero del 2031 se presentó un equipo de restauradores del Instituto Nacional de Bellas Artes para remodelar la Rotonda. El asunto también atrajo la atención del alcalde, que se comprometió a blindar los panteones de la demarcación contra cualquier tipo de ilícitos religiosos, por lo que se suplió la deficiente vigilancia del panteón con un escuadrón de robots cuadrúpedos proveídos por la empresa de su suegra y acondicionados con sistema automático de orientación satelital, cámara de video nocturno y detectores de calor y movimiento de amplio alcance.

Tan pronto como los robots comenzaron a realizar sus rondas de vigilancia nocturna, se prohibió que los vigilantes salieran de sus casetas, pues la detección de sus movimientos activaría las alarmas del centro policiaco de la alcaldía. El sindicato opuso una tibia resistencia ante esta usurpación de funciones de sus afiliados y se conformó con el compromiso de la alcaldía de que no habría despidos. La implementación de los robots no afectó la actividad de los brujos y santeros, pues ellos siguieron realizando sus embrujos durante el día.

Los cambios le produjeron sentimientos encontrados a Silverio. Por un lado, lo alegró que comenzaran a restaurar la Rotonda de las Personas Ilustres; tan pronto como terminaron de pintar la psicodélica escultura funeraria de David Alfaro Siqueiros, Silverio le tomó una foto y la puso como imagen de perfil en WhatsApp. Por otra parte, la llegada de los robots lo privó del apacible gusto de pasear entre las tumbas por la noche y lo convirtió en una especie de entrenador de perros desalmados a los que había que recargar, lavar y aceitar todas las mañanas.

El panteón no tardó en demostrar su disgusto ante los intrusos. Los robots se desviaban de sus rutas preestablecidas y sus coordenadas desaparecían del mapa satelital que los guiaba. Las alarmas de los robots se activaban de manera caprichosa y empezaban a perseguir objetivos inexistentes. Con frecuencia terminaban atrapados dentro de sepulturas abiertas o atorados entre la maleza que había vuelto a apropiarse de las fosas comunes. Al menos dos veces por semana los vigilantes tenían que salir de la caseta a media noche para ir a reiniciar el sistema de los robots endemoniados o a sacarlos con escobas de los agujeros a los que se aventaban.

Al cabo de ocho meses se reabrió la Rotonda de las Personas Ilustres y poco tiempo después se inauguró el crematorio ecológico de cero emisiones al interior de una pirámide recubierta de paneles solares que le daban al edificio un aspecto fastuoso de diamante negro. En vez de incinerar los cuerpos en hornos de gas, la cremación ecológica dependía de la calefacción eléctrica y la hidrólisis alcalina para descomponer los restos en un corrosivo caldo a más de ciento ochenta grados de temperatura. El producto final era el mismo de siempre: huesos deshidratados que se trituraban para entregarle una urna de cenizas a los familiares. En opinión de doña Lucha, la vendedora de flores, si los políticos hubieran sido realmente visionarios no habrían puesto un crematorio sino una clínica de criopreservación para congelar a los moribundos y tenerlos listos para la reanimación cuando la medicina fuera capaz de curarlos. Atraída por la esperanza de la inmortalidad, una multitud agonizante habría llegado a contratar su cápsula de nitrógeno líquido. "Pero imagínese —había replicado Silverio—, ya nadie vendría a traerles flores." "Me vale —se defendió la visionaria marchanta—, quito los claveles y me pongo a vender bufandas, guantes, gorros, para que no les dé frío cuando vengan a ver a sus hielitos."

A pesar de la campaña sucia de los medios contra el crematorio ecológico, sus tarifas subsidiadas atrajeron a los clientes deseosos de minimizar sus gastos funerarios. El panteón volvió a tener un flujo estable de visitantes diarios y el comercio informal volvió a florecer alrededor de la pirámide solar.

Casi al final de una jornada nocturna de encierro en la caseta de vigilancia, Silverio recibió la tradicional llamada del centro policiaco de la alcaldía para avisar que el elemento PD2 parecía estar descompuesto en una glorieta al norponiente del panteón. Cuando le enviaron su ubicación, Silverio reconoció de inmediato el lugar donde se encontraba: la cripta Limantour.

Silverio se apresuró a recorrer, tal como había hecho la noche del incendio, el trayecto entre la caseta y el mausoleo. Antes de verlo, escuchó el golpeteo insistente del robot contra la puerta de fierro de la vieja guarida del Tepo. Hacía mucho tiempo que Silverio no la visitaba. Desde que renunció al trabajo clandestino como exhumador de huesos, no había vuelto a pararse en esa cripta que le servía como vestidor y almacén.

A pesar de que el robot estaba programado para evitar el contacto humano mientras se encontraba en servicio —el instinto de sus circuitos era huir tan pronto como alguien se acercara a menos de dos metros—, la aproximación de Silverio no lo distrajo de su necia embestida contra la cripta, por lo que él pudo acercarse y levantarlo del suelo; las patas comenzaron a moverse frenéticamente, tratando de escapar de su captor, pero sus esfuerzos fueron inútiles y Silverio no tardó en desactivarlo. Dejó el peso muerto de PD2 sobre una lápida y se asomó a la cripta para averiguar qué buscaba el robot ahí adentro. Encendió la lámpara de su celular, abrió la puerta del mausoleo y se asomó al interior.

Se encontró con una transformación inesperada. Los muros interiores de la cripta estaban cubiertos por una red de líneas iridiscentes que Silverio no tardó en reconocer como rastros de caracol. El recinto parecía haber sido decorado para una fiesta subterránea de quince años en la que el pastel sería sustituido por la bolsa de donas mohosas que él mismo había abandonado el año anterior —después de cavar toda la noche, Silverio quedaba muy hambriento y se comía por lo menos un plátano y una dona.

Empezó a buscar a los moluscos responsables de aquel espectáculo de luces. Las pertenencias del Tepo seguían intactas, cubiertas por una gruesa capa de polvo: sus colchas y botellas de vidrio, sus revistas pornográficas y las reliquias de su esposa Yolanda. También estaban las cosas del viejo Silverio, su ropa enlodada, el pico, la pala, los cinceles, el molcajete para moler los huesos y las latas de leche en polvo y café que usaba para entregarles las cenizas a los clientes.

Después de encontrar varias conchas vacías, a Silverio se le ocurrió mirar detrás de la puerta que había abierto. Ahí estaba un caracol enorme, subiendo por el metal oxidado, indiferente a la gravedad, por la alfombra vertical de su baba.

—¿Dónde andabas, cabrón? —le preguntó Silverio.

Se acordó de una plática que había tenido con el Tepo frente al cadáver de un drogadicto que había muerto por una sobredosis dentro de otra cripta del panteón.

—Yo creo que este güey va a reencarnar en cara de niño.

—¿Por?

—Mírale la cara al pobre güey, era un escuincle.

Era lógico que su amigo, después de hacerle a tantos caracoles la mala obra de atraparlos y venderlos a los cocineros del restaurante Covadonga, reencarnara en uno de esos animales viscosos. Silverio lo arrancó de la puerta con el dedo índice y el pulgar. El molusco se retrajo inmediatamente dentro de su concha. Una espuma blanca comenzó a cubrir la zona expuesta de su cuerpo.

—Tranquilo, soy yo, Silverio —dudó antes de pronunciar el apodo que tanto le disgustaba—, el Chiquinerd.

Era difícil creer que una cosa tan ligera pudiera producir tanta saliva y cargar con su propio refugio encima.

—Asómate, güey —insistió, pero el caracol no le hizo caso—. ¿Ya viste qué pinche apocalipsis se armó por tu chistecito de fumar en el pasto?

Silverio se acordó de lo que sabía sobre las babosas leopardo, y supuso que los caracoles también eran hermafroditas como ellas.

—A mí se me hace que te hiciste caracol porque se te antojó por el chiquito, no te hagas.

El Tepo no se asomaba. Silverio decidió sacarlo a la luz y esperar a que el Tepo se animara a salir de su concha. Quería tomarse una selfi con él y mandársela a Daenerys para que conociera a su amigo —lo invadió una tristeza repentina que no había sentido desde que vio sus restos chamuscados.

Tal vez si dejaba de mirarlo con tanta insistencia, el Tepo recuperaría la confianza y volvería a salir de ese laberinto espiral que podría convertirse en fósil y acabar, dentro de cien millones de años, expuesto en un museo extraterrestre de paleontología.

Mientras él pensaba en un futuro tan lejano que ya no incluía seres humanos, el sol comenzaba su jornada laboral tras los volcanes. La noche se atrincheraba detrás de las tumbas para no soltar el poder. La altísima punta del mausoleo Limantour proyectaba su sombra tan lejos que parecía estar a punto de inyectarle una dosis de baba tornasol al desangelado lote de los diputados constituyentes de 1917.

—Tepo —volvió a llamarlo.

Al regresar a la caseta y reportarse con la policía diría que el robot se había atorado entre dos peañas y que le había costado mucho trabajo zafarlo. Pasaron diez minutos más. Silverio disfrutaba la paz del amanecer con el ruido de fondo de los coches que bajaban por la avenida Constituyentes. La vida poco a poco regresaba al cementerio. Los hongos prosperaban en los tocones de los árboles cortados, los dientes de león salpicaban de amarillo las fosas comunes, las hormigas minaban los botes de basura, los caracoles decoraban las criptas, los vendedores de botanas y refrescos se instalaban a los pies de la pirámide ecológica y los drogadictos buscaban la privacidad de los sepulcros a donde los perros eléctricos les iban a ladrar con sus chillidos de ambulancia.

La concha comenzó a levantarse, empujada por el cuerpo del Tepo que se estiraba. No tardó en erguir los ojos. Silverio se quedó quieto para no asustarlo. ¿Qué pedo?, parecía estar diciéndose el molusco mientras reconocía su entorno, si yo ya me había metido a mi cantón.

Silverio sacó su celular con cautela y empezó a tomarle fotografías. Buscó el ángulo adecuado para que el Tepo pareciera más grande de lo que era, un caracol gigante por el que los cocineros españoles seguramente habrían pagado una fortuna.

El animal comenzó a desenrollar su tapete pegajoso sobre el escalón de la entrada del mausoleo. Al despedirse de él, Silverio se puso filosófico y se preguntó cómo sería la vida humana si al andar por el mundo cada quien dejara un rastro luminoso por donde pasaba. Tal vez la gente elegiría mejor a dónde iba.

¿A dónde iba Silverio con ese robot echado sobre los hombros como si fuera un chivo descarriado? Caminaba sin miedo ni esperanza, como los héroes que ya bajaron al infierno y volvieron nada más para contarlo. Lo triste era que él no se atrevía a contárselo a nadie, ¿quién iba a creerle que se había salvado del ataque de una pantera negra boliviana escondido en el ataúd de una mujer que, muy probablemente —por desgracia ya no se enteraría de la verdad—, había matado a su esposo?

—*Mira!!!!* —escribió Silverio al pie de la foto del Tepo que le envió a su hija; como ya eran las siete y media de la mañana, Daenerys seguramente iba en la combi rumbo a la preparatoria a la que había entrado con la calificación más alta en el examen de ingreso.

Diez minutos después ella le respondió con una serie de emoticones sonrientes que en lugar de ojos tenía corazones rutilantes.

—*Llévalo a las plantas, no lo vayan a pisar!*

—*Lo dejé en su casa. Está chido no? Dice que se llama Tomás, pero le dicen el Teporocho.*

—*Jajaja. Qué es un teporocho?*

La palabra "teporocho" estaba, como los animales que le gustaban a Daenerys, en gravísimo peligro de extinción.

—*Luego te enseño uno* —Silverio nunca le había revelado a nadie la verdadera identidad del hombre sacrificado por el azar en la fosa del terremoto—. *Suerte en la prepa!*

—*Gracias! Ya listo para el sábado?*

—*Simón. Ya tengo unas cadenas, están indestructibles.*

Daenerys respondió con el sticker de un oso panda que alzaba las patas delanteras en señal de victoria.

68. El universo empieza todavía

Karina se abre paso entre la concurrencia hacia la salida infartada del zoológico. Necesita pedirle a los huelguistas que la dejen salir porque tiene a su cargo una señora de la tercera edad. Conforme se acerca a la salida escucha más gritos, consignas, solicitudes de auxilio.

—¡Déjennos salir! —grita una mujer de voz potente.

El bullicio acaba en una escena silenciosa: los portones metálicos están cerrados y un grupo de mujeres maduras, todas ellas mayores de cincuenta años, están encadenadas a las rejas. Al otro lado de estos candados humanos, un grupo de manifestantes mucho más jóvenes sostienen pancartas y lonas que se oponen al cautiverio animal. Esto no es una huelga sino una protesta.

Cada vez se dificulta más el movimiento hacia la reja. Karina pide permiso, empuja, se disculpa, confía en la sensatez de las manifestantes.

—¡Esto es ilegal! —grita un señor con autoridad de jurista.

Llega a los barrotes y le dice a una de las mujeres encadenadas que necesita salir de ahí para atender a su abuela que está muy delicada de salud. Debido al griterío, la mujer encadenada no la escucha bien y le responde airadamente que los animales también tienen derechos. El malentendido no tiene remedio.

—¿Sabes si también bloquearon la entrada? —le pregunta una desconocida.

Ahora Karina está atrapada entre la reja y la multitud compacta de visitantes furiosos.

—¡Nos tienen secuestrados! —grita alguien al celular—. Avísale a Mauricio.

Karina se acerca a otra de las mujeres encadenadas a la reja y le repite los motivos de su urgencia. La señora está vestida de pantalones y blusa con estampados de jaguar; niega con la cabeza. Le pregunta cuánto tiempo durará su protesta.

—Hasta que el mundo entienda.

La cerrazón de estas fanáticas la enfurece. Da vueltas en círculos, abrumada por el gentío y la saña de la radiación solar. ¿Qué haría Leonor en esta situación? Tal vez debería gritar, llamar a la policía —no deben tardar los granaderos que cada vez reprimen con más violencia las protestas ambientales— o buscar algún lugar donde se pueda saltar la reja.

—¡Déjennos salir! —grita ella también—. ¡Auxilio! —no había gritado en años y la experiencia resulta vigorizante—. ¡Déjennos salir! —extiende los brazos a través de la reja, poseída por la aversión al cautiverio.

En medio del griterío oye su propio nombre. Debe ser una alucinación acústica producida por la sobrecarga de estímulos. Lo oye de nuevo y voltea hacia la fuente. Al otro lado de la reja, en el extremo, hay un sujeto con una gorra del Africam Safari —un parque de animales en "libertad controlada" a las afueras de la ciudad de Puebla—, lentes oscuros de motociclista y cubrebocas blanco. A pesar de que tiene el rostro casi completamente embozado, su figura baja le resulta familiar.

Él se quita los lentes oscuros para ayudarla a reconocerlo. Es Silverio. No entiende qué hace ahí. Siente el impulso de gritarle que no se llama Karina sino Leonor Llorente. El problema es que Silverio, cuya memoria superdotada la impresionó al conocerlo, seguramente sabe quién fue Leonor Llorente, porque su tumba se encuentra en una de las avenidas principales del panteón.

Aunque podría ignorarlo fácilmente y perderse entre la multitud, el hecho de que él esté afuera la hace pensar que tal vez pueda ayudarla a salir. Le indica con un gesto que se acercará a él y empieza a abrirse paso, junto a la reja.

—Soy Silverio —le aclaró después de volverse a poner los lentes oscuros que le cubrían la mitad del rostro.

—¿Qué haces aquí?

Silverio le indica con un gesto que se acerque a la reja para que pueda decírselo al oído, sin que nadie más que ella lo escuche.

—Vengo de incógnito.

Karina asume que alguna instancia de gobierno lo mandó a infiltrarse en la protesta.

—¿Ahora trabajas acá?

—No, sigo allá arriba. Lo que pasa es que vengo así para que no me vayan a reconocer con las cámaras.

—¿Desde cuándo eres activista?

—Yo no, pero ¿ves a la chava alta que está allá? Ella es mi hija.

Karina reconoce el parecido entre la joven y Silverio.

—Oye, necesito salir, dejé sola a mi abuela.

—¿Cómo está doña Rebe?

—Más o menos. No ha andado muy bien. ¿Me puedes ayudar a salir?

—Híjole, está canijo porque ya se llevaron las llaves. Así pueden decir que alguien más las encadenó.

—Pero esto es súper grave. Nos tienen secuestradas.

—Pues sí pero dicen que hay que tomar medidas extremas por cómo está de grave la extinción. Mi hija es antiespecista, pero hay otro grupo más punk que quería matar a los animales encerrados. Esto fue lo que se consensuó para esta manifestación. Quién sabe qué hagan después.

Karina asiente, perpleja y mortificada.

—¿Bloquearon todas las salidas?

—Sí, todas. No sé a cuál vayan a llegar primero los granaderos. Yo creo que aquí.

—¿Cuánto tiempo tardarán?

—No creo que mucho.

—Tengo que darle a mi abuela sus pastillas en una hora y media.

—¿No podrá doña Maru?

Karina asiente, confundida por la familiaridad de Silverio con su vida. Sí: puede pedirle a Maru que pase a ver a su abuela —desde hace tiempo le dio llave de la puerta en caso de una emergencia—, aunque es posible que haya salido. El escándalo la disuade de marcarle, así que le envía un mensaje para decirle que está atrapada en un bloqueo —no quiere confesar que vino sola al zoológico— y pedirle de nuevo el favor de que le haga una visita a su abuela.

—A ver si me contesta.

—Oye, si un día necesitas que alguien la cuide, mi mamá se dedica a eso. Lleva unos años que no, porque anduvo muy deprimida, pero ahorita ya la veo más animada. Ella de hecho trabajaba en un asilo. Sabe inyectar y todo. Tiene muy buena mano.

Silverio actúa como si nunca lo hubiera bloqueado y amenazado con denunciarlo en las oficinas del panteón por lo que hizo para ayudarla. Aunque su abuela la hizo dudar de su sinceridad y sus intenciones, las fotos que le envió resultaron ser genuinas y él nunca había vuelto a buscarla.

—Gracias.

Maru no ha visto aún sus mensajes. Los cuidados de su abuela son cada vez más demandantes. Karina empieza a considerar seriamente la necesidad de ingresarla en un asilo.

—¿Y viste allá adentro un jaguar negro que se llama Tezcatlipoca?

—Sí, es el que atraparon en el Panteón, ¿no?

Silverio asiente y cambia de tema abruptamente, como si estuviera evadiendo otro asunto.

—Te digo que si quieres un día te presento a mi mamá. Yo creo que se entendería bien con doña Rebe, ahora sí que las dos son abuelas.

—¿Cuántos años tiene tu hija?

A Karina la sorprende lo joven que se ve de lejos.

—Quince. Ya casi cumple dieciséis. Quiere ser doctora como tú, pero en biofísica. Quiere investigar cómo empezó la vida. De hecho le he platicado de ti, pero nada más que eres científica —la aclaración invoca el delicado asunto en el que fueron cómplices—, que tú estudias el origen del universo, cómo se está expandiendo en el espacio y todo eso.

Se queda mirando a la hija de Silverio, que vocifera sus consignas inaudibles con una convicción que no flaquea ante el reclamo de la multitud cautiva. Si su objetivo era lograr que las personas sintieran el mismo estrés que los animales enjaulados, su plan no podría haber sido más exitoso. Un par de jóvenes ya se colgaron de los barrotes, sacudiéndolos con una actitud totalmente simiesca.

—¿No les da miedo que les hagan algo?

—A mí sí. Por eso vengo. Pero a ellas no. La otra vez nos aventaron gases lacrimógenos. Híjole. Cómo arde. Mejor ahorita que lleguen los granaderos vete para atrás, por si acaso, no se vaya a poner feo.

—Sí —Karina quisiera perder el miedo—. No sé, la verdad no creo que este tipo de acciones sirva de mucho para cambiar las cosas. Transmiten una imagen muy agresiva.

Silverio alza los hombros.

—Ellas dicen que con una sola persona que agarre conciencia ya valió la pena, aunque se enojen todos los demás. Quieren que esto salga en todas las noticias, que encerraron a medio mundo dentro del zoológico. Yo creo que sí va a salir porque nunca había pasado.

El celular vibra en su mano. Le acaban de llegar tres mensajes de Maru, que estaba lavando ropa en la azotea y por eso tardó tanto en responderle. Va a preparar una sopa de fideo y llevarle un plato a Rebeca.

—*Qué rico Maru! Mil gracias.*

Su vecina le responde con una cadena de emoticones que dan besos. Guarda el celular y ve que Silverio está revisando sus mensajes.

—Ya me respondió Maru —le dice—. Al rato va con mi abuela.

—Uf, qué bueno. Pues yo me tengo que mover porque ya nos avisaron que ahí vienen los camiones de la policía. Ahora sí que perdón por el relajo. Me dio gusto…

—Oye —la precipitación de la despedida la obliga a resumir—… te quería agradecer porque me ayudaste mucho, no sabes.

—¿Sí?

Aunque no puede ver el rostro de Silverio, intuye que está muy intrigado. Se merecía saber qué había pasado.

—Sí. Luego te cuento.

No sabe cuándo lo hará, tal vez cuando desbloquee su número y le escriba para pedirle el contacto de su madre.

—Ya estás.

Silverio se quita los lentes oscuros para despedirse. Karina lo ve alejarse y luego se percata de que Daenerys la mira con el ceño fruncido, seguramente intrigada por la identidad de esa mujer con la que su papá estuvo platicando a través de la reja. Para ablandar su gesto Karina le sonríe y la joven, incómoda, le devuelve el saludo.

Sigue el consejo de Silverio y se aleja del portón antes de que comience el desalojo. Karina está acostumbrada a sortear tumultos en el metro, pero aquí el ánimo es muy distinto porque la gente no reprime su impaciencia y frustración. Gritan, chiflan, se lamentan. Al ver que ella avanza en dirección contraria a todo mundo, un hombre le reclama con sorpresa indignada, sin esperar respuesta, "¿A dónde vas?". Oye a sus espaldas los aplausos de entusiasmo por el arribo de los granaderos —Karina se imagina que una legión de emúes los derrota—. Por fin se zafa de la multitud y al mirar el suelo adoquinado con hexágonos vuelve a sentir la claridad mental que había perdido. No lleva prisa. En un lugar remoto del espacio, el universo empieza todavía. Pasa junto a la tienda de suvenires, llega a la Tierra del Fuego, se sumerge en el mar de los pingüinos y emprende con ellos la migración.

Agradecimientos

A los editores voluntarios de Wikipedia, en especial a quien tuvo la agudeza de señalar que desde la tumba de James Joyce en el Cementerio de Fluntern "se oyen los rugidos de los leones del zoo de Zúrich".

A Juan García, velador del lote Unión y Amistad del Panteón Civil de Dolores, y a Alejandro Briseño Piña, exjefe de la Unidad de Panteones de la alcaldía Miguel Hidalgo, que conversaron conmigo sin prisas ni reservas.

A Vera Michalski-Hoffmann, Chantal Buffet y Guillaume Dollmann, por su apoyo en la Fundación Jan Michalski.

A Mayra González Olvera, Romeo Tello Arista, Natalia Rodríguez Priego y Luis Carlos Fuentes, por su confianza, paciencia y minucioso trabajo editorial.

A Alejandro Magallanes, por darle un rostro inconfundible al libro.

A María Gómez de León, Vito D'Onghia, César Tejeda, Gustavo Cruz, Anamari Gomís, Ana Clavel e Isaí Moreno, por sus lecturas y consejos.

En memoria de Rebeca Monterde Porras y Ruth Sánchez Culebro, abuelas indomables, y del orangután Toto (26 de diciembre de 1991-8 de diciembre de 2021) y la panda Shuan Shuan (6 de julio de 1987-6 de julio de 2022), a quienes visité muchas veces en el Zoológico de Chapultepec.

Índice

Este vacío que hierve de Jorge Comensal
se terminó de imprimir en el mes de septiembre de 2022
en los talleres de Diversidad Gráfica S.A. de C.V.
Privada de Av. 11 #1 Col. El Vergel, Iztapalapa,
C.P. 09880, Ciudad de México.